福島漂流記

蔡易澄 著

目次

福爾摩沙之旅

啟程：關於福爾摩沙的第一印象

如果有機會的話，我會推薦任何想體驗遠東異國風俗的旅人，實際到福爾摩沙看看。在這裡，你可以享受到多種異文化的衝擊，不管是中國的、日本的，又或是當地土著的，對初來東方的人來說，它會是你踏入充滿神祕與驚奇的不二選擇。當然，假如你已去過中國、日本等地，這裡也依舊是良好的下一站，你或許可以細細品嘗各國文化如何在本地發芽生根，長出了不一樣的風景。

這跟這座島嶼的身世有很大的關係。福島以前是由滿清所統治，最近才改由剛崛起的日本治理。說來有趣，中國似乎不怎麼重視福島的價值，對它的記載甚少，也從來不在他們的版圖內。這種輕忽讓它一度變為叛軍的占領地，讓當時滿清的皇帝相當頭疼，最後才勉為其難地派駐官兵，正式設立官府。而就像我們所熟知的，中國的官僚體制總是表現出消極的態度，對一切採放任無為的原則，任其成為野蠻暴戾的惡地。這使得水手們不願提起福島的名稱，他們擔心自己擱淺至此，遭到中國士兵的凌虐，或是被土著獵頭殺害。中國官員甚至為了逃避相關的補償，不負責任地宣稱，土著們所居之處為化外之地，表示福島有將近一半並非他們管轄地區。多數國家拿中國這種無賴的流氓態度沒有辦法，只有少數如日本為自己的國民討公道，派兵攻打了當地的土著。雖然清國進行了多項改革，聲稱會開始整治土著，逐步將山地納入管制範圍，但成效依舊不彰。現在日本實際握有福島完整的治理權，改以嚴謹積極的方式，開發他們夢寐以求的寶地。

促成這趟美好旅行的最大推手，除了要感謝詹森爵士以及威廉博士，還有從頭到尾用心照顧我們的臺灣總督府。前陣子我收到羅爾商會的電報，要我從香港到福爾摩沙，協助詹森爵士處理一些貿易上的業務。我也要感激英國領事館，他們幫我寫了封推薦信，希望臺灣總督府能妥善照顧好這趟旅程，而總督府也欣然答應了。就像我前面提到的那樣，福島長年以來未開化的野蠻之氣，讓很多旅人不敢貿然前進。這次總督府盛情款待，希望我以記者的身分寫下遊記，無非是希望能一掃從前的陰影，展現出他們如何以良好的統治，將野蠻之地化為仙島。我得要老實說，不是什麼人都能得到這麼好的待遇。如果你對此地有些興趣，那我勸你盡早踏上旅程。等總督府的宣揚有成後，他們或許就對招待外國旅客不那麼感興趣了。

十一月二日，我在微涼的天氣下抵達了基隆港。這似乎是很稀奇的，福島一向以炎熱聞名，基隆多雨的氣候更加劇旅人溼熱的感受，各國的貨物運送過來後還需要考慮因潮溼而腐敗的成本。能在這樣難得的好天氣下開始這趟旅程，自是再好不過的。但即便如此，我都能從陣陣吹來的黏膩海風中，感受到這座港城長年浸泡在細雨的狀況。放眼望去，狹窄道路上連延而成的中國人街屋，外牆灰黯地帶有各種水漬。到處都還有低窪水坑，顯然前一夜有大雨，太陽才剛露出頭不久。長年的陰溼氣候造就此地的建築樣式，斜屋頂的構法便於排水，灰瓦屋簷總是比房屋本身還要廣大，連綿起來，像是盤踞在街區的烏雲。我一踏上這裡，便忍不住開始想像福島高山上的舒爽氣候。那是這次旅途的最終站，上頭原始而壯闊的風景，更能讓旅人深刻體會到「美麗之島」一名的由來。

負責接待我的，是總督府外事課派來的專員，名叫森田，看上去非常瘦弱。就像我們對日本人的認識一樣，他們對瑣碎的禮儀有著特定的堅持。森田一見到我，就有禮地鞠躬，並要我先稍待一會，他會親自幫我辦妥海關的各種文件。隨後，他又急忙帶著我去往新建的火車站，準備搭一個多小時的火車到福島最發達的城市臺北，絲毫沒有要讓我細細品嘗基隆小鎮的風景。我向他表達了我的不滿，森田帶著歉意地表示，基隆市鎮因為時常淹水，街景破爛又有衛生問題，上層交代要盡快將旅客帶離此處，不過最近已開始市區改正計畫了。比起還沒完工而讓他們感到羞愧的門面，森田更積極向我介紹新開通的縱貫鐵路，並想知道我的看法。我認為挺好的，雖然跟英國的列車還差上一大截，但這可是在亞洲，能搭火車旅行就已經是很了不起的事了。

森田盡可能地，想將福島進步的一面展現給我，而這樣的努力並沒有白費。我必須得老實說，臺北是我在遠東旅行到現在，見過最讓我印象深刻的城市。踏出臺北車站後，你很難不被眼前三層樓高的鐵道旅館所吸引，它採用了巴黎常見的馬薩式屋頂，入口是氣派壯闊的門廊。紅磚與白飾帶的交疊，完全就是諾曼·肖的風格，讓我聯想到倫敦的薩伏依劇院。此時如果你回頭，會發現車站也採用類似的設計，黑瓦、紅磚與白石，似乎模仿著阿姆斯特丹中央車站，但省去了浮誇的哥德裝飾，可以說是其迷你樸素版。

提到中國人居住的城市，你幾乎不會有乾淨整潔的聯想，但日本人的改造卻成功做到了。森田帶我參觀這裡日常的休閒娛樂地，街道筆直，兩側都是和式房屋，有專門表演日式舞臺劇的劇院，公有市場也即將在下個月完工啟用，一切看上去井然有序。這裡沒有那種橫亂生長的陰暗街區，良好的排水系統使街上看不見任何水窪，不用成日擔心瘧疾等衛生問題。我想這跟日本人嚴肅而神經質的性格有關。他們軍隊化的統治讓他們在拆除作業上暢行無阻，因此能夠進行大規模的翻新。除了舊式的閩南房屋，他們連帶拆掉了舊城的城牆與西城門，甚至連墳墓也不放過。對待殖民地的中國人，他們不會展現任何柔軟的心腸與手段，但也讓城市的發展快速踏上軌道。

殖民地的統治者決定了一座城市的風情。跟日本人相比，我們英國人就比較開明，更重視商業貿易的自由，也沒有那麼努力想同化殖民地。香港雖然沒有臺北這麼井井有條，但卻是有活力且熱情許多。當然，如果想要體驗東方的神祕情調，我建議還是來臺北這裡看看。畢竟在香港，你隨時會被四周的西方臉孔以及熟悉的英語給打壞興致。反倒是在臺北，一定能體會小泉八雲剛到日本的震驚——周遭的一切是如此嬌小玲瓏，彷彿進入到小人國似的。那些居民們眨著細長的雙眼，以新奇的眼光觀察著你這名異鄉人，用古老的語言交頭接耳，那陌生的話語以及符咒般的文字才能讓你有踏上異國的感受。

森田為我安排的，是專門招待外國旅客的日式高檔旅店。我雖對新開幕的鐵道旅館很感興趣，但那氣派如宮殿般的外表，忠實地反映在它的價格，並非一般旅客能負擔得起。話雖如此，我住的日式旅店價格仍不便宜，在這裡住上一晚所花的住宿費，足夠你在上海住上四、五天。乍聽之下，似乎不怎麼划算，但要在遠東找到一間符合西方衛生標準的旅宿是困難的。我相信，沒有任何人想窩在久久才洗一次澡的中國人房間內，那裡頭甚至會有尿壺、便盆一類的器具，濃厚的惡臭味絕對無法讓人睡上安穩的一覺。任誰都會同意，這個時候並不是旅遊中體驗在地文化的好時機，尤其是會讓你生病的那種。當然，換個角度想想，能順便在福島體驗到正宗的日式旅宿，未嘗不是件好事。這棟旅館幾乎像是從日本原封不動地搬過來，舉凡木造梁柱、榻榻米地板、拉門，都跟在日本沒什麼兩樣。我猜他們把大部分的錢都投注在維護上面，畢竟要在如此溼熱的島上，不讓木梁被白蟻蛀蝕，應該是件不容易的事。

放妥行李後，我立刻到樓下的澡堂，享受美好的泡湯時光。旅館的女服務員相當盡責，為我介紹各種沐浴用品的使用方法，並提醒我要留意熱水高溫可能帶來的不適。我裹著一條浴巾，看著牆壁上美麗的浮世繪，靜止的白鶴在煙霧繚繞中彷彿活了起來。過了沒多久，我決定從熱水中起身，盤腿打坐，想體驗東方所謂的「禪」意。這是我之前旅行日本時，從他們寺廟中的僧人學來的。據說這樣做可以平定內心，放鬆身體的肌肉，進而達到覺悟一切的虛空境界。我依樣畫葫蘆，雖然很難達到那麼高層次的感受，但依舊有助於放鬆，卸下長時間搭船的疲勞。

附帶一提，作為一名外來的異鄉客，你可能會覺得自己沒有什麼隱私。這一來跟他們東方的文化有關，他們似乎不太有個人空間的概念，房間的拉門多半維持半開的狀態。另一則是因為，在這裡他們不太有機會見到外國人。我在澡堂的時候，便遇到另外兩名日本旅客，他們先是慌張地跑出去，後來又躲在門後偷偷地觀察著我。如果對這種事非常介意的淑女或紳士，我想還是再多加考慮，否則會因為困擾而無法順心地享受旅程。

南門工廠之行與中國人街區

這一趟旅行，主要是受羅爾商會的委託，協助詹森爵士評估此地的殖民產業。在十三年前，福島尚未由日本接手統治之時，其龐大的天然資源吸引各國商會前來投資，茶葉、水果、檜木、獸皮……要在這裡賠錢可不容易。但當福島的管轄權轉讓給日本後，一切都變得不一樣了。人們必須重新簽訂商約，以往和中國政府簽訂的都不算數了。運氣好一點的，新的價碼雖然讓賺的錢少一些，但還算能接受的範圍。運氣差的，不僅拿不到新的商約，以前投資的設施還可能被日本人全部接收走。比方說像羅爾商會，他們過去主要經手樟腦產業，原本在福島山上投資的腦寮，便在政權轉換的一夕間被以「不法」取締。就算在各國政府的抗議下，日本政府暫時延長了製樟期限，但最後仍是改採專賣政策，強制將樟腦的所有權收歸國有，不讓外國商會有任何介入的空間。

該怎麼說呢，日本人雖然在開化的程度上，比中國人先進很多，也較具有文明國家的責任感，但他們也開始有了一些野心。過去數十年，他們一直以科學與理性改造國家，企圖追趕上西方，來撫平黑船開港後脆弱的民族自尊心。必須要去擁有什麼、去征服什麼，才可以證明自己的價值——我想自尊與野心，大概是以這樣的關係存在著。福島作為他們第一個殖民地，是證明自己能與西方民族一樣強大的好機會，改採專賣制度來宣示主權，似乎是不怎麼意外的事。但他們急迫證明自己的焦慮，也讓他們犯下了低級的錯誤。在專賣制度實施不久後，他們因為沒有統一福島與日本的樟腦價格，使得兩地不斷削價競爭，完全沒有達到原本預想中因壟斷而能有的高價暴利，可以說是非常糟糕的殖民政策。

作為殖民新手，日本的確嘗試很多方式，來避免專賣制度的失敗。樟腦的價格雖一向由總督府決定，但在最重要的營運銷售上，還是委由老牌的的殖民商會，來打入日本人所不熟悉的海外國際市場。這項業務過去由英國的賽謬爾商會負責，但總督府去年末終止與商會合作的合約，改由他們日本人自己承辦相關的販售業務。他們似乎很有自信，認為已經掌握了歐美市場的門路，不再需要外國商會的協助，得以徹底執行樟腦的專賣事業。這樣的自滿與野心，卻毫無意外地再度迎來失敗。今年上半年，國際市場的樟腦價格暴跌，讓總督府蒙受巨大的損失。這自是賽謬爾商會精心的商業報復，他們刻意釋出大量低價的人工樟腦與清國樟腦，讓市場樟腦供過於求，變相讓福島樟腦只能以低價賣出。

也因為上半年度的虧損，相傳總督府打算立即修正錯誤的政策，重新與外國商會合作販售，好讓福島樟腦能重回往日高峰。當然，總督府是不會與已經撕破臉的賽謬爾商會合作，這讓不少其他商會躍躍欲試，包含之前滑了一跤的羅爾商會。據詹森爵士的說法，他們希望能靠著耀眼的銷售成績，證明他們更具有老手的經驗與智慧，以此說服總督府修正更久以前的錯誤，讓外國人重新取得在福島製樟的權利。為此，我這趟旅行的第一站，就是跟著詹森爵士去拜訪臺灣專賣局，並參觀日人所蓋的樟腦工廠。

與我同行的詹森爵士，因經商關係，長年與日人打交道，但他對日本完全沒有旅人式的異國熱愛，而是一種精明的商人之眼。他對我們的隨行專員森田一點也不客氣，總要求他處理各種繁瑣的文件，簡化進入到專賣局的手續。詹森爵士批評了日本人引以為傲的禮節，認為這只是在掩飾他們與清國無異的官僚主義。而多虧詹森爵士強勢的態度，我們很快就和專賣局的官員會面，談了一些未來生意上可能合作的業務。

專賣局就和多數的辦公處一樣，沒有什麼太多新奇的地方，但樟腦工廠則是另一回事了，對一般人而言，樟腦加工的流程仍然是件非常新鮮的事。樟腦工廠的正式名稱是「總督府專賣局南門工場」，其前身是「臺灣樟腦局製造工場」，在總督府實施專賣制度後，除了原有的樟腦工廠，在前年還興建了鴉片工廠。據說這裡的鴉片工廠有特殊的祕方，一切自產自銷，為了統治有毒癮的中國人，沒有吸食鴉片習慣的日本人在短時間內就找到自己生產的方法。我提出想參觀鴉片工廠的想法，想當然是被總督府拒絕了，他們似乎視製毒、販毒為奇恥大辱，不想讓外國人更加深入。南門工廠位在臺灣第一守備隊司令部附近，旁邊是北臺灣的軍事重地，可以想見總督府是如何重視這間工廠的經濟價值。（雖然詹森爵士告訴我，這很可能只是因為這整片區域以前未受到中國移民的開發。）而整個製樟的流程，便是將從山上運來的粗製樟腦，倒入蒸餾塔中，在高溫而充滿熱氣的工廠裡，將原本細碎如砂糖的腦砂，經過分餾塔，各別提煉出精緻結晶的樟腦塊與油品。那巨大的金屬蒸餾塔，因為高壓而產生震動，在工廠裡發出陣陣轟鳴聲，頓時讓人對現代工業文明有種難以言喻的崇慕之情。

確實，只要想到樟腦在當今科學裡所扮演的重要角色，便更能體會到這種震撼人心之感。它可不是只有製藥、防蟲的功能。它是合成樹脂賽璐珞的重要原料，讓我們可以擺脫昂貴的象牙，盡情生產鋼筆、撞球、項鏈等商品。而賽璐珞還是底片的重要原料，讓當今新興的攝影術能夠迅速發展。很難想像吧，這些由樹木蒸餾而成的樟腦，經過加工合成後，就變成能夠留住人的影子的膠捲底片。而最重要的是，科學家諾貝爾在二十幾年前，利用賽璐珞發明了最先進的無煙火藥。現在任何國家若有打算增強國力，拓展自己的殖民地，就一定需要大量的樟腦才行。

也因為這樣，詹森爵士認為繼續讓日本獨占樟腦是很大的問題。他表示，從前清國採取專賣制度時，就被各國加以制裁，如今也應讓日本吃吃苦頭才行。我感覺詹森爵士對於日本有很多偏見，他認為西方國家應該防止遠東勢力的崛起，否則我們引以為傲的傳統與信仰都將消失殆盡。他甚至把這樣的偏見上綱到人種上，表示黃種人都如蝗蟲一樣，毫不自制地繁殖，最終所有的糧食都將被他們給吞食。我想，這或許是因為先前羅爾商會受到專賣制度衝擊，使得詹森爵士差點破產，才會產生這樣的想法吧。

結束了工廠的參訪行程，我提議，想到中國人的街區看一看，希望能看看福島與中國其他等地有什麼不同。森田與詹森爵士都立刻拒絕我，這是他們意見難得一致的時候。森田認為，那裡都是沒見過世面的中國人，對外國人來說太危險。詹森爵士則認為，中國人過於落後及骯髒，在衛生上有傳染病的疑慮，勸我離那遠一點比較好。最後在我強力的要求下，他們不得不有所妥協，只好帶我到附近的大稻埕參觀。

我很慶幸我能堅持住一名旅人的好奇心。中國人的街區雖然並不整潔，但低矮的街屋以及寫著漢字的匾額引起了我更多的注意力。那帶有一種古老的、中國式的情調，讓人聯想到此地改朝換代的歷史，你甚至還能看到他們留著清國的辮子，穿著破舊的衣服在街上晃來晃去。單就面孔而言，他們與日本人的差異並不大，五官並不立體，總是吊著單眼皮細小的眼睛，看起來有點呆板。或許是天熱的緣故，他們給人一種懶散、提不起勁的氛圍。

居住在福島的中國人，大多是從中國沿海福建一帶移民而來，此一地區的人在中國被稱之為閩南人。閩人最大的特點，就是非常迷信，幾乎各種神明都會祭拜，包括沒有名字的無主孤魂，他們都會專立寺廟來供奉它。你很難說他們究竟是因為貪生怕死，還是相信萬物皆有其神性，我想可能兩者都有，才使他們對於做什麼事要拜哪個神明如此講究。也由於福島多由閩人組成，他們充滿禁忌的日常，落後的迷信世界觀，長年下來便使他們發展出異於中原的文化。特別是此地在清國統治以前，還曾由西班牙、荷蘭以及反抗滿清政權的鄭氏家族所統治。他們為了感念鄭氏政權在臺治理的功績，同樣也設了一座廟宇，將歷史人物當作神明在祭拜。鑒於這樣的習俗，我很關心他們的廟裡是否也有像我們這樣的白人，因為對此地有貢獻，而進入他們的英靈殿。我聽聞傳教士來到福島，救治飽受牙痛而苦的病人，說不定會有傳教士力抗牙仙，最後成為牙齒守護神的傳說。當然，我並沒有聽過任何類似的故事。大概是曾被傳教士救助過的中國人，都接受了福音，不再任意供奉異教的神明。不過，我依然不願放棄任何可能性。我仔細端詳旁邊的圖畫以及那些巨大的神像，想從其中找到線索，例如高聳的鼻子、魁梧的身材、多毛的臉孔，這些似乎都是很好的例證，只是並沒有獲得證實。我建議對此有興趣的旅客也可就近參訪廟宇，檢視我的說法是否有其可能性。

我順道去了他們廟前的市場，那裡也有著很多不可思議的玩意。比方說，有一個穿著馬褂的男人，先在手臂上抹了膏藥，向眾人展示了一番。接著，他將雙手插進一旁滾沸的熱水，神色卻依舊泰然，彷彿他跟自己的手是分開的。過了一兩分鐘後，他把理應爛透的雙手從沸水中抽出，卻沒有受任何的傷，僅僅只散發出熱氣，雙臂通紅。男人看圍觀的群眾沒什麼反應，又抽出了一把刀，想請人往他手上砍上一刀，以此證明他的膏藥能讓人刀槍不入。不過，似乎是我們太顯眼了，眾人看到森田後就鳥獸散地離開。跟著男人一起賣藝的小孩，則恭敬地把他們剛剛販賣的膏藥送給了我們。我不知道這種膏藥對我這個外國人有沒有效。在他們中國人的思維裡，人的內部由「氣」所組成，這種膏藥或許就是引出這種物質來達到良好的防禦效果。不過，我沒有膽量用我可能會受傷的雙手，去試驗這個理論的真偽性。

　本來，我想在他們的市場內，嘗嘗道地的福島美食，但在詹森爵士的告誡下，我這次選擇打退堂鼓，決定回到旅店由日人來料理晚餐。根據詹森爵士的說法，福島地區由於氣候炎熱，多用醃製來保存食物，在口味上可能不太對我的胃。而由於物資缺乏，他們的主食多是粥、羹，湯湯水水的食物，能用少量的原料填滿肚子，但賣相上實在不怎麼好看。為了盡可能達到物盡其用，他們會吃各種奇怪的部位，腳趾、內臟、尾巴、耳朵、舌頭、眼睛、頭蓋骨，很難想像骯髒的部位會好吃到哪裡去。詹森爵士特別補充，他們還會吃各種生物當作藥品，像蛇、鯊魚、獵豹等凶猛的野獸，他們認為能透過吃掉猛獸來獲得旺盛的生命力，乃至於他們還會吃當地的土著，把土著的肉製成一種叫「番膏」的藥材，相當駭人。聽見詹森爵士這麼一說，就算面前的攤位烹煮著香噴噴的熱食，但我仍然一點食慾也沒有。我回到旅館，再次享受美好的泡湯時光，為明天的行程養足精神。

福島的土著

次日，我們啟程前往新店屈尺，是位在臺北東南方的深山地帶。我們預計前往參觀當地的腦寮，並先拜訪我許久不見的老友威廉博士，他正在附近的部落從事人類學的調查。羅爾商會想要瞭解樟腦上游的供應狀況，藉此評估是否還能壓低成本，增加與總督府談條件的籌碼。但由於福島深山危險，詹森爵士不敢冒然獨自前進，最終找上了我，希望我能引介威廉博士，保障他在山上的人身安全。

這主要源自於詹森爵士對日本人的不信任，他不相信日人有那個能力保護好他。任何來到福島的人都知道，深山裡有著善於獵頭的土著，只要稍加失神，他們就會從樹冠裡一躍而出，輕巧地將外來者的頭顱摘去。在十七世紀時，這群土著還沒有因為廣大的中國移民而搬遷至深山時，福島簡直就是航行在西太平洋船隻的噩夢。海上的颱風以及臨岸的暗礁，經常使得船隻擱淺在岸邊，剛登上島的船員們不是遭到獵頭，就是屈服為俘虜。當然，現在已經沒有再聽聞過類似的傳聞。日本人在正式取得福島的治理權後，便著手管制以往清國政府不願負責的山地區域，組織強大的軍隊攻打入山，以武力震懾住各地的土著。這使得土著與日人維持著微妙的緊張關係，也是詹森爵士如此害怕的原因。在這趟旅程開始前，總督府曾再三保證入山旅客的安全，但依舊無法取得詹森爵士的信任。我想，這也是為什麼陪伴著我們的森田，在聽到我們要先跟威廉博士會合後，會擺出難得一見的臭臉。

我跟威廉博士的緣分說來奇妙，我們是在多年前，於大阪的勸業博覽會上認識的。當時，勸業博覽會的外側，有著民間組織與大學策劃的學術人類館，展出帝國稀有的人種，裡面有著活生生的人，讓一般民眾能像進到動物園一樣，在參觀中增廣見聞。這一方面也有宣揚國威的意味，哪個帝國展出的土著愈多，就代表擁有的殖民地以及國力愈多。不過，當時的展覽會卻遇上不少風波，清國與朝鮮便率先抗議，不滿自己的民族被以這種形式羞辱。而琉球人也登報批評，不甘於被當作與「臺灣生番」、「愛依努族」相同的落後人種。我進館參觀時，還有傳聞這裡將因各種爭議而休展，但依舊不減人們的參觀興致。而一直站在「臺灣生番」展區前的，正是威廉博士，他盯著蛇樣般的木製湯匙，足足有十五分鐘之久。我們簡單交換了意見，他認為土著的紋面很有意思，打算實際到福島調查一番。後來，每隔一段時間，他都會固定寄信給我，一方面分享他的研究成果，一方面希望我能幫他籌到更多的冒險經費。

我們打算先在屈尺的部落與威廉博士會合，再更深入地探索福島的樟腦事業。為此，我們要花上好一段時間，搭乘人力車，從臺北前往新店。人力車可說是遠東特色的交通工具。

有去過廣州的旅人們，都必定會被衣衫襤褸的車夫纏上過，他們會宣稱自己提供最便宜、最划算的服務，但你多半無從比較，甚至還會懷疑自己是否被敲詐。福島的人力車行情則被統一定價，並嚴禁私下拉客，而且他們穿著統一乾淨的藏黑色制服，讓你一眼就能辨認出來。他們以一種快速安靜的方式在奔跑著，歸功於改良過的日製人力車，你坐在上面，幾乎不會有搖晃不適的感覺。但詹森爵士仍然對這樣的服務很不滿意，他甚至想像在香港一樣，拿手杖鞭打車夫，不過立刻被森田制止了。

抵達屈尺部落時，天色已漸漸昏暗下來，威廉博士站在村莊的入口迎接我們。他留著一大叢絡腮鬍，皮膚曬得黝黑，看起來簡直跟野人沒兩樣。威廉博士顯然也是被福島「俘虜」的一人，被此地著迷的美景與野性給吸引，而徹底與之同化了。他帶領我們到他的住所放置行李。毫不意外的，他居住的地方是用竹子與茅草搭蓋起來的傳統茅草屋，看來今晚很難有美好的睡眠了。

由於位在山腳，居住在此地的土著與外人有較多的來往，他們已不再有獵人頭的習俗。在來到這裡之前，我把他們想像成某種恐怖的野獸，隨時會因為一個錯誤的眼神或舉動，觸碰到他們的禁忌，進而遭到獵頭殺害。但村民們並不像傳說中的那樣恐怖，反而還相當和藹可親，各個親切地圍上來向我們打招呼。詹森爵士表示，那是因為數百年前我們白人曾統治此地，對我們特別有熟悉感。森田則提供另一個觀點，他認為這些土著沒見過世面，只要看到日本人跟中國人以外的臉孔就會認為是自己的夥伴。我倒認為這是因為威廉博士待人和善，他對待村民有如自己的家人，絲毫沒有任何芥蒂。

按威廉博士的說法，居住在屈尺的土著，被日本人稱之為「馬來番」。他們的皮膚暗紅，鼻梁不高，鼻翼、耳垂皆較為寬大，這些外表的特徵都讓人直覺地聯想到馬來人，在語言上似乎也有著很相似的成分。他們出眾的外表，讓某些日本人類學家堅信他們混有日本人的血統，特別是他們的眼睛有著漂亮的雙眼皮摺痕，臉部的紋面更襯出他們立體的五官。威廉博士強調，在天性上，他們純潔素樸，比美洲的印地安人還要有文化，只要不激怒他們，都樂於與外人做朋友。

村民們為我們準備的豐盛晚宴，也證實了這件事。不過我還是偷偷向威廉博士打聽，確認我不會吃到任何人肉，昨日詹森爵士談到中國人的野蠻飲食讓我對任何入口的食物都有所警戒。威廉博士向我說明，獵人頭事實是他們風俗習慣的一部分，在過往漫長的歷史裡，為了保護族群的領域而衍生出的習俗。每次獵頭行動後面都有著特殊的理由，為了證明自己的英勇、為了驅除厄運、為了復仇，並經過複雜的儀式後才展開行動。中國人食用土著作為藥材，雖然同樣是野蠻的行為，但背後的歷史成因來自於他們長年把土著看成非人的野獸。這點可從法律、社會文化等方面看出來，他們會稱未被馴化的土著為「生番」，亦即為「生人」，指還不具備「人」的特質，是成為「人」之前的一種狀態。他小聲地說，就連總督府，也不承認生番具有人的特質，在接收福島時，將生番的居住地一律收歸國有，剝奪本屬於他們的土地。

只有文明教化到一定程度，擁有充沛的現代知識，才得以被視作為一個人。威廉博士這樣感嘆，但所謂的進步，就能夠帶來幸福嗎？我們引以為傲的文明，會不會破壞掉他們原本文化中好的一面？威廉博士提到，馬來番的女性其實遠比中國、日本乃至於西方的女性都還要進步。她們不會被男性當作物品販賣，能夠自由選擇戀愛的對象，對家務也有著充分的主導權。沒想到被我們視為野蠻的土著，竟然也有比我們還要開化的地方，這大概是難以想像的吧。但詹森爵士顯然忍受不了這樣的結論，揶揄他是否在這裡找到新歡。威廉博士靜靜地喝了一口酒，沒有說上一句話。我趕緊再拿起一杯酒，向眾人致意，希望能緩和這尷尬的氣氛。

半夜的時候，我被突如其來的震動所驚醒。由於我對他們獵頭的文化還沒放下警戒，腦海中第一個想到的，就是自己將要被他們摘去頭顱。我連忙衝出屋外，想趁他們進屋前先逃離這裡。但外面沒有我想像中的血腥場面，反而只有幾位村民惺忪地搓著睡眼，似乎跟我一樣都是剛剛被驚醒的。我冷靜下來想了一下，應該只是地震而已。

威廉博士同樣也被地震所驚醒，雖然這對福島來說，並不算是太罕見的事。他向我分享了此地土著對於地震異象的傳說。他們認為，海平面下居住著一頭巨大的鹿，只要牠抬起頭來，世界就會被牠的角給頂住，從而引發地震。久而久之，這世界就隆起許多山丘，變成今天的樣子。威廉博士表示，不論是此地的中國移民，或是其他地區的土著，關於地震的傳說都有著相似的版本，例如中國人相信地底下有巨牛，而有些區域的馬來番則是認為地底下有巨熊，這大概跟他們社會中比較常遇見的動物也有關。

威廉博士補充，他自己曾在東部的阿眉番那裡，聽到另一個有趣的地震傳說。傳聞在地底下還有另一個世界，有人居住在其中，被稱之為地底人。地底人會到地面上買東西，但地上人很狡猾，做生意並不老實，沒有給地底人他們要的東西，反而在裡面放了蜜蜂。結果，地底人回到地下後，興奮地打開袋子，卻被一大群蜜蜂給螫傷，使他們非常憤怒。因而他們會搖晃支撐地面的柱子，引發地震。有趣的是，這種地底人的形象，在福島其他地區的土著傳說也有出現，是一種更為純潔、容易被欺騙的種族，並有著較為先進的農耕文化。只是，他們好像因為過於單純，不理解人心的險惡，已徹底消失在福島了。

歸途，以及福島的另一個名字

隔日一早，我們出發前往附近的腦寮。實際到了現場，會發現腦寮並不大，因為是腦丁在附近搭建的草房，裡頭僅有簡易的蒸餾設備。腦丁多半兩人，於附近削下樟木切片，進行加工後即是粗製樟腦。只要火侯控制得宜，多半能確保樟腦結晶的品質。直到八十二英尺高的樟樹，底部慢慢被刨平而倒塌，腦丁才會再尋找下一棵樟木。

對拓墾者而言，不斷砍樹製樟並不是什麼難事，只需要大量的人力就是了。自開港通商後，福島的樟腦產業已有近五十年歷史，若按照中國人不懂節制的性格，樟木老早就被砍伐殆盡。但該說是幸運嗎？依威廉博士的看法，山中的土著不斷砍去入山者的頭顱，打退了多數覬覦利益卻又無對抗能力者，讓樟木林並沒有那麼快絕跡。森田也表示，總督府實施專賣制度，同樣管制了濫墾的現象。讓日本人自豪的是，他們把所有未開發的山地列為國有地，就可以開始實施造林計畫，避免森林資源耗竭。

在清國統治時期，為了保護入山砍伐的腦丁，商人們會砸下重金籌辦隘勇，對抗從山裡來的土著。日本統治後，有少數民隘曾一度忽視政策，私下保護腦丁，繼續砍伐森林的樟樹。不過，日本政府後來也接手管制這些民隘，將他們納入龐大的警察體系，並大力推進隘勇線，好讓他們能開發的資源愈來愈多。他們以電網、地雷等科技，把他們無法溝通的土著往深山中圈進，展現在治理上的冷酷與決心。威廉博士要我看看蓋在附近的發電廠，他說他很難不為這些土著們的處境感到傷心。

實際看過總督府在樟腦產業的發展，我並不認為羅爾商會能從中獲得什麼利益。他們的設備並不差，且有日益進步的趨勢。多數的從業人員也由政府管制，無從找上民間的合作對象，也無法壓低成本來跟總督府談分潤價碼。我甚至認為，總督府並不需要透過外商來經營外國市場。只要能撐過這段價格不平穩的時期，他們就可以完全獨享樟腦帶來的暴利，何必與外人合作。

不過，詹森爵士似乎把腦筋動到山上的土著，我想這也是為什麼他會堅持要與威廉博士見上一面。他向威廉博士要求，希望他能夠貢獻一己之長，去往更深處的山林裡，利用他從前踏查時所建立起來的關係，和當地的土著談交易。詹森爵士希望土著不要再干擾伐樟作業，這樣就能再省去隘勇的成本，也能解決總督府長年的心腹之患。但威廉博士思考了一下，面露難色地拒絕了。儘管他知道，他外出冒險的費用多由羅爾商會所負責，但他希望能繼續調查土著們的文化，他不知道這樣貿然開放會不會導致更多重要的東西流逝。他們倆因此有了一番爭執，最後不歡而散。

下山前，我向威廉博士致歉，並表示自己會努力再幫他尋找新的投資人。他是位非常認真的冒險家，總是翔實記錄他對福島土著的觀察，對他在福島的探險日誌有興趣的讀者，也歡迎再聯繫我。

夜晚，我們又回到臺北城，我等不及再回到日式旅館，靠著泡湯來放鬆我一日累積的疲勞。秋夜因潮溼而微微起霧，路燈一一亮起，晚飯後我漫步在臺北新公園，彷彿又回到了歐洲，那些被光暈環繞著的無名小城鎮。只是，我忍不住會想起，支撐著這些燈光的電力，都是來自山上的發電廠。那是用許多人的血與肉所換得的。我想到福島的另一個名字——臺灣，據說在中國移民的福建話裡，它跟「埋冤」一詞非常相近。美麗與悲傷，原來還是一體兩面的事物啊！

夜流

昭和八年，晴子搬入南投鎮上小小的住處後，夜晚便開始流動了起來。

好像白色的泡沫湊上耳際，一波又一波地。晴子閉著眼，想像自己已經在清涼的海灘上，陷在久違的舒適裡。指頭清脆地摩擦沙子，底下翻動著異地的氣息。她開始專注地聽，努力把自己當作還是孩童一般，用盡全力地在感受著：「讓心恣意地展開繁茂的言葉吧！」

繁茂的言葉……或者該說是繁茂的話語。她記得母親是這麼教導她的。

世界如飄落的葉子般慢慢轉動，但遲遲沒有落地，她還在那旋轉的過程裡不斷地露出正面與反面。她想像不存在的聲音慢慢浮起。側身向左時，有喧鬧的鑼鈸聲；側身向右時，則是吵雜的臺灣話；再轉向正身時，又回到原本寂靜的夜了。

她心底一笑，果然還是無法忘記童年的妄想。要聽到暗夜中流動的聲音，是不太可能的事啊。

但她忽然聽見了。一個清晰如男孩的嗓音，正低低地細語著。

夾雜咳嗽，好像在說：「ボウハッ(bou ha)」。

晴子有些不那麼肯定，ボウハッ，根本沒有這個字詞啊。何況這麼晚了，怎麼有孩子在外面？她忍不住開口用日語問道：「有誰在那裡嗎？」

她起身看一看四周，果然沒有人。睡在隔壁的技工夫婦鼾聲如雷，絲毫沒有被吵醒。

晴子怔怔地想，這不正是家鄉一直以來的傳說嗎？

她來自另一個南方。九州的尾端，霧島，名字像環著海似的。

當然是還連著陸地的，就連她時常眺望的櫻島，其實也都能靠走路抵達。

相傳霧島是瓊瓊杵尊降臨之地。那裡滿是霧氣，環繞群峰，以至於高山看起來竟像漂浮在空中的島。

瓊瓊杵尊隨身攜帶著祖父天照大神給予的三大神器，日夜行走，最終統治了古日本。

為了記憶這段傳說，數百年來神宮祭祀著瓊瓊杵尊，即便遭受祝融之災，也未曾改變過。後來神宮遷移了兩次，遙遙從布滿火山灰的高地，一路向下定於山腳。

而傳說總會增長。

母親習慣在晴子入睡前，要她好好聆聽夜晚的聲音。據傳這樣能聽見深山傳來的神樂，敲打著大鼓，巫女祭祀的細語傳入耳裡。幼年時的她很是相信，翻來覆去，總感覺自己真的聽到了。

好像什麼幽魂似的，在那場毀無人的神宮舊址裡，竟然有往日的慶典在進行著。她假想，夜晚的高千穗山峰如同巨大的湖泊，巫女唸誦著唯有神明聽得懂的話語，在那裡激起陣陣漣漪，傳到了她熟睡的岸邊。

一定是因為那裡還有著人的氣息吧？

生活的遺跡，她老這麼覺得。只要靜下心來，就能感受到空氣裡如暗流的記憶，彷彿此刻所在之處就有了往昔光景。那些殘存的氣息，將化成話語，輕輕流淌過她的身邊。愈是強烈的情感，愈是在耳邊低低迴盪著。

隨著年紀的增長，古老的傳說漸漸離她而去。她離開家鄉，到東京就讀齒科學校，其後又浪行過許多地方，卻再也沒有兒時神祕的體驗。沒有想到，她竟然在這南方的島，與故鄉的傳說重逢。

只是那細語，似乎與她記憶中的任何話語不同。

隔日她醒來，忍不住想，昨夜的細語會不會只是一場夢呢？

還是先確認這附近是否真的有孩子吧。

她禮貌性地喊了秋鶯的名，打開拉門，發現她的丈夫德芳一早就出門去了。秋鶯的臉瘦削，看上去老是無精打采的樣子。正收拾早飯的她，一瞧見晴子，急忙用很不流利的日語向她打聲招呼。

這下換她有點尷尬。畢竟剛來到這個小鎮，又非本島人，總有些隔閡。她忍不住比手畫腳，誇張地重複「孩童」這個單詞。所幸秋鶯多少聽得懂，思考了一會便回答她。

「孩子嗎？這條街道上很少瞧見的。」

聽她這麼一說，忍不住激動起來，只因自己兒時的妄想竟可能成真。而那聲音說什麼呢？ボウハッ？在日語裡可是完全沒有這個詞彙。

也許並非日語，而是臺灣話？

她又開始對秋鶯重複地說著。但秋鶯並沒有像剛剛一樣立即回答，相反的，她似乎也不明白這個詞語的意思，搖擺了頭，表示自己無法理解。

晴子有點失望，難道她該把這當作臺灣特有的夜禽叫聲嗎？

但秋鶯像突然想到什麼，拍了一下手掌說道：「應該問問看前房客劉君。他讀過書，懂得比較多。」

劉君？啊，是那個瘦弱的劉君吧。

是上個月的事了。她初來到鎮上，擔任齒科診所的醫師。原本獨自一人賃居，但住了幾日後，卻又感覺生活上有諸多不便。畢竟對小鎮陌生，還有很多事不太瞭解。診所的技工夫妻便好心詢問，有沒有打算和他們一同合租，房租上不僅較為便宜，診所臨時有事也比較好一起處理。

只要拜託劉君搬走就好了。

原以為劉君是不好說話的人，還額外帶了點心，以表謝意。沒想到劉君打直腰桿跪坐，拘謹地聽著德芳解釋緣由，點頭稱是，最後就直接答應了。不知道是不是因為有自己這樣一個陌生人在場，劉君顯得有些緊張，不時整理著和服的袖口，一刻也放鬆不下來。

帶來的羊羹，當然是一口都沒吃。她那時偷偷觀察著劉君的房間，發現角落堆滿很多雜誌，是個熱愛文藝的青年。或許送他小說會比較適合呢。

她向秋鶯要了劉君的新住址，隨手拿了一本島崎藤村的書，便匆匆出了門。

劉君新搬到的住處，並不比以前來得高級。屋子是典型的本島人房子。外表是紅褐色的土牆，房內也是土造的，光線不怎麼明亮。不過地板鋪上乾淨的榻榻米，看上去至少坐起來還算舒適。

劉君身穿水藍色的浴衣，正讀著林芙美子的《放浪記》。

「你有讀島崎藤村的《破戒》嗎？」她問道。

劉君被突然來訪的晴子給驚嚇住，怔怔地點了點頭。

「啊！真是可惜了，」她有點懊惱地把剛拿出來的書收回去，「那麼我下一次帶他的《新生》給你看吧。以前大家在東京念書時，老愛談論裡面的不倫之戀。那個時候我們也很好奇，臺灣到底是什麼樣的地方呢？」

劉君愣了一會，才努力地擠出幾句話：「那那……個……有什麼……我可以幫、幫得上忙的地方嗎？」

像是急著說出什麼，但嘴巴跟不上語言。

一談起書就容易分神，差點忘了此行的目的。她如同早上問秋鶯一般，希冀找到解答，努力地重複那個字詞：ボウハッ。

未料劉君很快就反應過來。他說那是廣東話的發瘂（bod` hab`），是哮喘的意思。

「因為年幼時也有過這樣的肺病，很常聽到父母親說這個詞呢。」劉君說完後，刻意地咳了幾聲。

「廣東話？我以為臺灣本地的方言只有臺灣話而已。」晴子很是稀奇地說道。

「因為祖先來自廣東，就被稱為廣東人，但很多臺灣人稱我們為『客人』。明明都是從長山來的，卻因為來得晚、族群較小而被忽略。」劉君憤恨地這樣說。

晴子覺得好笑。剛剛還顯得懦弱的一個人，講到這件事上卻振振有詞。她忍不住說：「劉君在這裡生活肯定格格不入吧？」

劉君斬釘截鐵地說，是的。他一點也不想待在這裡，可他又不知道該往何處去。他像是溺水的人突然抓到浮木一般，拚命地講著自己的痛苦，讓晴子著實嚇了一跳。就連原本的口吃，都突然治好了一般。

然後他突然說，妳一定也是吧？妳一定也覺得格格不入吧？

晴子搞不懂狀況，一點也沒有理解他的意思。

劉君說，因為妳看起來也不像內地人。

晴子後來才理解，「妳看起來不像內地人」這句話，就如同字面的意思一樣，並沒有衍伸其他含義。她長年於南九州生活，膚色黝黑，自然不像東京雪白的女子。但劉君的那番話，竟讓她對內地有了些微的疏離感。

會來到臺灣的人，都是什麼樣的人呢？有人說，肯定都是些亡命之徒，在內地過不下去才逃來這裡吧。就像島崎藤村《新生》裡的節子，因為承擔不住與叔叔的不倫之戀，最終只能來到臺灣。當然她不是。她可是在親戚的安排下，特地來到這遙遠的小鎮擔任齒科醫生。據說再過幾年，穩定下來後，鎮上那唯一一間齒科診所就會轉給她經營。

所以對她來說，臺灣相對於內地，反而更顯得生機勃勃。

她甚至以為那夜流的聲音，便是暗示著此地充沛的「人的痕跡」。

幾夜入眠，那聲音仍持續環繞，用廣東話不間斷地說著。她默背單詞，想用舌唇一字字咬住意義，無奈她老學不會那種急促的短音。有時候，她趁著假日拜訪劉君，向他詢問那些字詞的意思。儘管她心底篤定，這般夜流，就是劉君所遺留下的幽魂。

劉君說，「hoi」是「海」。她笑著回答他，「hoi」是「本意（ほい）」。

海可以是本意嗎？劉君說得為這個想法寫俳句才行。

他們兩人便逐漸好了起來。這島嶼中心的小鎮，到哪裡都遙遠，附近甚至連一家書店也沒有。她的行囊中只有幾本學生時代看的書，日子安穩下來後就顯得無聊，頂多與技工夫妻聊聊鎮上瑣事。反倒是劉君家囤了不少的舊書及雜誌，她每每前去拜訪時，便會趁機借了些書。

晴子老愛學廣東話。儘管她一點都不理解那夜裡的聲音，確切說了些什麼，但她覺得自己終究會明白的。她學了「海」、「火焰」、「星星」，再聽到這些詞彙，不免會激動起來。夜晚中孩子稚嫩的聲嗓，是在說他奔跑於星夜的海灘嗎？那孩子的故事，就是劉君的故事嗎？

可惜劉君說的並不多。

劉君很少談到自己。要能像之前一樣，沒有口吃地談著自己的格格不入，實在是罕事。他們大部分的時間都談文藝、談知識有何用。他有時興起，要晴子聊聊在東京讀書的感覺，有沒有在喫茶店中遇見大文豪之類的。

「我這輩子連雪都沒見過呢。」劉君揮著扇子說道。

她老覺得劉君是她認識過最極端的人。他任職於附近的銀行，月領二十四圓，其中五圓寄回家孝順父母，剩下的錢幾乎都拿去買書。下班後唯一的嗜好，便是用功地讀著文學、哲學之類的書。

他說當年他差點考上師專，最後卻因為口吃而落榜，前往帝都的夢想也變得更遠了。

晴子安慰他，東京真的沒什麼啊。她也曾抱著想闖蕩出什麼的心情，孤身一人到東京念齒科專門學校。但要在都市中生活真的太困難了，尤其關東大地震的幾年後，景氣一直很蕭條。像劉君現在還能於銀行穩定地工作，其實也沒什麼好抱怨了啊。

劉君賭氣地咕噥了幾句，像個孩子一般。

晴子理解劉君的不得志。可那又能怎樣？難道她要鼓勵劉君辭去現在的工作，到東京去幹勞苦的體力活嗎？劉君的身體削弱，別說是去礦場工作了，可能連到工廠打零工也撐不下去吧。安穩地待在這裡，不也很好嗎？

未料他只是冷淡地說，搞不好這裡也已經待不下去了呢。

大概是工作上不順利吧。那時的晴子也沒有多想。

小鎮的荒涼與黯淡，有時的確讓人受不了。

只有火車站前的大街熱鬧些。他們有時會到那裡，逛逛亭仔角下的雜貨鋪，趁暴雨來襲前買些味噌與漬物。然後到附近的公園散步，在碩大的木瓜樹底下乘涼休息。

某次他們在鎮上喝著綠豆湯，劉君卻顯得非常不自在。他眼神閃爍，避諱看向滿是紅磚的亭樓。晴子疑惑，順著他的目光看過去，僅見那裡聚集著滿臉脂胭的女人，正漫不經心地搧著扇子。

「真是醜惡啊……這麼正經地幹著這樣齷齪的事……」劉君沒來由地這樣說。

晴子才突然理解，原來那裡是鎮上少有的妓院。她聽到劉君這種低沉的發言，忍不住皺了皺眉頭。彷彿在那一瞬間，她徹底感受到劉君對這個小鎮的厭惡。

她為了轉移劉君的注意力，拉著他到火車站，看看要離去的五分車。

南投的小火車由製糖會社所經營，平時都以載送甘蔗為主，兼及載送當地民眾至臺中。小鎮燥熱的空氣，讓她覺得鼻腔裡充滿燒焦的味道。但劉君卻說，小鎮聞起來像是到處都有熟透的木瓜，充斥著過分的甜味。劉君說，只要從臺中搭至南投，再繼續前往下一站南糖，看到那大片圍繞著糖廠的甘蔗田，就會覺得他的說法很有道理。

火車冒著蒸氣，站在一旁，要小心別被燻黑呢。

「以後有機會一起到臺北玩吧。」她指著鐵軌那端，想起劉君在臺北就讀商工學校的往事，「從這裡一直往北去，那裡有你最喜歡的舊書店吧。」

劉君很難得笑了。

他們立下了這個無人知曉的誓言。

過了好一段時間，晴子才真切地體會到，劉君與這個小鎮格格不入的事實。他鮮少與人交際，平日下班就窩在家中。他的住所雖然離鎮上不遠，但感覺也荒涼，斑駁的土牆總滲著慘澹的落寞。據說劉君在工作的地點也不受歡迎，因為不熟稔臺灣話，總招來各式白眼。

聘請不會說臺灣話的臺灣人做什麼啊？技工夫妻倆這樣向晴子抱怨。

「可以幫上忙的也是像我這種，兩種語言兼通的人。」德芳自豪地說。

德芳在診所裡，除了打做齒模的工作外，便是擔任翻譯的助手。平日來診的病患多為內地人，但有時也會有較富裕的本島人來拔牙。本島的齒科行業並不是很發達，因為沒有專門的學校，只能到內地受訓。有不少舊時代的江湖郎中在這裡擔任齒科醫生，使用簡陋的器具與草藥拔牙。

像德芳這種的反而少見。雖然沒有機會到內地進修，但藉著在診所工作，偷偷學了不少伎倆。

不過德芳與劉君簡直是犬猿之仲，永遠不可能好在一起。尤其兩人相見時，德芳開口便是臺灣話，幾乎不讓劉君有開口的餘地。久而久之，即便劉君沒有窩在家中，試著想混入大家時，也因總是說不上話而感覺特別寂寞。

這種時候，晴子也是一樣的，畢竟她也不懂臺灣話呢。她偷偷看了一眼劉君，用日語輕聲和他打招呼。

也想過要緩和兩人間的氣氛。想來好笑，從前以為來到異地，會與本島人有不少衝突，結果今天竟然在充當調解人。她問了德芳，想知道兩人以前是不是有什麼不愉快的事。

「那傢伙啊，老是在那邊看著書，什麼也不想理會的樣子。我啊，從他還住這裡的時候，就非常討厭那種過分上進的模樣。」德芳向她這樣解釋。就連他的妻子秋鸞也忍不住點頭。

大概是劉君有些自傲的模樣，惹得眾人不開心吧。但他們怎麼會懂呢？讀了這麼多書，卻被困在這個小鎮，是多麼讓人沮喪的事。

而她與劉君來往的事，卻也很快成為小鎮飯後茶餘的八卦。一個日本女人與一個客家男人，並肩散步在大街上，實在是太引人注目了。別說是本島的風氣保守，就連在內地，男女走在一起都會被老一輩視為有礙風俗的行為。

劉君在充滿日人的銀行上班，遭受到的非議自不在話下。晴子倒未受什麼嚴重影響。畢竟她一個人孤身在這裡，又是受過新式教育的高知識分子，自然沒有人敢對她說什麼。

但某天德芳鬼祟地向她探問起來。

「我說那個啊，晴子小姐，這樣問可能很冒昧，但妳跟劉君到底是什麼關係呢？莫非是在搞什麼『自由戀愛』的東西嗎？外面的人傳得好難聽讓我好心疼呀，晴子小姐前途大好，像這樣被玷汙了名聲，可是太可惜了。」

自由戀愛嗎？晴子想了想，她大概不會這樣形容。畢竟她跟他，根本還沒有進展到那種關係，要說朋友還比較恰當吧。

「哎呀果然是朋友錯不了呢。別人問他的時候，他也老說什麼知識分子間的那種來往，實在是讓人搞不懂啊，有讀過書還真不一樣呢。我也都跟別人說，晴子小姐這麼美，在內地肯定早有婚約對象，您說是不是啊？」

晴子隨便應答了幾句，她一點也不在乎。家鄉的母親確實有與她提過婚事，不過也要她答應才行。倒是劉君，他真的都只與別人這樣說嗎？他們之間真的就這樣，只是談論文學與時代的新知嗎？

那晚她回去，在床上輾轉難眠。

她頭一次覺得那夜流的聲響，竟是如此惱人。

那夜流，如孩童稚嫩的嗓子，說著她一點也不懂的語言。她漸漸在夜裡抽離開，讓句子成為散失意義的聲音。她既沒有「客人」的舌頭，也沒有相應的耳朵。字詞滾落為細細沙粒，慢慢地把她掩蓋起來。

也許每一種語言，都會為自己長出不一樣的舌頭。

她突然發現她其實是不懂劉君的。

她知道劉君的模樣。她知道他的過往、他的抱負，甚至是他的痛苦。但那又如何？她看著劉君，老覺得有什麼東西，在她聽不懂且看不見的陰影處漸漸長大。

也讓劉君日益沉默起來。

十月過後，劉君出現的頻率變少了。她向劉君銀行的同事打聽，原來是家鄉的祖母過世，但因事務繁忙，遲遲無法返鄉，讓他整個人意志消沉。當天，她包了便當去到劉君家，想安慰對方。卻只聽他消沉地說，最近很忙，要盡快把事情處理完，才能回故鄉北埔一趟。暫時別再找我。

劉君開始對晴子避而不見。

晴子無可奈何，也想好好問個清楚，究竟發生了什麼事。劉君的嘴雖然很闊，看起來應該是健談的。但實際上，他總處在破碎的曖昧裡。每當看似要說些什麼時，卻又口吃般地收回已到嘴中的語句。

某一日，她聽聞劉君犯了嚴重的牙疼，發著高燒臥倒在家中。

她連忙要德芳帶著醫療器具，急忙趕到了劉君家。

土製的牆滲著連日的溼氣，陽光斜斜映射，仍抵不住房內的陰冷。劉君臉色蒼白，看起來很是痛苦。

晴子湊上前去，摸了摸額頭，感覺高燒已退。應該是年輕的關係，只要在家靜養，體力多少就會恢復了。但要追根究柢，大概是牙齦發炎引起的發燒吧。她輕輕拍了下劉君的臉龐，示意要他張開嘴巴。

不料他卻更用力繃緊了嘴唇，脖子還冒出青筋，堅決不張開嘴。

德芳見狀，忍不住破口大罵：「我看你連齒刷都是用三號……不對，這種扭捏的程度大概是小孩子的二號吧！嘴這麼大，卻跟孩子一樣，不覺得很丟臉嗎？」

德芳用力地以膝蓋頂住劉君的肩頭，防止身體亂動，並用力掰開劉君的嘴。

晴子透過微弱的光線，看入劉君的嘴中。裡頭一片漆黑，猶如不見底的深谷。她聽到劉君從喉頭發出的呻吟聲，不成意義的狀聲詞在舌頭上轉呀轉的。她用力地聽，想知道那些不成串的掙扎，確切在說什麼。

劉君的齒凌亂排列。她瞧見在左側的牙齦腫脹，應是牙齒擠壓造成的關係。奇特的是，他的嘴中並未有發炎引起的惡臭味，反而有股類似腐爛水果的甜膩。

晴子評估一下，本打算開個抗生素就離開了。然而德芳依舊耐不住怒火，竟開始用日語跟劉君吵了起來。

「欸我說你啊，晴子醫師好心來替你看病，這是什麼態度啊？是覺得男女授受不親嗎？不過是看個牙，有什麼好害羞的？」

劉君微微把臉側過去，臉頰在剛剛激烈掙扎下，有些紅腫。

「我告訴你啊，晴子醫師才不會跟你介意這些呢。人家在內地可是有婚約對象的，你少往臉上貼金了。」

聽到這裡，晴子差點驚叫出來，這件事根本沒確定啊。劉君的身子一震，臉色更是慘白。

他們之間都沉默了。

久久，劉君才說道：「晴子小姐，恭喜妳啊，我也已有婚約的對象了。不過這樣一來，我們之間還能夠繼續有知識分子之間的單純交往嗎？」

晴子忍不住一怔。她從沒想過事情會往這個方向發展，劉君竟然要結婚了。那個滿口追求新知的青年，最後竟然選擇了舊式的媒妁婚約。多麼諷刺，莫非以前那些說要到帝都發展的夢想，其實都只是幻想罷了。

她望向劉君，自己說了什麼都不記得，只知道劉君最後仍避開了眼神，不敢直視著她。

這就是劉君吧？就是在陰影處裡慢慢擴散，而後長出的另一個劉君吧？

那一夜，她在夜裡數度翻身，閉上眼讓世界緩緩旋轉。她聽到那孩子的聲音，如浪一般從遠處慢慢拍擊上來。她搓揉指尖，感覺語言的碎粒有了實感，逐漸地沉澱出意義。

那男孩的話語，音頻拉低，成了劉君的話語。

她漸漸明白了。

這麼久以來，她所認為的其實都對，也都不對。那夜流，是人存活的痕跡，也是人殘存的幽魂。話語在陰影中四處徘徊。每一個夜晚，幽靈長了一點點，就也死去了一點點。

她不敢睜開眼。她不知道她認識的劉君，已經死去多少部分。

然而那聲音開始說起話來。是用日語嗎？還是用廣東話呢？她說不準，只知道它正溫柔地說著故事。

好奇怪，她竟然覺得此刻才理解了劉君。

它說，它有過很多名字——杜南遠、陳有三……那些都是它。它害怕自己，不知道自己會長成什麼樣子，又會往哪裡去。它年幼時常臥病，腦中經常浮現奇異的幻想，甚至夢見了大火燃燒著女體而狂舞的模樣。加上性格太軟弱，被人欺侮了也不敢出聲，甚至還因為口吃而無法進修。它懷抱著失意的心情來到這裡，在這個植有木瓜樹的小鎮，慢慢地腐敗下去。然而它遇見了她，兵藤晴子。

他們在好多個故事裡面相遇。在那些荒涼的小鎮中，一次又一次地交換書籍，談著社會的進步與理想，彷彿世界很大，很美好。

可他們最後總是無疾而終。

為什麼呢？她急切地追問著，但她是知道答案的。在那些故事裡，她多半沒有自己的名。她被虛構，被置換，以本島人的名。她，是不能夠以內地人的身分現形的。因為一個內地女人與本島男人，是不被祝福的。

或許在劉君心中，也默認著這無形的枷鎖。啊，要像小說一般，跨過社會的束縛，果然還是不容易的。

他們肩並肩走在一起。

但他們始終存在著距離。

寒冷的二月，晴子邀了劉君到家中，與技工夫妻們一同聚餐。

也是離別前的最後一餐。

不知道是不是銀行高層的人看不慣劉君，他臨時接到調派通知，將要到臺北總行的營業部工作。原本預計要在南投迎娶新娘子，自也延宕，接下來還需回故鄉一趟。

相親照裡，劉君的未婚妻穿著學生服，據說非常會裁縫。臺灣的習俗裡，有以婚事沖淡喪事的傳統。劉君的祖母過世還不到半年，如果沒有意外的話，大概北上後就會結婚了吧。

晴子難得下廚，煎了拿手的玉子燒，配上用味噌醃漬過的豬肉。德芳與秋鸞對待劉君的態度沒那麼惡劣了，暢快地喝著清酒，大談之後的生活。有些醉意時，他們竟然還搭著肩，唱起了演歌〈殘月一聲〉。

「即便夜裡的雪與風如此寒冷……」

晴子並沒有喝得太多。她心中只還想著那故事的結局究竟為何呢？陳有三與翠娥，最後有如願地在一起嗎？她不太清楚，怎麼想也都想不起來了。

夜深了下來。南島難得結起霜，輕輕觸碰窗子，竟開始有了北方的觸覺。

秋鸞與德芳回到他們的房間，紙糊的拉門拉上後，就安靜下來。

她說，喂喂，留下來睡吧，這麼冷的夜要過很久才天亮呦。

劉君不發一語。

她又接著問，害怕了嗎？不然把拉門拉開與他們雜魚寢吧。

她心裡有好多想說的話，但都沒能說出口。她想說些——「我都知道你的心意了，不如我們私奔到哪裡去吧！」之類的任性話。前陣子不也剛通過內臺共婚法嗎？他們一起流浪到更遙遠、更荒涼的地方，也都會過得很好吧？做什麼都沒關係的，是吧？

他們鋪好了床。把拉門些微拉開，可以聽見技工夫妻熟睡的聲音。

冰冷的地鋪凍得他們發著抖。

不知過了多久，共同蓋著一張被褥，她還能感受到劉君翻來覆去，一點也沒有睡去。她的腳慢慢向劉君湊去，很輕地，指甲括劃過小腿。兩人的腳趾頭觸碰在一起。

有一瞬間，劉君的身體像是觸電一般顫動。

可她看著他，眼睛還是緊緊閉著，恍若什麼事也沒發生過。她心裡還想，做什麼都沒關係的，是吧？

只要劉君願意。

然後她突然聽見了，她什麼也沒做，但她聽見了。那夜流的聲音淹了上來。是一個男孩的哭泣聲，悲鳴而哀戚，在四周流動著。

簡直像是哀悼死亡的哭泣。

她默默把腳收回來，側身背向劉君，幾乎連自己也要哭出來。她努力眨著眼，不想讓眼淚太快流下臉頰。明天早上還要替劉君做早餐呢。她得送他到火車站，目送他前往那一直嚮往的臺北。

如果是劉君的話，做什麼一定都會成功的，我是這樣相信的呦。所以啊，請你把我和以前的懦弱，好好埋葬在這裡。

就這樣吧。

請幸福地活下去。

她的夜開始湧上來。晴子閉上了眼，感覺身體逐漸下陷，世界正轉動著。她沒有真的抱過劉君，但她覺得她的夜流，已經在輕輕摟著。

逃

習慣黑暗的幼蟲，被從深土中挖出時，會因為突如其來的亮光，而奮力扭動著。

市村香曾聽中尉這樣形容那些由他看管的戰俘。

當監視兵提著電土燈靠近時，在昏暗的礦場中工作的戰俘，會立刻聯想到平日受到礦鎚伺候的疼痛。

想要逃跑，便繃緊了全身的肌肉。但知道逃跑不成，將會換來更多的疼痛，便努力壓制住自己的恐懼。身體在這樣的矛盾中拉扯，肌肉就開始跳動、顫抖了起來。

久而久之，只要見到亮光，他們就會不自覺地發抖，像是幼蟲一般。

大概是一種本能性，為了活下來的反射動作吧。

市村香坐在村莊外的大石頭上，突然想起中尉的這一番話，不禁覺得有些諷刺。遠處傳來陣陣炮擊，火光在山的另一頭亮起，而她正等待著躲避空襲的村民們回來。

新聞上報導，有人死在那瞬間的亮光裡，被火焰融掉了臉的輪廓，只剩下焦黑的軀體。

暗夜中，看見從天空墜落的光芒，村裡的人就會慌張地奔逃著，想趕快找到預先挖好的地洞，在裡頭蜷起身子。那樣顫抖著，其實也與幼蟲一般。

在地底下為我們賣命的俘虜，他們的同伴從空中來襲。為了躲避空中的敵人，我們卻又拚了命挖著地洞，想將自己埋入土坑裡。

不知道底下礦場的空氣怎麼樣？是不是也像地上被大火燃燒的房子，充滿著廢氣，讓人窒息？

為了活下去，她必須逃離這裡才行。

只要能活下去，不管做什麼樣的事情，她都願意。市村香很早就有這樣的體悟。

三年前，大東亞戰爭開打，總督府加緊執行禁奢令，大稻埕附近的咖啡店紛紛宣布停業。一直在咖啡店工作，靠著小費維生的市村香，就這樣失去唯一的收入來源。由於平時沒有什麼儲蓄的觀念，手邊能用的現金很快就花完，過了一段相當艱辛的生活。

幸好，在昔日女給同事的推薦下，她總算找到新工作，改到料理亭擔任酌婦。

她把頭髮燙直，洋裝換成和服，連帶將自己的名字從「謝香」改成「市村香」，盡可能打扮成日本人的模樣。

戰爭的時候，西式的裝容與支那的姓氏，可是會被視作敵人的文化。

由於多數民生用品被政府列管，油、酒精都成為前線補充燃料的戰鬥物資，米糧全由上層統一配發，一般的民間小餐廳根本無法經營，只有特定關係的餐廳才能營業。市村香工作的料理亭就是負責接待高級軍官。什錦燒、生魚片、天婦羅、壽喜燒、烤雞肉串，再配上一壺溫清酒，各種戰爭時期的奢侈品都出現在餐桌上，慰勞這些為戰事操煩的男性們。

在這之中，也有些人即將被調往南方前線。他們卸下了嚴肅僵硬的臉，忘情喝酒唱歌，大口地吞嚥著美食，彷彿一切都沒有明天。

市村香一邊為他們斟酒，一邊偷偷觀察他們。失去工作的那陣子，她忽然意識到自己需要一個男人，能讓她在這不穩定的年代裡吃得飽睡得暖，而不會流落街頭。她發誓，只要有任何一個男人對她有興趣，提親也好，作情婦也罷，對方有錢的話她會死命地抓牢他。眼下這些喝得爛醉的軍官，可是難得一見的好目標。

該怎麼說呢？這些男人遠離家鄉，睡在冰冷的硬床上，肯定是非常懷念女人溫暖的身體吧。他們生活在死亡的陰影中，早就視金錢為身外之物，願意花上大筆鈔票只求幾夜的溫存。運氣好一點，搞不好能勾搭上單身的男人，一舉成親。就算對方可能會出征戰死，但領到的殉職撫卹金與配給物資，大概也能讓她安穩地過上一段時間。

她就在這時遇上了中尉。

中尉的身子不高，繃緊的軍服看不出是魁梧還是肥胖，總是在送行宴的場合裡神色自若地喝著酒，完全不理會離別的感傷情緒。

這種男人看上去相當輕浮，全然沒有皇軍誓死效忠天皇的精神，卻也正是可以下手的目標。

她試著接近男人，每次上菜、斟酒、演舞，她都會先刻意地擦過男人的手肘，再對高歌飲酒的士兵們陪笑，藉此讓男人產生醋意。男人沒有表現出太大的情緒起伏，依舊維持著泰然自若的神情，還刻意找其他酌婦聊天，無視她的進攻。幾次來回後，正當市村香以為沒戲時，男人卻捉住她的手，輕聲地告訴她，叫他中尉就可以了。

他說，他服役的地方，遠在島上東北角的深山裡。

那裡陰暗溼冷，而他還想再看到她。

她知道，屬於她的機會來了。

對方看上去雖然不太正經，玩弄一些花招在刺探自己，但成為軍官的情婦，未嘗不是一件好事。她也認識很多酌婦，私底下當著富商、官員的情婦。這樣一來，她起碼暫時不愁吃穿，過上一段穩定的日子。外加政府才剛宣布都會區的疏開要領，趁這個機會，搬離到鄉下地區也不錯。過了一陣子，中尉表示他已經在金瓜石租了住處，希望她能趕快搬過去。她想，她美好安穩的日子，就要在那裡展開了。

中尉服務的單位是「金瓜石捕虜監視所」，負責管理被關押的歐美戰俘。這些戰俘是留守在新加坡，被皇軍打敗的敵人。監視所對待戰敗者的原則很簡單，那就是把他們視作犯人一般來管理。將戰敗者關押進俘虜營中，集體生活，按表操課，每天固定到附近的礦場工作勞動。

「你們這些死白鬼們，過去殖民奴役著我們南洋的同胞。現在我們皇軍在大東亞戰爭裡解放了他們，你們就好好在這裡贖罪，為天皇效勞吧！」由於村莊不大，有時可以聽到監視所的長官正對戰俘們集體訓話。

戰俘們所服務的礦場，是村子西側的本山六坑。他們會和本地的礦工一起工作，但負責的區域，是更深處、更危險的地方。每天一早，戰俘們會從監視所出發，爬上陡峭的階梯，穿過村莊到山坡上頭，然後往下走向位於半山腰的礦場，預先在礦場外頭集合好。等到本地的礦工陸續報到後，再交由礦場班的班長帶隊進去。為了避免本島人跟敵軍串通，營區的司令官也會在開工前提醒礦工們，不得隨意與野蠻的白人說話，並鼓勵他們監督戰俘們的工作情況。如果遇到偷懶的白佬，請立刻向長官通報，會有礦鎚好好伺候懶惰蟲的。

在監視所擔任副所長的中尉，也會到礦場，親自督導戰俘們的工作情況。

「這些戰俘們，一看到我提著電土燈，就嚇得蜷曲起來，簡直跟蟲沒什麼兩樣。」中尉曾對市村香這樣發過牢騷。

中尉為市村香租的住處，靠近派出所，以前是警察職員的眷屬住處，離本島人住的地方有段距離。平常中尉回到家時，多半已到燈火管制的時間，她會拿出燈罩蓋住亮白的燈火，在斜長的道路上等候中尉。她知道，她要幫中尉打理好生活的一切。

由於中尉平常待在礦坑，臉上總是灰撲撲的，市村香會先在家裡燒好一桶熱水，替他擦拭掉身上的塵灰，然後像以前在料理亭那樣，陪男人聊聊天。

「妳知道嗎，他們中午要吃冷便當時，就算看到裡面有蟑螂，還是照吃不誤喔。」中尉一邊用毛巾擦拭著臉，一邊說道。

「哎呀，別說這些噁心的話，等會可沒有什麼胃口吃飯。」

「是軍人的話，應該要英勇地戰死在前線，像櫻花一般，掉落在盛開而美好的時刻。他們就是因為沒有玉碎的精神，沒有付出自己生命為國家效忠的決心，才會輸給我們皇軍，然後像現在這樣苟延殘喘地活著。」中尉帶著自豪的語氣這樣說。

市村香對那些戰俘的生活沒有興趣，她有她在乎的事。特別是在這個時候，她會仔細觀察男人的身體，留意有沒有其他女人的痕跡，例如唇印或者香水味。她知道男人包養情婦，不過就是為了肉體上的刺激。而她只不過是殖民地的女子，隨時都可能被拋棄。跟中尉聊天的時候，還是虛應了事，盡可能討他歡心就好了。

更何況，中尉是個矛盾的男人。

中尉雖然批評戰俘們沒有為國捐軀的意志力，但他實在也稱不上是個合格的軍人。從前在料理亭時，他那種輕浮喝酒的樣子，就讓市村香非常有印象。洗澡褪去軍服後，鬆垮的臂膀以及微腫的肚腩便掙脫了限制，恢復到它們原本該有的模樣，顯然與武士道崇尚的剛健肉體有所落差。洗掉身上坑內的汙泥，會發現中尉有著無比光滑的皮膚，完全沒有任何的疤痕，大概是連前線都沒待過。市村香有時候忍不住懷疑，中尉在礦場裡，難道都只待在較為安全的上層？不然狹小的礦洞，多少會為身體留下幾道傷痕，而上下來回於礦場之中，也該讓身子變得精實些才是。

大概也是因為晚飯吃得太好了。

過去在料理亭開店招呼客人以前，市村香會幫忙切菜備料，因而對自己的廚藝還算有幾分自信。特別是在料理亭工作後，她學到更多日人醃漬食物的手法，讓原本只能鹹得配粥的菜脯、瓜仔，搖身一變成為下飯的糠漬蘿蔔、淺漬小黃瓜。而中尉的軍人身分，讓她不受配給限制，能有永遠吃不完的白飯，不用像窮苦人家還在計算要用多少米跟番薯來煮粥。吃著香噴噴的白飯，配上醃漬物與熱青菜，可說是從前沒有想過的事。

有一次，中尉還帶了肉品回來。他說，這是從本島人違法的祭拜裡，取締而來的。不知道是哪個村民祭祖用的貢品？雖然有幾分罪惡感，市村香仍大口吞下剛切好的閹雞。

由於俘虜監視所位在村落之中，國家推行的各項政策多由軍人來輔導，大大提升了中尉在村落中的地位。無論是神社參拜、皇民奉公會、防空演訓，都可以見到中尉的身影，有時甚至會親自站上臺，發表訓話。地方的保正也時常來拜訪，想知道中尉是否有額外的需求。就連平常趾高氣昂的警察，在見到中尉從街道的另一頭走來時，也會如軍人一般，迅速立正敬禮。

這樣的男人，竟然看上了自己，怎麼想都是賺到了。

作為中尉的情婦，市村香同樣受到村民們的殷勤對待。平常用來分配村裡事務的回覽板，上面一次也沒有出現過她的名字。全村進行防空演練時，也有人預先幫她從河邊提好水桶，讓她在原地對著屋頂潑水，做做樣子就好。有時候，郡役場要求婦女們扛起銃後工作的重責，繳交縫製好的民生戰備衣物，也都有鄰居接手分擔。

她唯一會參與的村莊事務，只有兩個禮拜一次的配給監督。負責幫忙保正分配物資單給甲長，叮囑他們要掌握好各戶的人口，確保不會有多發的情況。配給發送的那一天，她也會前往市場，幫忙米鋪的攤商核對名單，跟配給商打好關係。這些事情繁雜，而她並不是那種自願做白工的人。只要一有機會，她會對保正抱怨最近白米摻雜太多的米糠、中尉的工作如何辛苦等云云，藉此來多拿一些物資。

剩餘空閒的時間，她會到瑞芳車站前的黑市，看看有沒有什麼值得購買的好東西。

舉凡白米、豬肉、雞肉、油、糖……這些被管制的物資，在黑市裡都沒有購買的上限。因為一般配給的食物不多，有些人會冒著被取締的風險，希望能買足物資，以便來餵飽家中的孩子或病患。黑市有著補足日常生活用品不足的功能。除此以外，被禁奢令所限制的酒、項鍊、珠寶、鑽戒、高級布料等，這些奢侈品也能在黑市中尋得。從不缺乏日常物資的市村香，自然是把目標放在被禁奢令所管制的高檔品。看看那鑲著鋯石的耳墜，如果掛在小巧的耳垂上，配上及肩的直髮，必定能襯托出自己嫵媚的一面。

中尉應該會更加著迷於這樣的自己吧？

她知道，中尉其實一點也不把禁奢令看在眼裡。「奢侈是敵人！」這種話，只是在外面宣揚國策時，做做樣子、喊個口號而已。如果中尉真的把軍紀放心上，那肯定不會像這樣在外包養情婦，身上的脂肪也不會堆積得如此之多。面對口是心非的男人，還是應該要去直面迎合他的本性，在食、色上多下點功夫，才能討得中尉的歡心。

當市村香換上用高級布料縫製而成的和服，在餐桌上擺好斟滿的清酒與香嫩的肉串時，中尉就像她所預料的，吞了幾口飯，便急著脫衣尋求溫存。她用雙手托住男人的臉，凝視著他，要他看清楚自己盛麗的妝容。她用手指撫摸他臉的輪廓，然後讓他埋頭親吻乳頭，好像自己也是餐桌上的一道佳餚。

完事過後，市村香拖著疲憊的身子離開被窩，用沒吃完的料理煮成簡單的雜炊。她看著男人努力把湯吹涼，小心翼翼地吸啜著，好像孩子一樣，難以想像他平常教訓俘虜的凶惡模樣。她跟著喝了一口桌上的酒，配著冷掉的味噌豬肉串，肉汁跟清酒依舊完美地相互協調。

市村香又再咬了一口。這次直接將竹串上剩下的肉吞進嘴裡，把杯子裡的酒一飲而盡。男人的手又不安分地湊上來，抓揉著她的胸脯，但她絲毫不在意。她不用像以前在料理亭那樣，顧慮客人，陪笑小酌。她現在可以肆意地大口吃肉喝酒，享受她用身體掙得的一切。

本該是刻苦的戰爭時節，卻因為正在親吻她脖子的男人，而讓她過得無比安穩。甚至比從前的日子，都要來得自由。

只要緊緊抓牢中尉，她就能這樣繼續生活下去。

相隔沒多久，市村香在瑞芳街的黑市裡，聽到讀報的人大喊：「塞班島淪陷了！」

塞班島失守後，又陸續傳來關島、天寧島遭到攻擊的消息。

塞班島……那是位在南方的小島嗎？有特別重要嗎？市場裡瀰漫緊張的氣氛，眾人議論紛紛著，擔心菜價又因此上漲。但因為大家都沒什麼概念，這種話題就算開了頭也是不了了之。過幾日後，讀報人又大喊：「小磯國昭接任首相了！」，表示要進入最終決戰，皇軍士氣依舊如同從前。有些人聽到後，稍稍卸下擔憂的臉孔，又拿著番薯葉繼續跟黑市的老闆殺價。

雖然如此，人們依舊隨著戰事，感受到生活愈來愈緊繃。

領取的物資逐漸變少，黑市的東西則是飆漲至天價。在吃不飽的日常裡，工作卻沒有絲毫減輕的跡象。住在金瓜石的村民們，男性到礦場挖礦，女性則去附近的選煉廠工作，領取微薄的薪資，靠工廠提供的飯糰填飽肚子。為了即將到來的決戰，採礦與選礦的工作更是日漸繁重，以便提供銅礦到內地製煉，為皇軍製造槍炮彈藥。

日常防空的演練也變得更加精實。以前只需要做做樣子，把水桶的水潑向屋頂，假裝自己有滅火的能力就好。現在卻要開始改造房子，把易燃的木材與易碎的窗戶，通通換掉。在保正的要求下，還要到附近的山坡，挖掘小型的防空洞，在裡頭囤放避難用的物資。彷彿真的會有空襲來臨。

市村香也很難像從前一般，完全將村裡的事務交由他人處理。每個週六，她都要跟著婦女團一起活動，走長長的山路，去神社裡向天皇遙拜。結束後，她們一行人則回到金瓜石的國民學校，在炎熱的天氣下，訓練著刺槍術。她時常一邊揮舞著木棍，一邊想著今晚要煮些什麼。雖然物資高漲，但靠著中尉的薪水，這些都還負擔得起。

而且這種時候，她更是想大吃一頓。

倒也不是真的餓。該怎麼說呢，就是習慣嘴巴裡有東西可以咀嚼的感覺，以及咀嚼過後，環繞在鼻腔與口腔之間的食物香氣。她有的時候會閉緊嘴巴，用鼻子大力吸氣，想看看新鮮的空氣進來後，能否激起殘餘的食物味道。她總會聞到淡淡的食物香氣，特別是肉的味道，彷彿她真的在吃些什麼。雖然她不知道，那氣味到底是不是單純出自她的想像。

從前失業的那段日子，她也是這樣活過來的。

當然，那時她吃不起肉，連買米都有些困難。假如有米的話，她會優先把白飯吃完，以避免其他食物的味道汙染了米的清甜。接著，她才會吃平常吃的醃蘿蔔和番薯籤，並在咀嚼到一半的時候，用力吸一口氣，尋找鼻腔裡殘留的米香。

因為感覺到日子愈來愈緊迫，才讓她從前的習慣又發作了吧。

某一天，在國民學校的操場練習刺槍時，她看到其他婦人們，將空地的雜草全數拔乾淨，用犁耙鬆動厚實的土壤。一問之下才知道，原來是為了填補糧食的匱缺，要把原本孩子們打滾的草地變成農田，在上面種些簡單的野菜。

那天晚上，她如常地用黑市買來的豬肉，配上剛買到的燒酒，打算用滿桌的盛宴來犒賞自己一天的辛勞。她也特地換上昂貴的和服，擦上香水，想好好慰勞中慰一番。她發現，最近中尉常常表現得十分焦躁，對她的纏綿熱語也沒有太大反應，常常翻過身便倒頭而睡。她猜想，大概也是因為戰事的緊迫，所以才變得有些嚴肅吧。

本以為中慰會因為豐富的晚餐而放鬆點，沒想到，他卻在走進房門後，突然大發雷霆，惡狠狠地賞了她一巴掌。

「臭女人，妳不知道現在什麼狀況嗎？竟然又買了一件新的和服，到底在黑市上花了多少錢。」中尉氣沖沖地走向壁櫥，想把裡頭上鎖的櫃子打開。「喂，這鑰匙在哪裡，把裡面貴重的和服都交出來。那可是用我的薪水買的，通通還來，讓我拿去換錢。」

換錢？是有什麼原因，急需用錢嗎？她以前買這些東西，中尉都沒什麼意見，怎麼現在突然間發起脾氣？肯定是出了什麼問題。

「你冷靜點，這樣會吵到其他人家的。先說說看發生什麼事，我再把鑰匙拿給你。」她強忍著臉頰的疼痛，企圖先安撫對方。

或許知道自己發脾氣沒什麼用，也或許擔憂吵鬧聲會引來巡查的關切，中尉喝了一大口酒，很快地讓自己冷靜下來。他面色凝重地抽著菸，似乎在思考要從何說起。過了一段時間，他忽然說，這裡很快就要變成地獄了。

皇軍輸掉塞班島後，戰場就移到臺灣了。他必須趕快逃離這裡。

聽到中尉這麼一說，市村香禁不住打了個冷顫。中尉對皇軍沒有什麼忠誠心，她一向是知道的。但說出這種大逆不道的話，要是被巡查給聽見，可是會被憲兵抓走，以軍法審判的。更別提逃跑這種事，基本上就是逃兵，無疑會被當叛國賊處理。若不是情況非常緊急，中尉可不會這麼說。

「從前皇軍選擇南進時，我就選擇待在相對安全的臺灣，在這裡看守著從前線帶回來的戰俘。當年皇軍可說是勢如破竹，打著建立東亞的新秩序，陸續攻下馬來亞、香港、菲律賓、新加坡。現在，這些白佬們奪回他們以前的殖民地，戰況已經徹底逆轉了。」

「不是只被奪下塞班島嗎？事情沒到這麼嚴重吧？」

「哼，真是個蠢女人，還真的一點也不瞭解狀況。塞班島被奪走後，皇軍的防守線就被切斷了，所有戰略補給的航線會全面停擺。最糟糕的是，米軍還占領了關島。從那裡起飛的轟炸機，只需要幾個小時就能到本島與內地。他們可以投擲無數的炸彈，把這裡轟得體無完膚，最後登島占領。到那個時候，會發生什麼事，妳應該知道吧？」

「寧為玉碎，不為瓦全。」她想起了在操場練習刺槍時，所喊的口號。

「沒錯，就像在塞班島那樣，每個人都要走上玉碎一途。按照訓練，抱著必死的決心，幹掉上岸的米國士兵。只要一個本島人能幹掉一個米國士兵，就可以消耗掉他們六百萬大軍了。」

一股寒意湧上心頭，市村香一直只把週末的刺槍術練習，看作強身健體的國民操而已，從來沒有想過殺人這種事。

「如果運氣不好，被敵人給俘虜，下場一定很淒慘。聽說有不少塞班島的日本人，因為害怕米國士兵的報復，紛紛從懸崖上跳海。白佬一向都是加倍奉還的。登陸戰如果正式開打，這裡一定會陷入地獄般的光景。」中尉指向小鎮面海的一端，那裡是皇軍守備的基隆港，也是敵人登陸的入侵點。「我可不想被米軍抓住。要趁還能逃時，趕快離開這裡。」

「能逃去哪呢？被當作逃兵的話，憲兵可是不會放過你的喔。」

「首先，要盡可能離開南方，臺灣、菲律賓估計都是下一個戰場。但也不可能逃往北邊的滿洲或朝鮮，待在殖民地的話，很快就會被日本人認出來的。所以還是要回到日本，隨便開間雜貨鋪，隱性埋名生活一段時間。」中尉改用哄騙的語氣繼續說道：「趕快把壁櫥的鑰匙交出來吧。逃亡可是需要一大筆資金的。我把那些和服賣一賣，湊一筆錢，也還能帶著妳一起離開這裡。」

市村香忽然意識到，從她知道逃跑計畫的那一刻起，便已經注定要成為共犯了。她有可能說不嗎？如果不答應的話，她搞不好會被中尉滅口，以防逃跑計畫外洩。雖然說，她確實被中尉說服，想趕緊離開這裡。但在這種半脅迫的情況下，她也明白自己充其量只是被利用的工具。如果現在就答應他，把唯一的籌碼交給對方，搞不好中尉在拿到和服後，就馬上翻臉不認人，獨自離開。事情走到這一步的話，自己也還是難逃被滅口的可能性。

她必須繼續攀住眼前這個男人。用身體，用巧語，用什麼都行，總之要死命抓住他，確保自己還有價值，不會被輕易拋下。

至少現在必須如此。

「錢的部分就交給我處理吧。」她試著壓低嗓子，好遮掩住自己的不安。「瑞芳黑市的老闆我都認識，他們或許有一些門路，可以把這些東西以較好的價格賣出去。你的身分也不方便直接出現在黑市中。要是別人起了疑心，那就糟了。」

「確實呢，如果被人檢舉，讓憲兵來調查，那計畫可能就曝光了。」中尉若有所思地點點頭。

他們很快就有了共識。她相信中尉的判斷。畢竟作為一名軍人，對於戰事的現況，肯定比一般平民還要更加瞭解。她需要中尉帶她離開這裡，幫忙假造身分、辦理手續或什麼的，反正只要跟著他，就可以遠離騷動的戰事。而她現在也證明了中尉需要她，至少在逃亡資金的籌措上，主要交由她負責。這暫時讓她感到安心，不用焦慮自己因為一無是處，而隨時都可能會被拋棄。在他們正式逃亡前，還可以暫時維持住這種互利共生的關係。要是中尉打算對她不利，靠著這些日子私吞存下的零錢，也足以讓她逃亡一陣子。

擬定計畫後，她發現她比自己想像中的還有用。她依舊是善於交際的，懂得如何進退，在別人意識到吃虧以前，就先談好價碼。她來往於黑市中，和那些專門販賣奢侈品的商人打交道，把身邊貴重的和服換成現金。或者，乾脆搭火車回到市區，把從瑞芳黑市低價買來的布料，以高價轉售出去。

除此之外，市村香發現，她還可以利用都會地區缺糧的情況，來賺到更多的資金。在各地物資緊縮的情況下，本來就很難滿足人口數眾多的臺北，加上都會地區無地可耕，城中黑市的糧食價格竟是瑞芳的三、四倍。生活在鄉下地區的人，也會有過得比都會地區還要好的一天，這大概是戰爭以前人們未曾料到的事。市村香便把平常多拿的配給食物加以分配，分售給那些同樣包養著情婦的有錢富豪。她在他們的眼中，看見了怎麼樣都沒辦法被填滿的饑餓。

她感覺看到了自己。

在一切逐漸崩壞的生活中，死命攀附著安樂，彷彿沉溺在裡頭就能回到往日美好的時光。誰不想這樣呢？

反正她只要抓緊中尉，一路向北，逃到無人知曉的地方，就能繼續這樣的生活吧。

然而，兩、三個月過去了，他們的逃亡計畫一直沒有實行。

就算市村香不斷賺取暴利的價差，但距離他們目標的金額，還有不少路要走。在日本生活的話，一個月房屋租金就要二十五圓。而中尉月薪有一百多圓，但不知道戰爭何時結束，需要把他們躲藏逃亡所需的費用一併考量進來。不管怎麼樣，錢還是要準備多一點，以防有什麼意外之事。

直到十月空襲來臨前，市村香都以為她還有時間。

她從來不知道空襲是怎麼一回事，絕大多數的臺灣人也是。過去的防空演習都是為了這一刻而準備，但他們從來沒親眼見過炸彈爆炸開來的場景。他們其實都只是對著不存在的想像之物做練習，卻沒想過它會有成真的時刻。當空襲警報響起，正好是飄著細雨的週五早晨，村民們陸續準備要上工，竟還以為只是臨時的防空演練。

保正敲打著防空鈴，大聲高喊：「敵機從南方來襲！」

天空傳來野獸般的轟鳴聲。二十幾架飛機穿出雲層，低空向下逼近，往基隆港的方向前去。搭搭的機械槍響從天而降，似乎正在攻擊附近的軍營。隨後，轟炸彈如巨石般從空中墜落，好像失去重力，很慢很慢地，降在山頭那邊的選煉廠，發出轟天的巨響。遠方頓時陷入一片火海。

除了選煉廠遭到空襲，軍營附近的房屋也遭到戰火波及，只存滿地的碎瓦。第一波襲擊過去不久後，米機又從北方折返回來，但並沒有再祭出猛烈的攻擊。大概是成功突擊基隆港的軍事補給，目標已成，便帶著戰功離去了。

「緊去工廠救人喔！」看到軍機逐漸遠去，原先趴在地上躲避空襲的村民，趕緊號召眾人前去幫忙。

因為會在選煉廠工作的，多是負擔不起礦場體力活的老弱婦孺。

市村香強忍著耳鳴的不適感，急忙從防空洞爬出來，卻不是加入救火的行列，而是往選煉廠的反方向奔去，想看看中尉所在的監視所是否安然無事。她和眾人逆向而行。她和他們不同，她有她的生活要過。如果沒有遇到中尉，她說不定會像村裡的女人那樣，在政策的宣導下到工廠工作，最後被埋在廢磚裡。也正因為如此，她必須確認中尉還活著，確保接下來的計畫不會生變。

她一路奔跑。

被炸得只剩下半邊身體的小孩，爬在地上，尋找他失去的手臂。

有些女人的臉正在燃燒。

剩下的都成為了融化的焦黑的模糊的屍體。

然而，監視所卻沒有遭到任何攻擊。一切如常，彷彿什麼事也沒有發生。

後來，她才從中尉那裡得知，是因為監視所裡有著敵軍的士兵，空襲才會刻意避開這裡。空襲那天待在監視所的中尉，自然沒有受到什麼傷害，彷彿早就預料到這一切的發生。面對急忙趕到的市村香，中尉只揮了揮手，表示他有工作要做，先別來煩他。

幾日過後，中尉才回到住處，向市村香提出了新的計畫。

金瓜石向來以豐富的金礦聞名，過去有不少人帶著一夕致富的淘金夢來到此地。但戰爭開打後，原本開採金礦的礦場，就被強制停產，改以開採能製造彈藥的銅礦。而有些村民奉為傳家寶的金塊，在幾年前也跟著鐵、銅等金屬製品，一同被政府徵收了。

不過，或許有些人的家裡，還暗藏了一些金條也說不定。

但不潛進去的話，是不會知道的。

趁空襲警報響起時，進去別人的家裡偷東西吧！中尉抓著市村香的肩膀，試圖說服她。保正、商人、地主……巡查也可以，只要有任何值得的東西，就都偷拿走吧。反正那些都是禁奢令下不該留存的東西，就算被偷了，他們也不敢說什麼。我們再把那些贓物拿到市區轉賣，肯定能賺不少錢。

「空襲？難道不會被炸彈擊中嗎？村落那裡可不是監視所啊。」聽到中尉的計畫，她忽然有些不安。她開始意識到自己即將幹這種犯罪的事。

「不會的，他們接下來都不會再攻擊這裡了。」中尉停頓了一下，似乎在思考著要不要繼續說下去。「其實空襲過後，我們抓到了潛伏在軍中的間諜。妳想想看，敵軍是怎麼判斷空襲目標，準確繞過監視所的？一定是有人洩漏情資。然後，在經過我一番拷問後，間諜全盤托出了米軍接下來的計畫。他們打算在登陸基隆港後，聯合監視所中的俘虜，裡應外合，一口氣占領東北角。」

她沒有說話。她想到空襲時，被壓在殘骸裡的手臂。

「為了讓俘虜們接收這裡，把小鎮變成進攻基地，敵人暫時要保全這一帶的各種設施，可以不用擔心被轟炸的事情了。」

中尉浮誇地揮舞著雙手，稱這是絕佳的機會。他可以指示地區的防空兵，要求他們將警報的時間延長，以防敵軍再次來襲。

她只點了點頭，表示她理解了。

偷別人的東西，不是什麼大不了的事。她小的時候，也曾偷拿過市場地攤的梳子。為了能繼續過上美好的生活，她至今已經做了很多不道德的事：跟男人上床、轉賣配給品賺取價差，也沒去幫忙村民救助傷患。但她不明白，自己為什麼在這個時間點猶豫。

明明都下定決心了。為了活下去，要她做什麼都可以的。

那麼，唯一會阻饒她的，就是對死亡本身的恐懼吧！

並不是說，她不相信中尉，但畢竟才剛經歷過切身的空襲，在聽到警報聲響起時，她依舊會感受到些微的耳鳴與暈眩，彷彿隨時都會吐出來。她感覺自己就像是中尉所形容的俘虜，只要有任何一點危及生命的跡象，就會嚇得渾身發抖的幼蟲。

在中尉的眼中，自己搞不好也是如此。

當她奮力地在中尉身上扭動腰身，想盡辦法取悅男人，看起來大概就像是為了生存，而努力往前蠕動爬行的幼蟲吧。她心底知道，自己在對方眼中仍舊一文不值。即使她付出了這麼多，依然會有被拋棄的可能。

看看現在，她不就也在中尉的要求下，冒著生命危險，在敵機來襲時偷偷潛入別人的房屋裡。

夜晚，防空鈴響起時，她躲在房屋裡，等到附近的居民離開村莊後，才悄悄地溜出來。她試著鎮定下來，說服自己，假如遇到其他人的話，就說是幫忙巡邏就好。她大口吸氣，努力從鼻腔裡尋找晚餐的米香味，想回想起從前的美好時光，卻怎麼樣都只能想起空襲過後的焦屍味。

她優先鎖定商人、保正的住處，拉開來不及鎖上的房門，把床板、壁櫥等夾層徹底翻過一遍，但都沒有想像中的金塊。只有一些不值錢的飾物，在黑市上大概只能賣幾塊錢而已。在搜完幾間房子後，她又繞出了村子，假裝自己也是剛從防空洞回來的人。她會坐在附近的大石上，靜靜地等待人們出現。

如果這時候，戰鬥機低空飛過的話，她大概也無處可逃，只能讓子彈如雨滴般穿透身體。乾脆就這樣好了。

怎麼湊錢、怎麼逃亡，這些麻煩事就通通都不要想了。

但她畏懼死亡的心，讓她依舊重複著這些日常，麻木地潛入，偷走一切可用的東西。最後，她甚至連米、糖、醬油等食用品都不放過。

直到某天，她在一名礦工家，發現一顆指頭般大小的金礦。

閃著金亮的色澤，一眼就能認出其價值的金礦，在當地是極為罕見的。

這類型的金礦，被礦工們稱作金包，是就算會被剁掉手，也要偷偷拿出來的寶物。跟常人想像的不同，金瓜石的本山礦場雖然開採金礦，但多數礦石的含金量極低，需要通過煉製廠加工，才能夠提煉出細碎如沙的黃金。對一般人而言，一般在金瓜石開採到的礦石沒有價值，充其量只能當作紀念品。只有少數時候挖掘開採到的金包，因其含金量非常高，才是能直接拿到市場轉賣的金礦。

據老一輩礦工的說法，金包雖然難挖，但只要找到一顆，周圍往往還會有更多。一夕暴富的念頭，往往會使得挖到寶的礦工陷入瘋狂。

市村香搓了搓細小的金礦，手指上沾著些許泥土，說不定是最近被挖出來的。

有這種可能嗎？就她所知，臺籍礦工多半是負責礦場淺層的部分，那裡有許多日籍的監工，很難順手把金礦帶出來。金包多出現在底層尚未開鑿的部分，但由於礦洞深處較為危險，那區則是由監視所的俘虜們負責。價值連城的金包竟然會出現在一般礦工的家中，怎麼想都不太對勁。

更奇怪的是，她是在眠床的下層發現的，那裡並不是特別難找。多數人會把一些糧食藏在底下，避免直接被人拿走。但如果是像金包這麼貴重的東西，不應該藏在那裡，隨身攜帶都還更保險一些。

她把細小的金包收了起來。第一次，她決定要隱瞞中尉，不讓他知道自己偷到了寶物。

距離攤牌的日子愈來愈近了。她不能保證資金籌措好後，中尉會信守諾言，帶著她一起離開這裡。她得要留個保險。如果把偷來的金包賣掉的話，應該足夠讓她自己一個人生活。她只需要知道中尉接下來的計畫是什麼，該怎麼離開、到內地的哪個城市最安全。更何況，她沒有軍人的身分，不用面對逃兵的刑責，其實搞不好會過得更好一些。乾脆現在就拋下中尉，自己一個人捲款逃走算了。

跟中尉在一起的這些日子，讓她更理解什麼是狡猾與欺騙。

另一方面，她擔心金包的存在，可能會改變他們原先的逃跑計畫。說不定中尉會為了挖到更多的金包，而選擇待得更久一些，因誤判而來不及離開這裡。又或者是為了調查是哪個礦工偷挖走金包，驚動整個村莊，讓他們在蒐集金礦、籌備資金的事情曝光。誰知道呢？在巨大的利益面前，再謹慎的人都有可能失算。

然而，她還是把這一切想得太簡單了。

幾個禮拜過後，中尉欣喜若狂地回到家中，要她拿出很久沒喝的燒酒，有好消息值得慶祝。原以為是戰況告捷，海軍成功奪回海上的優勢，但中尉只冷笑了一聲，表示皇軍已兵敗如山倒，別再奢望這種事了。倒是接下來的逃亡計畫，他有一些新的想法。

「妳有沒有注意到，最近在礦場當跑腿的小孩，看起來都鬼鬼祟祟的？」

市村香搖搖頭。她迅速想到偷來的金包，下意識地用手摸了摸袖口。

「我聽說啊，這些礦工的小孩會把他們吃剩的便當，拿去給在底層工作的俘虜們吃。小孩子們好像很喜歡聽俘虜說故事，想瞭解島以外的世界長什麼樣子。有的時候，俘虜還得寸進尺，託小孩們把外面的報紙帶進去，大概是為了摸清楚現在的戰況。但他們給的報酬也不少，最近好像有人用挖來的金礦，要小孩們提供他一個月的香菸、報紙和食物。」

「喔，是這樣啊。」她突然可以理解為什麼金包會藏在這麼明顯的位置了。

「怎麼，妳看起來不是很意外的樣子？」中尉意味深長地看著她。

「沒有啦，只是這跟我有什麼關係？我能幫上什麼忙嗎？」她緊張地說道。

「哼，只是先讓妳知道而已。我另外有一套計畫，到時候妳再過來幫忙就行。」

這讓市村香有些不安。以前因為籌錢的部分由她負責，讓她一直有種主導一切的感覺。

但現在，一切似乎都亂了套，都不在她的預想之內。

「那之後呢？你想好要什麼時候搭船離開了嗎？我們逃到哪個城市，才能夠躲避米軍的攻擊呢？」她假裝鎮定地問道。現在應該抓緊時機，為之後自己的計畫鋪路才行。

中尉卻一點也沒有要透露的意思。只是聳聳肩，說先幹完這一票再說。

然後，中尉要她到黑市裡，買足一切昂貴的食材。現宰的雞、臺式的臘肉、剛捕撈上來的魚貨、蓬鬆有嚼勁的蓬萊米，基礎的調味品如糖、鹽、味噌、醬油也一概備齊。當然，最重要的燒酒可不能少。他要她準備一場豐富的盛宴。

為什麼？難道又有什麼值得慶祝的事嗎？

才不是呢。這可是為了俘虜而準備的。

原來，中尉早就抓到在礦場裡挖出金礦，並跟孩童交換食物的那名俘虜。但是俘虜的性格倔強，在嚴刑拷打下，始終都沒有招出是在哪一區挖出來的。這讓接下來的行動趨於困難。假如剩下的金包都被其他俘虜給挖走，那可就糟糕了。為此，中尉不得不使出更嚴厲的手段，想把金礦的位置從俘虜口中套出來。

他把俘虜關入禁閉室中，以煽動同伴、企圖造反之名，關押長達五天。這期間，禁止任何人與之接觸，且不給予任何飯菜，僅能喝水充饑。

為了要重重挫折俘虜的志氣，讓他臣服。

如果因此喪失了理智，那或許會更好。

中尉要市村香準備好食物，半夜的時候到礦場外頭等他。最近因為空襲，軍部才剛打通監視所到礦場的隧道。只要利用那條隧道，就不用走出監視所，可以繞過衛兵的視線，帶著俘虜直接進入礦場。接下來，再讓俘虜帶領他們去往礦坑底層，找到還沒被開採的金礦。他、俘虜以及市村香，三人應該能帶不少金礦上來。

「所以是要用食物來讓他說出位置嗎？對方在拷問下都沒說出來，怎麼可能這樣就屈服了。」

「喂，可別小看動物的生存意志啊。只要過了一個界線，道德、尊嚴什麼的通通都會不見。而且這傢伙很有意思，他之前沒有把金礦的位置透露給其他俘虜，就是為了要獨占這些金礦，這樣他才能繼續跟孩子換食物吃。」

市村香半信半疑地做好料理，按照中尉的要求，把自己的拿手菜全都做出來。然後，依約定的時間，準時抵達礦場外頭。冬日寒冷，她哆嗦著身子，將手伸進布罩下的煤燈取暖。剛做好的食物都放在便當盒裡，還未冷掉，保有一些餘溫。過了一會，她才看見中尉押著俘虜，從礦場的陰暗處中走了出來。

暗夜中，她舉起了燈，想藉著微弱的光線看清楚俘虜的長相。雙頰凹陷，全身瘀傷，皮膚乾皺而慘白，裸著上身的背部有很多因抓癢破皮的傷口。對方看起來也才二十幾歲，如果沒有遇上戰爭的話，應該會是健壯俊美的少男。她把煤燈向前舉，想仔細看看他的面孔，俘虜卻不自覺地瞇上眼睛，顫抖著退回陰暗的礦場裡。

「他已經很久沒看到光了，別嚇著他，讓他抓狂可不是好事。要妳帶的東西帶來了嗎？」

市村香點點頭，默默地把便當盒交給中尉。

只見中尉回過身去，用她聽不懂的英語在溝通著。他的語氣時而高昂，時而輕柔，似乎威壓與哄騙並行。過了一會兒，他開心地拍了拍手，示意要市村香上前，想來應該是談妥了交易。他們一行人便換上靴子，改拿電土燈，配發十字鎬給俘虜，並命令俘虜領頭，往洞穴深處前進。

因為缺乏通風設備，他們沿著斜坡往深處前進時，總會感受到前方陣陣的熱氣。每走一步路，四周便傳來震動聲響，要是沒注意，除了會被碎石擊中，還有可能被周圍銳利的石頭劃傷。市村香是第一次進到礦場。從前都只有耳聞，現在實際踏進來後，她對裡頭糟糕的生存環境感到相當地吃驚。

「該死的，一陣子沒下來就變這樣，剛剛從俘虜營到礦場的坑道都還比這個好走。」中尉抱怨道。

「那條隧道不是新開的嗎？保正說那是要讓俘虜避開空襲。但大家都在說，是不是怕先前被空襲炸得無家可歸的村民們報復，所以才讓俘虜們避開以前行經村莊的路。」

「想太多了。那條隧道的唯一功用，就是要在米軍登陸時，把俘虜們趕進去，全部活埋。這樣他們才沒有機會占據這裡。」中尉表現得異常冷靜，絲毫不在乎前方的俘虜。

她想像著米軍登陸的畫面，又想起了之前空襲中被炸得粉碎的屍體，忽然感到一陣恐怖。尤其是處在漆黑的洞窟裡，混濁的空氣彷彿深不見底地浸入肺裡，讓人窒息。她看了一眼在最前方的俘虜，對方高聳著肩膀，好像隨時都會回身攻擊似的。她又看了一眼中尉，男人沉默著，似乎正在盤算些什麼，該不會是要自己獨占黃金，把其他人都殺掉吧？愈是進到洞穴深處，她愈感到不安。

突然間，俘虜停了下來，指了指上方的礦石，表示已經抵達目的地了。中尉仔細端詳，露出懷疑的表情，眼前這片尋常無奇的礦脈，怎麼可能藏有什麼金礦。他熟練地拿起礦鎚，惡狠狠地往俘虜左肩敲擊，指示他開始工作。在沒挖到金礦以前，都不准吃東西。

俘虜發出痛苦的哀嚎，不甘願地拿起十字鎬，用力敲鑿礦石，重複著日常的勞動。尖銳的十字鎬落在粗糙的礦石上。敲擊著，讓石頭碎成一片又一片。礦洞裡充滿著空洞單一的挖鑿回音。

然後，她看見細碎的金包從上方掉了下來。雖然大小比不上之前偷來的那顆，但這已證明俘虜沒有說謊，金礦確實就藏在這上方。

中尉興奮地跪在地上，用手掌收集地上金包的碎屑，看上去簡直跟動物沒兩樣。那是市村香第一次看到中尉這副模樣。被本能驅使，而終於卸下了人皮的偽裝，一心一意地追求著什麼。她忽然間覺得他們都差不多，都是不停擺動身體，毫無意義地活下去的蟲。什麼玉碎，什麼物哀。人才不是櫻花盛開時，轉瞬落下的花瓣。人只是在樹木底下根處，啃食著腐爛物的蟲而已。

是被眼前的黃金沖昏頭嗎？中尉完全沒有過往的沉著，喪失了判斷力。本應讓俘虜停下來休息，兌現承諾，讓他享用說好的大餐，但中尉依舊拿起礦鎚，威嚇要俘虜繼續工作下去。

「混帳東西！誰允許你停下來的。」中尉罵道，手中的礦鎚再度往俘虜的肩膀上招呼。俘虜發出哀嚎，突如其來的疼痛，使他手中的十字鎬落在一旁。

「好了，別打了。就先讓他吃個東西，才有體力繼續挖礦啊。」看不下殘忍畫面的市村香，難得出面解圍，想替俘虜求情。

然而，就在此時，俘虜卻低身轉了過來，冷不防地發動攻擊。他先是將市村香撞倒，並拿起一旁的礦石砸向中尉的額頭。那沉悶的敲擊聲響跟剛剛挖礦的鑿擊聲形成對比，被攻擊的頭殼像是軟熟的西瓜掉在地上，破開來就冒出汩汩的水流聲。

中尉死命地回擊，擒抱住對方，避免再有大動作的攻擊。他發出痛苦的叫喊，要市村香趕緊來幫忙。

「喂，臭女人！趕快過來幫忙啊！」因為與俘虜纏鬥在一起，中尉沒辦法拿起剛剛俘虜落在一旁的十字鎬反擊。

因頭部撞擊到地板，而仍然感到幾分暈眩的市村香，呆滯地看著前方兩個男人打鬥的場景。

如果中尉拿到十字鎬，一定會想盡辦法回擊，不把俘虜打死不罷休。她太清楚他了，他是無法忍受失敗與屈辱的男人。然而，這會讓事情變得更加複雜。他們會需要處理俘虜的屍體，清理現場的血跡。畢竟他們沒辦法解釋中尉為什麼會跟俘虜起衝突，那會使整個逃亡計畫曝光。而就算他們能安然度過這局，中尉會不會為了保全自己，把作為唯一目擊證人的她給滅口呢？

不，想這些其實都太遠了。說到底，她只是不敢上前，擔心自己遭受俘虜攻擊，單純地害怕死亡而已。

「還在等什麼，快過來啊！妳不想活了嗎！」中尉被俘虜壓制在地上，死命地叫囂著。

俘虜拿起一旁的十字鎬，狠狠地敲進了中尉的胸口，並企圖拔出來，再給予致命的一擊。像是被逼到絕境的猛獸，他抓了狂似地拉動著十字鎬，細瘦的手臂都冒出了青筋。中尉的胸口因為十字鎬的拉扯，湧出大量的鮮血。

就在俘虜死命地想拔出十字鎬之時，市村香拾起了礦鎚，使盡全身的力量往俘虜的後腦勺砸去。

是啊，像她這樣瘦弱的女子，只有在這種時候，才能在夾縫中獨自生存下來。如果現在不這麼做的話，她就再也沒有機會了。她不想面對中尉活下來後的麻煩事，但她也害怕俘虜會對她做些不利的事，乾脆誰也不幫，讓這兩個人死在這裡就好了。只要沒有人知道她在現場，那這終究只會被當作是離奇的鬥毆命案，背後的計畫就都不會曝光了。

頭依舊有些暈眩。再想下去的話，感覺就要暈倒了。該不會是剛剛被俘虜撞倒時，不小心把頭給撞壞了吧。

她又拿起礦鎚，用力砸向俘虜的身體。

過了一會兒，她確認中尉跟俘虜都沒有動靜時，才上前查看兩人的狀況。中尉基本已經沒有呼吸，而俘虜頭上的傷口則不停流血，大概也活不久了。她稍微搜索了兩人的身體，看看有什麼值錢的東西，也順便把會暴露她行蹤的物品給帶走。最後，她只拿走一開始中尉要她帶來的便當。

她走得很倉促。她記得，他們是午夜十二點進到礦坑的，來到底層，大概花了一個鐘頭的時間，回程的路想必更花費時間。現在不趕緊離開的話，一切就來不及了。

她拖著沉重的步伐，沉默地爬著石階，想盡快脫離燥熱的洞穴。

啊，這一切感覺好像夢啊。她是怎麼走到這步的呢。最一開始，她不過只是在咖啡屋，陪那些男人們聊聊天而已。如今，她卻剛殺了一個人，還要想辦法在一切警方調查結束後，逃離這裡。她想活下去，她要繼續活下去。

天還沒亮，她像夢遊一般出了礦場，走相同的路回家。大概是因為耗費太多力氣，她的肚子開始不爭氣地叫了起來。她用清水稍微擦拭身體，將髒汙去除，用粉底遮住剛剛撞擊後的瘀傷，看起來似乎都把她曾經去過礦場的證據都抹除乾淨。她把沾了血漬的便當從布袋中拿出來，現在就只剩下這個要處理掉了。

她攤開便當，開始思考接下來要怎麼繼續生活。再過幾個小時後，礦工們會發現底下的屍體，警察和軍方會介入調查，想釐清這兩人是怎麼產生衝突的。他們會來詢問她，想知道中尉生前有沒有什麼不尋常的舉動。她先是哭，假裝因為失去了情夫，對未來的日子感到徬徨。接著，看情況透露中尉違反軍紀的行為，比方說對禁奢政策不放在眼裡。軍方高層或許為了掩飾醜聞，而草草結束調查。再過來，她只要搭船離開臺灣，一切就都沒問題了。到內地之後，她該在哪裡落腳呢？軍事重鎮的廣島？熱鬧的大阪？還是遠在北方的函館？到時候再看看吧。

她拿起筷子，一口接著一口，享用昨夜準備的美食。中尉那時要她準備各種不同料理：炸蝦天婦羅、味噌炒豬肉、洋芋烤番茄、竹筍肉絲……日式、臺式或洋式的料理都準備一些，讓沒吃過好料的俘虜嘗嘗本島在料理美食上的多樣性。她狼吞虎嚥地咀嚼著，每吃完一道菜就先停下來，大口吸氣，想重新享受殘留在口腔中的肉香。但不知道是不是因為早前頭部的撞傷，還有點暈。不管她怎麼努力品嘗，那些美食就像白紙一樣，什麼味道都沒有。

第一份任務

那是他剛成為警察的事了。

張天貴站在大街上，從口袋中拿出已經有些濡溼的手帕，擦去臉上的汗水。他上禮拜才把制服洗過，深怕在領口留下汗漬，壞了他一身整潔乾淨的頭面。身為警察，必須在市民面前維持良好的形象，他不但引以為戒，也為此感到光榮。他趁沒人注意時，偷偷聞了一下衣服，確認身上沒有任何異味。隨後，他將警帽拉得繃緊，感覺自己也跟著筆挺整齊了起來，便繼續他例行的巡邏勤務。

街角的麵店人聲吵雜。老闆打著赤膊，老練地瀝乾麵條，順手淋上肉燥。

三個孩子大聲嚷嚷，再多一點、再多一點。看起來是他們母親的少婦，頻頻向老闆道歉，今天太忙了，難得帶孩子出來吃飯。老闆笑笑著，又在他們的碗中淋上一匙肉燥。

光復過後，臺灣雖然經歷過一段動盪不安的時期，但有賴於省政府的建設，以及中國聯邦政府的全力支援，臺灣這些日子才總算安穩下來。天貴想到自己還小時，因為正值戰爭，只能啃著無味的番薯葉。眼前的孩子嘴上沾滿油光，看上去是多麼得幸福。

「大人，來坐啊。」老闆一見到他，連忙收拾桌上的碗筷，向他招呼。

「我猶閣咧上班，袂使按呢摸飛。閣有，莫叫我大人，彼是過去的講法。咱這馬攏是中國人，叫我警察先生就好。」

「聽講大陸彼爿的匪類走來臺灣，敢真的？」

「啥物人講欸，這話毋通黑白傳！」天貴皺起眉頭，嗓門稍微大了一點。但見到老闆緊張的表情，想起自己從前也是如此懼怕日本警察，便又揮揮雙手，試著緩和氣氛，「無啦，彼款代誌是聯邦警察咧處理，我無清楚，嘛袂使亂講。」

其實，天貴的確有聽聞毛匪流竄來臺的消息。民國三十六年，蔣總統為了盡速結束內戰，放棄了原本單一制的憲政構想，以聯邦制行憲治國的條件，與共產黨和談。未料毛匪在選舉失利後，聲稱應推翻既有體制，建立全面由共產黨領導的新國家，遂轉往地下從事革命活動。幾年過去了，共黨雖還沒有完全瓦解，但不時仍有他們在各省活動的傳言，過去臺灣爆發的「五月事件」就被認為與他們有關。而在介入韓戰一、兩年後，基於內政的壓力，政府下定決心要全面根除共黨的勢力，在地方警局安插了專門維護國安的聯邦警察，要協助本地警察的查戶口勤務。

他想起這週又要跟黃上級報告，忍不住又頭痛了起來。

每天坐在辦公桌前，負責匪情調查的黃上級，是天貴分發到警局後的長官。雖說聯邦警察與省警察並無上下之分，但天貴只是剛結訓的菜鳥警察，便被局長指派，要全力協助黃上級的業務。因此，天貴除了查戶口、巡邏、守望及值班外，還要額外寫報告書給黃上級，過多的勤務讓他非常疲憊。

唉，真想現在就坐下來，好好吃一口麵啊。

天貴將目光轉向路口，試著轉移自己的注意力。街上人來人往的，每個人都為了生活而認真打拚著。這幾年美軍為了支援韓戰，人力與物資頻繁出入日本、臺灣與菲律賓，無形中也帶動了本地的經濟。還不那麼久以前，這些美國大兵還是空襲我們的敵軍，誰知如今卻在街上開著運輸車，或在酒家中有說有笑地勾搭著女人，只能說，這世上沒有永遠的敵人啊。

就在天貴如此感嘆的時候，一輛三輪車從他面前逆向而過，頓時將他的思緒拉回現實。他吹著哨子，奮力追趕上去，要對方趕緊停下來。

由於三輪車上載著滿滿的貨物，上頭還坐著一名老婦人，估計是怎麼騎也騎不快的。對方在聽到他的叫喚後，便隨即靠邊停車，等待他氣喘吁吁地趕到。

「恁哪會按呢騎車，實在是毋知死！」天貴忍不住破口大罵。他曾處理過好幾起因逆向行駛而發生的車禍。如果同是自行車，那倒還好，但若撞上的是汽車，情況可就糟了。

「唔……唔……」三輪車上的老婦人用力地揮揮雙手，似乎想表示什麼。

未等天貴接話，騎著三輪車的青年走上前來，點頭向他致歉。

「不好意思，我母親不會說話，沒辦法回答您的問題。」青年用流利的國語說道。

啊，竟然是啞巴嗎？天貴忽然感到幾分歉疚，剛剛不該對老婦人大小聲的。也因為這樣，他竟一時間忘記原本要教訓人的話，搔了搔頭，還是先按照平常臨檢的流程，請對方先交出身分證跟車輛登記證好了。

「身分證跟駕駛執照在這裡。至於登記證，由於這是朋友的車，所以不在我身上。」

「蔡明山，你幾年出生？哪裡人？」天貴看著身分證，例行地問道。

「民國十八年出生，今年二十三歲。我是本省人，光復後去了湖南一陣子，最近才剛回來，所以不太清楚臺灣的變化。請問剛剛是否觸犯了本地的交通規則呢？」

「原來你剛從內地回來，難怪國語說得不錯。」天貴注意到對方的國語說得比自己流利，感到幾分欽佩，「臺灣跟內地不同，現在還是依著日本時代的左行規則。你要習慣一下，不然很容易就逆向違規。看在你初犯的緣故，這次就不特別開單了。」

「麻煩你了。」青年露出不好意思的笑容，「原來臺灣一直還沒改制啊，感覺這樣很容易出車禍。特別是又有這麼多美軍在出入。」

「是啊，我前陣子才處理過一起類似的案件，很麻煩的。對了，既然你剛從內地回來，那有去辦理歸戶了嗎？」

「我和家母最近才剛搬上來，沒來得及去辦。」

天貴仔細端詳著眼前這位年輕人，年紀雖然才大自己幾歲，但看上去卻已有幾分歷練。不知道為什麼，對方在回答盤查時，像受過很多次的訓練，總是直挺挺地看著他，絲毫沒有任何畏怯和猶豫。是習慣這樣的提問嗎？還是在其他省分待得太久，而終於擺脫那種害怕警察的殖民地個性？天貴一時間沒有答案。

「車上的貨都是剛批來的米，預備要送去山上的村莊。加上母親有點癡呆，不放心她一個人在家，所以才帶著她出門。希望剛剛沒有冒犯到你。」似乎是為了消除天貴的疑慮，青年看著三輪車，如此補充。

「不會的。」面對他客氣的態度，天貴跟著拘謹了起來，「如果有驚擾到你母親，還請多見諒。」

只見老婦人大力揮動著雙手，發出嗚嗚噎噎的聲音，似乎是想說些什麼。

「她說很感謝你。」

天貴愣了一下。他還沒為自己的失態，親身向對方道歉呢。剛剛和青年談話時，都是用國語，老婦人肯定沒聽懂他們的談話內容。這陣子壓力太大，老是控制不住情緒，可不能再這樣繼續下去。本想開口向老婦人說些什麼，但忽然又想起，自己也沒搞懂對方究竟只是啞子，還是聾人，說不定對方根本就聽不見他在說什麼。就在他思量的時候，青年已重新踏上三輪車，載著滿車的貨物緩緩向前行。

而老婦人就坐在後頭，用那缺了牙的嘴，向他笑了笑，隨後消失在路的轉角。

那是他第一次見到這麼單純的笑容。

後來，他在路上巡邏時，也曾幾次巧遇青年，三輪車後面依舊載著老婦人，安靜又熱情地向他揮手招呼。他點點頭，目送他們轉入下一個街角，想來今天的工作也非常辛苦吧。雖然，他還是想知道，老婦人究竟能聽不聽見他的話。不過心中就算有疑惑，也不好意思為這種事攔下對方，僅僅就只是打聲招呼，如此而已。

因為自己的交際手腕不夠圓潤，又不善於表達情感，他雖把「敦親睦鄰」的原則放在心上，但總是難以執行。有次值勤時，他只是想關心看起來無家可歸的小男孩，卻把對方嚇得直求饒。事後他才知道，原來是有流氓集團操控，組織性地在誘騙好心人家的錢。同仁因此戲稱他是陰間差來的牛頭鬼卒，只要壞人看到他，就會害怕得露出馬腳。需要績效時，帶上他，肯定沒問題。

他不擅與人溝通的個性，讓他十分困擾。前陣子，他協助處理黃上級手邊的案子，要協調一起美軍顧問團高層的車禍糾紛。在五月事件過後，省政府規定，只要外省公務人員需要與民眾接觸時，一律須由本省同仁陪同。當黃上級要慰問受傷的臺灣民眾時，天貴也需要到場協助。

「記住，不要嚇到對方了，萬一被別人說，我們是在欺負民眾，可就不好了。」他們前往醫院時，黃上級這樣交代。

黃上級的資歷大他好幾十年，又是聯邦派來的人，他對這樣的指示自不敢怠慢。可愈是緊張，愈不容易把事情給辦好。到了醫院門口，美軍高層還看著天貴，狐疑地說這傢伙真的沒問題嗎。黃上級拍拍美國人的肩膀說，放心交給臺灣的「南無警察大菩薩」。臺灣的警察，過去可是被視為神一般的存在呢。

他的任務很簡單，向躺臥在病床上的臺灣人，傳達肇事者的歉意。美方願意提供全額的醫療費，並擔負患者受傷時無法工作的薪水，希望能得到對方的諒解。

「請你在這裡好好養病。如果有人說要替你聲張正義，麻煩再聯絡我，那是存心想分化族群的共匪。」

「請恁好好保重自己。若是有人講欲替恁出頭，愛共咱講，彼是壞人。」

受傷的患者在聽完天貴這麼說後，一掃原先陰霾的神情，也不管肇責的追究，就是緊緊抓住他的手，感謝政府的大恩大德。黃上級便拿出和解書，招呼始終沒說話的美軍高層，要肇事者與受害者雙方握手、簽名，他們的任務便暫時結束。

不過天貴仍被要求寫了份檢討報告。理由是，未如實翻譯官員對民眾之對話。黃上級來臺後，第一個學的就是「共匪」的臺語唸法，自然知道天貴沒有照實翻譯。天貴雖有不滿，但自知理虧，只能摸摸鼻子，在檢討書上寫下：「本省警察應如實傳譯訊息，維護本地族群和諧，阻絕敵匪之滲透，避免五月事件重演。」

天貴把這些日子以來，各級長官在會議中所勉訓的，一字一句抄寫下來。

五月事件發生時，他還是初中生，只知道外面出大事了，勞動節遊行到最後，竟然變成暴動。他的父親收留了幾個外省同事，保護他們不被外頭的流氓攻擊。天貴轉開桌上的收音機，裡頭傳出模糊的臺語正批評著本地大部分官職由外省人擔任，是沿繼舊有的殖民政權，臺灣人應獨立自決，建立屬於自己的共和國。

他父親皺了皺眉，把收音機關掉。是共產黨，這下糟糕了。他父親一邊喃喃自語，一邊把天貴趕出書房，只要他千萬別信共產黨的說詞，他們只會煽動暴力與製造仇恨，卻沒讓他知道更多。

長大後，他進入警員訓練班，第一門課的老師就在臺上侃侃而談：「本省地區因長年受日本統治，不熟悉本國的國語、地理及歷史文化，造成有志於公的民眾難以通過相關的考試，才使得本地公職人員多以外省籍為主。未料，受到共黨惡意操弄，使本省民眾染上分離主義的妄想，實為憾事。」

「自我國改以聯邦制行憲後，便賦予各省更多的自治權，希望能應對毛匪過去提倡的『各省人民自決主義』，如此就不會再有人重提湖南獨立之類的主張。五月事件過後，省政府力行省政自治原則，特別保障本省民眾在參政、受教的權益，希望大眾不會再誤入共黨的分離主義邪說。」老師停頓了一下，鄭重盯著在臺下的天貴繼續說道，「而你們當中有幾位，正是此次特增的保障生，希望你們不要辜負國家對你們的期待。」

他知道，那指的正是他。

光復後，臺灣地區警察大約分成三種人。一種是在抗戰期間，就接收過正統教育訓練，並預計在戰後接收臺灣警政的警官。這類人泰半是福建人，雖然泉州、漳州在腔調上跟臺灣有所差別，但相比從北方來的國語，還算比較能通。另一種是中國內戰結束後，為了協助軍人轉職所釋出的職位，端看軍人從前所屬的派系，決定分配到的職務為何。就他所知，黃上級從前是軍統局的，後來便轉任成聯邦警察，應該是少數官運較為亨通的。最後一種，是日本時代就擔任巡查的本省人，戰後受省政府留用，是警局中唯一與本地人民語言相通的警察。但他們還保有過去殖民者的蠻橫，當自己是主人一般地欺侮民眾，全然沒有人民公僕的自覺。

而像天貴這樣受過正統警察訓練的本省人，就被期許為是改革警界的新潮流。

不得濫用職權，苛擾人民；搜索物證時，要顧到人民的權益；逮捕人犯，不可隨意虐待侮辱；不接受招待及餽贈，乘車時應照章買票；對人要誠懇禮貌，處處為民眾服務。

天貴把「警察新作風運動」的綱要牢記在心中，希望能擔起重任，重建民眾對政府的信賴。但實際分發到警局後，他發現從前學的根本派不上用場，多數民眾還是把他視為「大人」，眼神總帶著恐懼，畢恭畢敬地回應他的問題。進戲院或吃飯時，店家也堅持他不必付錢，將他剛掏出來的零錢全數退回。因為他平常負責巡邏，鎮上的人幾乎都識得他，就算穿便服也還是會被認出來。頭幾個禮拜，他會坐一個小時的公車到臺北城吃飯，後來實在受不了這樣的生活，乾脆厚著臉皮選了一家麵店，日日光顧，除了乾麵還點好幾道小菜，讓對方忍受不了長期虧損，才收下他留在桌邊的零錢。

警局資歷較深的警察都勸他別費心了。這些都是民眾的好意，還不乾脆點收下，長久下來會被別人看扁的。社會風氣不會隨便喊個口號就變，今天你把民眾當朋友對待，明天就等著他踩過你的警帽。警察保有威嚴，受到民眾的尊崇與愛戴，是天經地義的事。要是有民眾經過警局，不鞠躬敬禮，肯定還是要好好教訓一頓。

儘管他的同事都依然如故，但天貴還是盡他所能的，去做他分內能做到的事。

他總覺得那是他的責任。從前，臺灣人被日本統治，不僅沒能推翻異族的政權，在抗戰期間還被徵收各種用品，幫著日本人侵略自己的祖國。好不容易回到了祖國的懷抱，又有共匪在煽動獨立，使一些單純的臺灣人對外省族群抱持敵意。

而像警察這樣的職業，以前多由殖民者所掌控，在取締管教上非常嚴厲，也讓很多臺灣人敢怒不敢言。光復後警政體制轉換，由外省人暫時接管相關職位，是不得不然的事，卻被共匪惡意曲解，將外省人類比為跟日本人相同的殖民者。要讓本省民眾重新相信政府，這是只有作為本省警察的他，才能做到的事。天貴心裡默默這樣相信著。也因為這樣，有時他和本省民眾說話時，會特別避開省籍一類敏感的話題，不想讓民眾有被刺探的感覺，也不希望他們涉入太多複雜的政治議題。

但面對流氓時，天貴就很難堅持學校所教導的「正當執法」。在他眼裡，那些不過就是欺侮平民的滋事分子，沒有必要留任何情面，只要碰上了，就必須拿出十足的威嚴來應付。

比如某次，他又遇見了騎著三輪車的青年。但當時青年似乎下車去處理事情，只留老婦人一人在後面，顧著賣剩的米糧。幾個看上去是不良分子的混混湊上前，似乎在打著歪腦筋，鬼祟地在一旁閒晃著。老婦人的腦筋看起來真的不太好，只不斷傻笑著，渾然未注意到流氓的惡意眼光。天貴立刻衝上前去，要求幾名混混秀出身分證，以臨檢來維護治安。

「你已觸犯了《違警罰法》，請跟我回警局一趟。」這是他值時勤很常說的一句話。

但具體究竟是什麼事由，他還沒有想好。奇裝異服？四處遊蕩？行跡不檢？還是品行無賴懶惰？他掃過眼前幾名混混，腦海中有個大概的事由，但詳細的罪名還是等回警局再說。搞不好這幾名混混已有數次違警的前科，那就應該管列為流氓，送去相關單位矯正行為才是。他微笑地和老婦人打聲招呼，感覺自己又善盡了扶弱懲惡的職責。

他們警局的後方，留有以前日本人的戒具，其中一個是能關住許多人的大型腳銬。他們會把這些混混銬在上面，等到犯人精神疲憊時，再抓進來審問。有些老警員的手段更為激烈，還沒開始問話，就先掌摑毆打一頓，或者用灌涼水的方式逼供。天貴心裡知道這些並不符合警校所教，且是日本時代留下來的暴力陋習，但既是對待壞人，他也沒有太多意見。他只默默警惕，千萬不能以虐待犯嫌為樂。

這陣子，他們都會先以違警的案由，將各地的混混拘提回警局，剷除這些可能窩藏共匪的陰暗角落。過去日本人為了管理地方，有一本記載了鎮上仕紳、官員、流氓的「須知簿」，照著上面搜查，還能抓到日本時代的一些共產黨。按情報指出，現在已有共黨黨徒從內地偷渡而來，與地方幫派聯手，正準備建立武裝基地。只要國內的反戰浪潮到一定程度時，便跟著各省宣布獨立，拒絕再讓自己的人民前往北方，為他國的內戰而亡。

「抗蘇援韓」一直是制憲以後的重要政策。天貴在進行戶口調查時，只要看到家裡有剛滿十八歲的年輕人，便會發一張志願登記書，歡迎他們投身軍旅，報效國家。轉開廣播，也會不斷聽見蔣總統的演講，強調這是向全世界證明，中國能主宰亞洲的事務，是恢復天朝榮光的重要戰役。

不過，戰事陷入膠著已經好一陣子，國內也開始有呼籲撤軍的聲音。共黨便利用這點製造矛盾，聲稱現在的政府是美帝扶植的魁儡政權，各省應自主建國，擺脫帝國的宰制。天貴對這套共黨的說詞非常熟悉。他們這些省警察，每週會議都被耳提面命，千萬別落入共黨操弄人心的妖言。只要聽到有相關反美、反政府的言論，就必須回報給聯邦警察處理。

每週的例會，讓他們這些省警察自覺比多數人更瞭解真實的情況——共黨實際上正滲透各地流氓組織，打算訴諸武力來完成革命，不要輕信任何反戰的訴求。光復後有許多槍械流入民間，地方幫派又因權力者變動，而重新分配利益。失勢的派系正期待著發動內戰，讓新政府上臺，以此奪回權勢吧。黃上級更在會議上煞有其事地分析，這些流氓痞子沒讀過什麼書，純粹基於一種草莽的地盤心態在反對政府，卻被共黨塑造成一種偏狹的族群意識，是不得不留意的謬論。天貴的同仁不覺拍手稱是，說得真是太好了，報紙上那些知識分子讀那麼多書，卻不知道自己落入了共黨的邪說，實在太過可笑。

在偵訊室裡，天貴通常負責翻譯問題，和記錄答案。黃上級會先按照規章複誦：「依據《聯邦法》規定，任何省分中涉及危害國家安全的重大案件，都交由聯邦警察協助處理……」隨後狠狠地摑對方一巴掌，彷彿先前的宣誓都不算數，開始一連串轟炸般的訊問：「你是否有和某某見面？」、「你有沒有加入過什麼組織？」沒有滿意的回答，就再給對方一巴掌。遇上不肯開口的，黃上級就叫上老警員，用毛巾蓋住臉孔，再把整罐胡椒水倒上去。再怎麼頑強的人，都會受不了刺激而大聲呼叫，這時浸溼的毛巾就像是個陷阱一樣，愈掙扎便繃得愈緊，讓人感覺吸不到空氣，最後受不住而全招了。

天貴埋首在紙張間，記下偵訊的一字一句。他說服自己，這一切都是為了守護人民。

某一個深夜，他加班處理完偵訊的供詞，孤獨一人地來到街角常光顧的那間麵店，照例點了份摵仔麵。未料他才剛吃了第一口，就看見青年騎著三輪車，快速經過麵店前。唯一不同的是，車子的後面空無一物，沒有平常滿載的貨物，亦沒有總是對他微笑的老婦人。他感覺情況有異，便急得跟著跑了出去。

「喂，發生什麼事了嗎？」

正擔心對方沒有聽到自己的叫喊時，前方傳來尖銳的煞車聲。青年從車上一躍而下，向他揮手著。

「是警察先生啊。上次您替家母解危的事，我還沒好好謝謝。不過，我現在出了點事……」

「遭小偷嗎？還是被打劫了？」這陣子掃蕩幫派，使天貴對犯罪事件非常敏感。

「不是的，不是的。是我母親，她今天跟我到山上送貨，被蟲子叮，一整天身體都不舒服，結果晚飯後就突然暈倒了。我剛剛急著出門找醫生，卻忘了請鄰居幫忙照顧，不知道會不會出什麼意外，現在正準備趕回去。」

從青年慌張的神情來看，狀況似乎很嚴重。這可正是需要我幫忙的時候啊。天貴試著忍住一天的疲憊，在心中激勵自己。

「給我你家的地址，我過去看看。你還是先趕快找醫生來幫忙吧！」

青年聽見他這麼一說，連忙點頭稱謝，順便把從這裡過去的捷徑也告訴了他。平常負責巡邏的天貴，禁不住感到幾分訝異，原來這附近還有他不知道的小路。

「對了，你的母親，她聽得見別人說話嗎？」天貴忽然想起他這些日子以來，一直想問的問題。

「不，她是天生的聾人。」青年毫不猶豫地回答道，好像他已對無數人這麼說過，「如果要跟她說話，只能用手語才行。」

「這樣啊。本來還想說，必須為先前的事，向她道歉才行。」

青年愣了一下，似乎沒料到天貴會這樣說。

天貴從口袋裡拿出零錢包，向青年解釋，他剛剛忘記給老闆錢，必須先回麵店一趟，等等就馬上過去。如果經濟有困難的話，他可以先墊點錢，請青年趕快找醫生來，千萬不要拖延。

「假如是臺語的話，不要刻意誇大嘴型，配上表情和簡單的動作，她多少可以從唇形猜到意思。」青年忽然擺出嚴肅而認真的表情，「其實母親是因為幼年的一場大病而失聰的。

由於不是天生的聾人，對失聰前所使用的語言還能理解。只是現在社會混亂，我怕誤會與麻煩，才假裝她什麼語言都不會，請您見諒。」

這下換天貴有些驚訝，他感覺自己突然被交付了一個祕密。想來，應該是自己的誠懇，得到了青年的信賴吧。他點點頭，表示明白這樣的考量，無知很多時候才是保身之道。只是想到如此辛苦生活的老婦人，前些日子仍被流氓騷擾，內心忍不住激憤起來。當今社會的治安實在太過差勁，必須好好整治才行。

「家母就先拜託您了。就算不會手語，她也可以稍微理解您的意思。請她放心，我馬上找醫生回去。」青年一邊說著，一邊著急地踏上三輪車。

見到青年準備離去，天貴試著重新整理思緒。是啊，現在最重要的，還是去看看他母親是否平安無事，這才是警察的職責呢。

他向青年揮手道別。空著貨物的三輪車，轉眼又消失在街角。

青年的家在街區的邊陲。住在這附近的，多是不想繼續在老家務農，想到大城市中奮力一搏的南部人。怕驚擾到要早起上班的民眾，天貴盡可能降低走路的音量，在蜿蜒複雜的巷弄內，尋找青年住家的門牌。找了許久，才終於在昏暗的街燈下，看見青年所描繪的小平房。

他本想敲敲房門以示禮貌，但想到老婦人什麼也聽不見，自己這麼做好像只是多此一舉，便也作罷。他從一旁的窗縫中摸出一把鑰匙，輕巧地轉開門鎖。儘管是受人之託，但他仍感覺自己此刻的行為有些鬼祟，如果被鄰居瞧見，恐怕會被當作是小偷吧，想來就有些荒謬的諷刺。

屋內並不大，只有十幾坪，兩公尺高的格局，讓他感覺隨時都會撞到天花板。天貴入門後，隨手點亮了灶房的煤油燈，想透過微弱的光線看清房間。青年的家相當簡樸，僅有一些簡單的生活必需品，一旁堆著燒火用的木柴，生活還是非常傳統。他往臥房探去，老婦人躺在竹蓆上，如青年所說的，正因為發燒而昏睡著。

他摸了摸老婦人的額頭，感覺並不燙，應該過了危險期。他將原本敷在額頭的毛巾拿下，浸在一旁裝了冷水的木桶，重新為老婦人冰敷。

可他的動作還是太過粗魯，不小心吵醒了老婦人。只見她用力抓著他的手，嗚嗚噎噎地說了些什麼。

「無代誌啦，我是恁囝揣來鬥相共的。我是警察啦，妳敢會記得？」擔心自己被誤認成小偷，天貴急忙地解釋著。

不過，老婦人似乎沒有理解他的意思，不僅說著他聽不懂的話，甚至還開始打起了手語。天貴這才意識到，老婦人並未讀懂他的唇形，好像還誤將他當作自己的兒子了。可能是燒暈頭了，也可能是房子內燈光過於昏暗，但總之，老婦人不斷打著同一個手勢，迫切地想傳達些什麼。

她將左手擺在胸前，掌心朝下，穩固如石頭。右手則是掌心朝上，不斷輕放在左手的手背上。

究竟是什麼意思，天貴一點也不明白。他擔心老婦人是在表示自己的身體不舒服，又確認了對方的體溫，仔細盯著她的神情，看上去似乎無恙。還是她其實是想表達自己已經沒事了，不用繼續勞煩地照顧她？天貴也不是很肯定。只好拍拍她的肩膀，安撫式地哄她睡覺。過沒多久，老婦人便又疲憊地闔上眼，陷入昏睡中，好像剛剛這裡的一切，都不過是她夢境的一環而已。

經歷一番折騰後，天貴不禁感到萬分疲憊，如果把這段服務民眾的時間當作執行公務，今天不知道已經加班多久。他再次摸了摸老婦人的額頭，沒有發燒，應該是沒事了。雖然青年還沒有帶著醫生回來，但他待在這裡，也幫不上什麼忙，還是先回宿舍休息，等明早再過來看看吧。他把房間稍加收拾，感覺今天又拉近了跟民眾的距離。

明天遇到青年的話，再順便問問那個手語是什麼意思吧。他心裡這麼想。

隔天，他繼續忙這陣子處理的流氓肅清案。黃上級臨時被警務總處找去開會，一整個早上都沒有進警局，連帶的，原本偵訊到一半的工作都宣告暫停。天貴將昨日審問的內容重新整理，一一比對供詞，試著想從中找到流氓與共匪合作的證據。

過了中午，他才趁著巡邏的時間，繞去青年的住所，想看看他母親的狀況是否良好。但在還沒進門前，他卻聽到附近的鄰居，正交頭接耳著些什麼。

「喂，你今仔日敢有看著個母仔囝？」

「我頂日就無看著，敢是出啥代誌……」

「無啦，我昨半暝的時陣有聽著個兒開門的聲音，個後生應該是有轉來。」

「抑是予警察掠去……」

天貴心裡一驚，如果鄰居到了現在，都還沒見到青年，那豈不意味著他過了一整晚都還沒有找醫生回來？他連忙打開門，屋內果真如他昨晚離開時一樣，乾淨整潔得絲毫沒有人活動的痕跡。所幸，老婦人的病情沒有劇烈的惡化，只是依舊躺在床上昏睡著。

明明昨天青年這麼著急地找他幫忙，怎麼到現在都還沒有回來呢？是臨時湊不到錢嗎？不，他昨天就要青年別擔心醫療費的事了。還是說，在路上被人臨時打劫了？這種事確實有可能，但怎麼樣也不會連家也不回，除非是遭人綁票或是更糟的事。天貴一時之間沒有答案，只好先請人到城裡找醫生，確認老婦人的身體健康狀況。

他也趁這個機會，四處打聽鄰居們對青年的評價。他們說，青年是幾個月以前，和他年邁的老母親搬來的，平常就是批一些貨，賣去山上的村莊。生活作息很正常，也沒有什麼奇怪的人出入，就是青年臺語講得不是很順，感覺去大陸太久了，平常很難和他溝通。雖然是這樣，但大家看他這麼辛勞地工作，又要照顧聽不到話且癡傻的母親，每個人都很是體諒，有時也會幫忙買一些賣不完的米糧。

不過，有一點讓天貴特別在意。按鄰居所述，青年平常都是週三當日往返於山區，而他們兩天前看到青年如往常拉著貨離開後，便沒有見到他的蹤影，也渾然不知老婦人臥病在家的事。可天貴明明昨晚才遇見青年，對方怎麼說都是有回來一趟的，並把自己的老母親送回家。青年似乎有意避人行蹤，但又是為什麼呢？他怎麼樣也想不通。只先委託他們幫忙照顧老婦人，若有任何狀況，還請他們來報案。

回到警局後，天貴第一件做的事，便是將青年的戶政資料，從一層層的檔案櫃中翻出。若要辦理失蹤案，他得先調出相關的檔案，並更改上頭的戶籍狀態。但說也奇怪，不管他怎麼找，都沒有在戶政卡裡看到「蔡明山」這三個字。難道之前提醒他，還是忘記去登記了嗎？天貴改從住址下手，翻了一陣子，卻在「林秀蘭」的資料上看到了青年的住家地址，一旁還有「聾」的特殊身分標注，應該是老婦人的戶籍資料。

可他才看了一眼，便忍不住皺起眉頭。在林秀蘭的「親屬欄」上僅寫著：「兒：蔡明山，歿於韓戰」。

那和他說話的那個青年又究竟是誰？

他對自己的記憶力很有自信。和民眾打招呼、臨檢可疑人士、記錄偵訊內容，這些工作都考驗他對人名的敏感度，所以怎麼樣都不太可能記錯別人的名字。但為什麼這上頭卻記載著「蔡明山」已死呢？莫非是記載有誤？還是說，這些日子以來，他遇到的其實都是鬼？面對想不透的問題，天貴開始胡思亂想了起來。

事情很快有了解答。

幾日後，天貴和黃上級回到青年的家。這次，卻不是為了失蹤案，而是調查匪徒。

黃上級與警務總處開完會後，便立刻回到警局，向省警察公布轄區內的匪諜嫌疑人名單，而頭要目標正是失蹤的蔡明山。這幾週，聯邦警察接連破獲共黨在臺灣的基地，並掌握到更多與匪徒有接觸的相關人士。其中，「蔡明山」一人，原名為陳新，是從內地廣東省派來的黨徒。其偽裝成林秀蘭已故的兒子，平常以運送物資為掩護，負責和山上的基地聯繫，是重要的幹部之一。

天貴起初感到非常詫異。他從沒想過青年會是他這些日子追捕的匪徒。他一直以為，共匪應該會窩藏在地方幫派中，鼓動流氓組織四處騷亂，藉機顛覆政權才是。不過仔細想想，青年那不畏懼警察的性格，以及流利的國語，或許早就透露出他是地下黨人的線索了。

但他依舊有些困惑。那一夜，青年請求幫助的神情如此誠懇，怎麼看都不像是騙人的。而老婦人也的確發著高燒，完全沒有虛假的成分。如果他真是沒血沒淚的共黨黨徒，應該會直接拋下老婦人離去，而不是冒著被抓的風險，在街上四處尋找醫生吧？

「太天真了，那是共黨搏取同情的一種方式而已。」黃上級批評道，「這只讓我更加懷疑，或許林秀蘭也是共犯之一。仔細想想，她怎麼可能不知道，有一個陌生人正在家中冒充自己的兒子。」

天貴完全沒想過這個可能性，因為這種懷疑簡直到了冒犯人的境界。老婦人是個聾人，又不識字，怎麼會知道青年假造身分，並幹著顛覆政府的事呢？更何況老婦人還有些癡傻，對世事可能也沒有太多理解。他曾聽聞聯邦警察在調查案件上的偏執，如今總算見識到了。肯定是因為錯失抓捕共匪的機會，才變得如此焦躁吧。

他很快意識到，千萬不能讓黃上級用那套偵訊流氓的方式，來對待老婦人。對付壞人就算了，現下對方只不過是平民老百姓罷了，怎麼樣都說不過去。他可是為了保護人民，才選擇當警察的。

不過，即便他這麼想，仍無法改變黃上級意欲偵訊老婦人的念頭。原先，黃上級下達將林秀蘭拘捕回警局的命令，但天貴以「欺負老婦人可能激起當地居民反彈」為理由，希望改以其他方式進行偵訊。最後他們決定回到老婦人的住所，先進行簡單的問話，再視情況決定後續偵辦。

「喂，她應該讀得懂唇語吧，否則要怎麼和匪徒進行溝通？」黃上級突然問道。

天貴聳聳肩，沒有多加表示什麼。

他記得那一夜青年曾對他說過，只要老婦人看得清楚，不要過度放慢語速或誇大嘴型，搭配表情及手勢，對方是能猜到自己的意思。明明知道我是警察，透露這種事情可能會為組織和老婦人帶來麻煩，那為何還要將這種線索告訴我呢？天貴一時之間還沒有答案。

他們踏入低矮的平房，櫥櫃沒關緊、桌子的抽屜被拉出清空、雜物間被翻得亂七八糟，四周都有被警察搜索過的痕跡。大概老婦人的身體也還沒有好起來，所以只整理好常用的東西。他走進臥房，老婦人如同幾天前一般，躺臥在竹蓆上。

「依據《聯邦法》規定，任何省分中涉及危害國家安全的重大案件，都交由聯邦警察協助處理。我司認為林秀蘭女士與匪犯陳新有共謀之重大罪嫌，將進行訊問，並依《臺灣省自治法》，由省警察張天貴陪同協助，以上。」黃上級例行地按照規定宣讀。「好了，快點開始吧，每次都搞這套可真煩。」

天貴沒有如往常走上前，這是他第一次不以自己的工作為榮。他以為他的工作應該是出去抓捕那些犯罪的壞人，而不是在這裡欺負著什麼也聽不見的老百姓。他待在光影昏暗的角落處，如實地將剛剛的宣讀複誦翻譯一次，甚至不確定老婦人能不能看得清他的面孔。

老婦人困惑地盯著他們，試著露出友善的微笑。

「喂，你這樣她怎麼看得到你在說什麼，站上前去一點。」黃上級一邊催促著，一邊從口袋中翻出記事本，「林秀蘭，請問妳認不認識陳新這個人？」

「林秀蘭女士，我是警察，有代誌欲請問妳。妳敢有聽過陳新這個名？」

「……」

「妳是否知道陳新參與了共產黨組織，涉嫌在臺掀起革命？」

「妳敢知陳新是共產黨的人，拍算佇臺灣革命？」

「……」

「妳有無參加過任何集會、學習組織，或是奉命監視任何政府要員？」

「妳敢有參加過啥物集會，抑是去監視啥物做官的人？」

「……」

過去天貴和老婦人在路上見面，他都面露微笑，從未擺出如此嚴肅的臉孔。可現在公事公辦，不能在黃上級面前表現出失職的一面。他盡可能忘掉幾日前才來這裡探病一事，用冷靜如陌生人般的方式說話。或許是這樣突如其來的轉變，老婦人被嚇住了，對他的問題都沒有任何反應。

黃上級皺著眉頭，焦躁地來回踱步，「我換個方式問，張天貴你也把話說慢一點。妳知道妳『兒子』帶妳上山時，是與共產組織碰面嗎？」

「妳──敢知影──恁後生──焄妳去賣米──的時陣──是佮共產組織──會面？」

「……」

「妳『兒子』有沒有告訴妳，他們有準備武器，建立臺灣人民防衛隊？」

「恁──後生──敢有講過──個有準備──家私──欲建立──臺灣人保衛隊？」

「……」

「喂，這傢伙到底聽不聽得懂啊？」黃上級不耐煩地說道，並從記事本中拿出一張照片。那是一張青年的從軍照。「妳知道妳真的兒子已經死於韓戰了嗎？」

天貴聽到這個問題，禁不住皺起眉頭，這種問法已經太過失焦，純粹只是在刺激對方罷了。正當他想開口表達自己的不滿時，老婦人卻忽然衝上前來，緊緊抓住黃上級手中的照片，嚎啕大哭了起來。這出乎意料的反應，讓他和黃上級一時間都無語了。

想來，這應該是老婦人第一次看到自己兒子的照片吧。對於他們這樣貧困的人家，可能只有從軍的時候，才會留下可供悼亡的身影了。

老婦人的哭聲，引來四周鄰居的關切。原先在窗子外，就已聚集了一群好事的民眾，八卦似地想知道案件的偵辦狀況。如今卻開始鼓譟起來，認為警察在刻意刁難老婦人。天貴連忙向黃上級表示，再繼續待下去，恐會引起更大規模的抗議。這場荒唐的訊問才暫時結束。

後來，老婦人並沒有被冠上共黨匪人的罪名。在歷經了毫無進展的問話後，黃上級認為老婦人因溝通上的困難，應沒有涉入組織。如果老婦人能讀得懂唇語，那他們平常應是用臺語對話，但種種線索表明陳新的臺語並不流暢，且在訊問過程中，老婦人似乎讀不懂他們的問題。更重要的是，這椿案件已經在地方上開始流傳開來：「聽講陳新是蔡明山佇韓國的兵仔伴。伊這个人系真實在，煩惱蔡明山的老母無人照顧，才來臺灣。」「彼暗伊有偷偷仔共個母送轉來，敢是知影已經出代誌，毋願牽拖個老母。」現在輿論不利於政府，急需警方結案定調，安穩民心。

林秀蘭，女，現年五十八歲。其兒蔡明山於民國四十年，光榮歿於鴨綠江登陸戰。未料朱毛潛臺匪諜陳新，利用林女智識低落與身體障礙之不便，假冒成其已故的兒子蔡明山，以進行顛覆政府之地下工作。陳匪借林女搏取同情，降低鄰人的警戒，達到掩護自身身分之目的，並籌措革命的資金。此事再度印證了共黨是何等陰險狡詐。

「另將林秀蘭的戶政卡，標注為需要每三個月查一次的二種戶。」黃上級指示，「這是為了不讓她再受共黨所利用了。」

天貴埋頭撰寫報告書。就他所知，聯邦警察已經掌握到愈來愈多陳新涉犯叛亂的證據。在臺北橋下，找到了他棄置的三輪車，上面留有幾張紅旗以及宣傳單。另外，還找到一大袋的硝酸銨鈣肥料，只要經過加工，就會變成殺傷力極強的炸藥。

所謂顛覆政府，革命獨立，不只是聯邦警察的偏執妄想而已。

但天貴一直沒想透，為什麼像陳新這樣的青年，要選擇這條不歸路呢？在幾次言談中，他覺得陳新有學識，修養也很不錯，怎麼看都不像只想利用鬥爭來獲得好處的流氓。如果把推翻政府的力量，用在改革上面，不是應該會更好嗎？對於天貴來說，武裝革命無疑是在破壞他所守護的日常。一旦爆發內戰，好不容易恢復生氣的街頭，又將陷入火海。如果真的要革命，背後一定有非這麼做不可的理由吧？可惜，他是怎麼樣都沒辦法知道了。

武裝基地案的調查權最後全交由聯邦警察負責。就算抓到陳新，也無關省警察的事，他甚至也不會知道陳新最終有沒有落網。最多，只有在陳新被判處死刑，才可能在報紙一角瞥見相關消息。他唯一要做的，就是增加老婦人住家處的巡邏次數，以及每三個月固定問候拜訪。萬一有陳新或其他共黨人士出入，還是要立刻通報給黃上級。

為了方便與老婦人溝通，天貴利用閒暇的時間，向熟練手語的人請教一些簡單的問候語。「好」是拳頭輕觸鼻子，「謝謝」是大拇指勾勾，「不客氣」是雙手掌向外推。他也得知那一晚老婦人拚命向他比的手語是什麼意思。左手在胸前，將右手安放在上方，是「放心」的意思。只是，這究竟是要他放心，還是要陳新放心？更或者是燒昏了頭，與已經死去的蔡明山所說的安慰之語呢？他始終並不肯定，也無意再深挖下去。

他依舊像往常一般值勤，掃蕩風化場所，要剃著小平頭的流氓乖乖趴下。在偵訊室裡，黃上級有時會把警棍交給他，告訴他該習慣了，現在換你來扮黑臉，由省警察直接審問比較省事。天貴告訴自己，這是暴力之必要，卻又想起這不正是地下黨人經常使用的說詞。矛盾之下，他還是選擇了最簡單的方式：閉上眼，什麼都不去想，讓拳頭自然地向對方招呼。他雖沒上過戰場，但他覺得在遠方深陷韓戰泥淖的軍人們，大概也是這麼做，才能咬牙扣下扳機。

他和他剛成為警察的時候一樣，每天要求自己把儀容打理好，盡可能對一般市民表現友善。只是，他不再去他常去的那家麵店，而是回到宿舍，請老婦人幫他準備好飯菜。在陳新消失後，老婦人的生計就出了狀況，又無人願意聘請被警察關注的特殊分子。雖然有些癡傻，所幸老婦人的基本能力沒什麼問題，乾脆僱她當傭婦，幫忙打理煮飯、掃地、洗衣服等家事。外面因而有人傳言，這是為了方便他更好監視老婦人。他對這樣的說法沒有表示過任何意見。他理解到，有些事是一體兩面的。

只是，有的時候，他和老婦人一同在餐桌吃飯時，他會想起那個夜晚，青年信任般地，似乎想將什麼東西託付給他的神情。有那麼一瞬間，他覺得他們是相似的。然後，他把剩下的飯吃完，便繼續出門巡邏了。

請閉上眼

盧恩．凱洛斯將軍在一九四五年宣布由美國暫時託管臺灣，稱將以二十年的時間建立「東亞民主燈塔」稱號時，其所發表的知名演說，開頭是這樣的：

五年前，我們在太平洋的彼端，對軸心國在世界各地引發的侵略視而不見。為此，我們嘗到了苦頭，我們永遠不會忘記在珍珠港事變犧牲的親友們。今天，我來到此地，向各位見證，以偉大的天主之名，願福爾摩沙之地不再飽受戰爭的摧殘。我先想請在場蒞臨的朋友們，請閉上眼，想想這座島受過多少的苦難。請閉上眼，想想這座島將在太平洋中漂向何處。請閉上眼，想想我們能為這座島帶來多麼偉大的盛景。

盧恩將軍退役後，一直以虔誠的教徒聞名，據傳到麥迪遜大道上的教堂裡，便會看到他時不時為上帝忙碌的身影。強森很小的時候，曾在彌撒中見過他，印象中是個和藹可親的老人。當時的強森還不能領聖體，盧恩將軍向他微笑，表示再過幾年便可以了，他願為他祝福。強森低聲地說聲阿們。他覺得這位慈祥的老人會一直在這裡，為所有人祝福。

沒想到他死了，恰好一九六五年。臺灣在這短短二十年間，因應冷戰體制的需求，從託管地到自治邦，最後成為美國的第五十一州。那年強森二十二歲，靠著獎學金在紐約念金融學系。他在小餐館裡喝著咖啡，抬頭便瞧到臺灣即將建州的消息。

強森的父親是亞利桑那州的梅薩人，跟盧恩將軍一樣。二戰後便跟著大批的移民潮來到臺灣，生前總愛戲稱自己是「新西部牛仔」。可惜的是，狹長的島嶼沒有荒原，他父親在宜蘭鎮的某個中學校任職，面對大部分都還聽不懂英文的學生，然後默默無名地過完一生。強森的母親則是來到臺灣不久便病逝了。

強森的父親在吃飯前，都會要強森簡短地唸一段禱告。他的父親很喜愛盧恩將軍發表的那段演說，所以常常要強森閉上雙眼，仔細好好地想想，自己想要什麼、需要什麼、擁有什麼。睜開眼後，他腦中仍慣性停留在最後一個問題。所以就算餐盤上只有幾塊乾硬的麵包，他依然無有怨言。

他向來是滿足現狀的人。在國小的時候，老師問同學們將來的志願，他舉手說，想跟爸爸一樣在臺灣當老師，惹得全班哄堂大笑。他當時就讀的是白人教會學校，不少同學都是高官的孩子，預計成年後都要回內地展開一番事業。尤其二戰結束後，世界各地舊有殖民地紛紛獨立，說不準何時會放棄臺灣。他回家把自己被嘲笑的事告訴他爸，他爸沒說什麼，要他閉上眼，然後把餐盤內的蘋果麵包吃完。當然，他並沒有把「自己想成為和爸爸一樣的老師」明確說出來。他很善良。

他到紐約讀大學，純粹是想看看大家口中的美國大陸為何，一點也沒有長居的打算。他到紐約的頭幾個禮拜，便和觀光團搭上前往自由島的船，抬頭望了以往只出現在明信片裡頭的自由女神像。但他對人們口中一百多年前的自由與獨立不怎麼有興趣，他到處看了看，只覺得很新奇、很內地。過不了多久，他便失去初來到大陸的興奮感，每日便回到租屋處附近的小餐館，吃鬆餅，看看電視裡的新聞。

看見臺灣即將建州的新聞時，他心底有股很強烈的衝動，想要立刻回臺灣。來到美國念大學後，隨著課業、同儕的壓力，他已經沮喪、焦躁到極點。他感覺每個同學眼裡都有著一張幸福的藍圖，只要按著進程走，所謂成功美滿的人生就在眼前。這裡是美國，一切都有可能，努力追夢便可化腐朽為神奇。人們總是這樣說的。當然，他不這樣覺得。

新聞斗大的跑馬燈寫著：「古巴飛彈危機後，臺灣即將建州緩解了共產黨的國際勢力。」「甘迺迪生前的遺願，穩固遠東越南戰線。」他內心不免想到了盧恩將軍。想到他退役後待的教堂，自己好像長大後就不怎麼進去過了。他靜下心來，閉上眼，想要感受很久以前那種滿足感。他默唸了那三個問題，最後念頭照樣停留在擁有什麼。在異鄉的他，一個人生活已經一年了，是感覺有些寂寞。他抬頭四下張望，吧檯裡新來的女服務生、餐桌上只剩一半的糖罐、窗外人們低著頭趕路……他這樣看了看，看了一次又一次，他只擁有這樣的風景而已。

「先生，還需要什麼嗎？」吧檯的女服務生走過來，又把一份菜單遞給他。

他抬頭看了一眼女服務生，是那個新來的沒錯，看上去年輕。大概是不熟悉職務，或是剛換班，竟不知道他已待在小餐館四、五個小時了。他翻著菜單，躊躇著要怎麼和她說明，他其實已經點過一份培根鬆餅和兩杯熱咖啡了。他還不餓，謝謝。

「先生是來紐約觀光的嗎？」

「啊……算是外地人吧。」他一時間不知道該怎麼回答。

「聽你的口音，不太像是紐約人呢。能把膚色曬得這麼健康，是從夏威夷來的嗎？」

「是從臺灣來的。」事實上，來到紐約一年，他的皮膚早就不像以前那麼黑了。

「那麼，你要不要試試我們店裡的培根鬆餅呢？我們店長曾說過，有個臺灣學生來這裡都只點這個，或許蠻符合你們臺灣人的口味。」

他笑了笑。「好的，一份培根鬆餅，這樣就好了。啊對了，能麻煩再幫我續一杯咖啡嗎？」

儘管他已經有些飽了。

那幾年在美國大陸的日子，發生在強森身上美好的事情，大概只有和那名女服務生雪倫交往。念書頭幾年，本打算畢業後轉讀教育學碩士，實現孩提時代教書的夢想。不過他後來發現，他不道地的口音一直惹人嫌，還得花更多的力氣去上正音班，學習像一個正統的美國人說話。幾次受挫後，他便放棄了這個夢想，念完大學後便回到臺灣，在宜蘭的一間小銀行當職員，打算就這樣簡單地生活下去。

強森的這種個性，往好的方面想，是安於現狀，往壞的方面想，是太沒有企圖心。跑去美國念書的臺灣白人，大多都在那遼闊的大陸上，尋求生命中的第二次機會。「在臺灣是沒有任何出路的。」所有在美國念書，因為想家而組成的臺灣同鄉會，都會用這句話開頭，營造出自己遠離落後社會、努力上進而不得不離鄉的好形象。只有強森例外。強森說，「我覺得臺灣很好啊。我想回臺灣工作。」所有人都狐疑地看著他，覺得他正在講一個挖苦人的冷笑話。我們沒有說那裡不好啊……只是你懂的，在那邊就是沒有什麼機會，什麼事也做不了。

眾人會這樣回應他。強森點點頭，沉默。這些事他從小聽到大了。

臺灣到底是不是眾人口中的荒蕪之島，說真的，強森一點也不知道。他想不出什麼可以反駁的例子，充其量只覺得有義務要維護自己的家鄉。如果生長在這裡的人都這樣說了，那麼還會有誰，來替這偏遠的小島說幾句話呢？

久而久之，他把回到臺灣工作這件事，想成是自我安分守己的實踐。在這個小小的島上，有小小的幸福，這樣就好了。他如此想著。

他抱著這樣的想法回到臺灣，並從未和其他人說過。畢竟在這個社會裡生存，有著小小的夢想這種事，是會被嘲笑的。包括後來和他結婚的雪倫，當然也不知道強森的心聲。強森向來拘謹、沉默，對很多事不會說明太多。雪倫甚至還對此很中意，認為這是企圖心旺盛的特質。因此強森說要搬回臺灣時，她還開心地抱著強森，告訴他會戴著內地的光輝，在這個化外之地有所成就。只要鍍上了大陸的學位證書，在臺灣就會成為炙手可熱的人才。大部分的人都是這樣想的。

強森不太想追名逐利，打算一輩子都坐在辦公桌前，安分守己地做好自己的工作。即便如此，機會總是一而三地跑到面前，向他不斷招手。他不過才回到臺灣第二年，便從職員躍升到小主管。升任那天，他被叫去經理辦公室，遵照銀行高層的指示，調到了臺北總行工作。據說是國家要發行新的越戰債券，總部的銀行需要更多年輕人支援。

在美國接管臺灣後，大致維持了日本殖民時期的地區規畫，臺北、高雄依然是島上的大城市。從基隆向北，可以與日本駐軍迅速連繫。而從屏東向南，則可支援舊殖民地菲律賓。由北至南，長長一條島鏈便如此封鎖了共產勢力。不過為了方便進口資源、防止重要機構被攻下，原先不怎麼開發的東部，花蓮、臺東與宜蘭倒成了美國人移民的首選之地。

強森起初對這次的升遷抱持抗拒。離開宜蘭、離開自己的家鄉，畢竟有點不捨。他心底徬徨，想詢問長者的意見，便帶著雪倫一同到父親家，順便去附近的教堂祈禱。他的父親年紀已大，話並不多。雪倫在餐桌上卻顯得聒噪，談論著紐約煎牛排的方式、麵包要烤幾分鐘才好吃。那個週末，他和父親一同去到以前常去的教堂。他父親問他，雪倫有孩子了嗎？他搖頭。他父親說，當年他和他母親在梅薩那裡過得不好，才決定帶著年紀還小的他，來到臺灣追逐夢想。強森說，他知道。他也知道，父親一直為母親的死感到自責。但他始終沒說些什麼。

我會為你禱告，他父親說。希望你幸福。

強森一樣，不說一句話地點著頭。

夏天的時候，他們搬去了內湖社區。佛州大道上，一排白橡木造的洋房，低矮但寬敞，門庭前有擺放草坪的空間。這一帶算是為了他們中產階級而蓋的，附近多是公職或金融業的成功人士。開車距離市區有一小段距離，這樣很好，遠離人擠人的城市，想像自己還像活在東部一樣自由。

他在新家的客廳擺了收音機，下班時可以坐在搖椅上，不發一語地喝著啤酒、吃著從超市買回來的薯片。廚房擺滿了雪倫需要的一切用具，方便他隨時可以吃到他懷念的培根鬆餅，而且鬆餅上頭還要多鋪兩層起司片，那是以前在便宜的小餐館不會有的配料。二樓的房間一間是主臥室，一間是書房，還有一間預計是要留給將來的孩子。不過雪倫的肚子遲遲沒有隆起的跡象，那間空房暫時擺滿了雜物，裡頭堆了一些他在大陸遊覽的紀念品、小時候的相片、大學念書抄的筆記等諸如此類不大重要的東西。

雪倫說，她想舉辦一個喬遷派對，邀請周遭的街坊鄰居，彼此相互認識，維持優良的美國社區傳統。但強森一直覺得自己家裡太過寒酸，什麼也沒有，似乎一點也不符合這裡的中產氛圍。他把開派對的錢省下來，拿去鋪了進口草皮，順便添購最新款的灑水機與割草器。維持門面是很重要的。

就在他們搬家的那個週末上午，他正看著種植手冊，想著要噴灑多少農藥時，住在隔壁的鄰居向強森打了聲招呼。

強森瞇著眼看了一下。向他走過來的，是一名有些瘦弱的華人。

對方叫林漢，目前正在市區的證券公司上班，看上去蠻年輕的。強森有些意外，在這個滿是白人的社區，竟然難得見到華人，想必事業有成。林漢給人的第一印象非常溫和謙卑，像他認識的多數Chinese一般。

「幾年前我也曾在那裡工作。」他們聊到強森上班的銀行，「有機會的話，幫我跟經理Q先生打聲招呼。托他的幫忙，我現在的工作都很順利。」

「好的，一定會的。」雖然強森根本還沒進公司，也不知道Q先生到底是誰。

「有機會的話，下週末可以來我家坐坐。我的太太很愛熱鬧，每週都會炒一些臺式料理。順便來認識其他鄰居們。」

「當然，當然。」強森說道。

至此之後，他們每個週末都會到林漢家串門子。他發現比起鬆餅，炒麵和三杯雞更適合下酒。他有時候帶紅酒，有時候是一手啤酒，在林漢家度過愉快的夜晚。雪倫和林漢的妻子也有說有笑的，時常交頭接耳，不知道說著什麼悄悄話。何況那裡有百貨目錄中最新款式的電視，如果強森覺得疲累了，還可以坐在沙發椅上看著新聞，同時假裝自己有在聽別人說話。

他們聊的話題都是些八卦小事。舉凡幾個街區外，吉米夫婦各自外遇、小湯姆不小心打棒球砸碎了警察局的玻璃、萊恩家唯一的女兒在學校跟老師有性醜聞等。眾人無關緊要地講，漫無目的又愉快地活著。

林漢的家庭很完美。妻子賢慧，兩個已在念國小的孩子非常懂事，不哭也不吵。強森有時候就寢前，看見躺在床上如同死魚般的雪倫，他都會想著林漢一家人現在正在做些什麼。林漢跟妻子的房事順利嗎？林漢會唸床邊故事給孩子聽嗎？林漢會像他一樣窩在沙發上看電視都不管其他人嗎？他一個人坐在窗邊，看著林漢一家的燈都熄滅後，才回到床上，繼續零碎地想。

強森每天開車去上班，在銀行開始新的業務。他從前的工作很簡單，只要在辦公桌前看看圖表，整理統計圖就好。但到了總行後，他的職務完全被調動，得負責越戰債券的相關業務。那年一月，美國在西貢的大使館才剛被攻擊，美軍陷入了雨林的泥淖。不斷有種種跡象表示，美國極有可能會放棄這場戰爭，從詹森總統宣布放棄競選下一任總統一事上，大概就能略知一二。只是戰事並非說停就停，強森還得充當銀行高層的助理，一同與政府的官員討論債券發行的相關事宜。他的主管一見面便問他，在美國念過書後，口音有沒有純正到能跟政府官員溝通。他搖搖頭。主管雖然有些遲疑，但白人總比華人好，還是要他負責這項業務。

他還記得林漢口中提到的Q先生。一進公司後，他向身邊人四處打聽，想知道幫助林漢的這位貴人究竟何許人也。問了後才得知，Q先生是這間銀行的副理，是華人圈非常有名的投資者。據說Q先生中、日、英語都相當流利，在日本、紐約都有房地產，還有著「投資之神」的美名。再問到林漢以前在銀行的職務，原來也是擔任Q先生的助理，當時靠著期貨債券賺了不少錢。

怪不得林漢年紀輕輕，事業便如此成功。

強森有幾次跟著銀行高層一同在辦公室裡開會時，他的目光都不禁往Q先生的辦公桌看過去，想看看這樣傳奇的人物長什麼樣，但那裡總是沒有人。主管表示，Q先生事業繁忙，這幾個月出差到美國大陸去，大概短時間都不會回來。回到辦公桌前他若有所思地想著，要是之後遇到Q先生時，要怎麼和對方介紹自己呢？他要說自己是林漢的老朋友嗎？還是要說自己從以前就非常仰慕他呢？他搖了搖頭，不該在這種事情上說謊的。即便他欽羨林漢家的電視機與沙發椅，以及那完美幸福家庭的模樣，但他還是有原則的人。他知道，所謂幸福美滿，並不會因為認識了一個投資之神，就隨之而來的。

他想起幾年前在美國大陸，身邊每個人苦心追求成功、富裕生活的模樣。

他開始想要所有那些會讓人稱羨的事物。

那種感覺揮之不去。在他開車上班，在他記錄會議內容，在他坐在堅硬木椅上喝啤酒。無處不在地侵蝕他。

某一天早上，正準備出門上班時，強森發現汽車的輪胎被刺破了洞，根本就開不了。他憤怒地踹了車門。聽聞最近治安不好，早該注意的。只好路邊攔了輛計程車，催促司機開往市區。

不過壞事總是接而連三地降臨。計程車開到古亭區時，卻遇上了大批的遊行浪潮，車子一致堵在華盛頓大道上。他看了一眼時間，自己已經遲到十五分鐘了。在此處下車，穿過另一邊的街區，大概能在週會開始之前抵達。他今天有重要的報告，他不能缺席。

未料他一離開計程車，便後悔了。如海一般的遊行人潮，無處不在，擋住了他原本意欲穿行的街道。人們穿著黃色的上衣、喇叭褲，舉著斗大的標語，上頭寫著「和平救越戰」、「停止徵招臺灣人上戰場」，白色的布條就像花瓣一般壯闊地占領了整座城市。人群往大學聚集過去，他則朝著反方向，希望多繞點路還來得及。

到了遊行隊伍的末端，他往街角繞去，認為接下來能趕進公司了。正當他鬆一口氣時，幾名原本拿著布條、抗議板的年輕人，似乎是注意到他匆忙的身影，開始向他圍過來，自顧自地向他宣揚理念。他瞥了一眼，都是華人，看上去還是學生。

「先生，您知道距離我們一千多公里外的雨林中，我們國家的軍人正在打一場不可能勝利的戰爭嗎？」

向他說話的是一位女性，英語非常流利。

「您知道我們國家的年輕人，像我們這樣的年輕人，連啤酒都還不能喝，但一個又一個被送上戰場，然後肢體四散地死在陌生的河流裡嗎？」

女人指了指她身後的男性，三個男人似懂非懂地點著頭。

「您知道臺灣州的徵兵制度一點也不公平，是由區公所隨意決定徵招人選的嗎？你知道國家正祕密推動『讓亞洲對抗亞洲』的政策，所以臺灣從來都只有華人需要當兵，而你們這些白人完全不用嗎？」

強森低著頭，快步走著。他看見自己的皮鞋是有些髒了。

女人眼見強森都沒有回話，聲音開始大了起來。

「像你們這種白人，占盡了一切優勢，還可以在這種人命存亡的時間點，穿西裝打領帶去上班。你們這些既得利益者、資本主義的公豬，你們懂我們的痛苦嗎？」

他的步伐跨得更大了。他想起等會，還得繼續報告越戰債券的殖利率變化。

「臺灣美其名是成為美國的一州，實際上根本就是殖民與帝國主義的被害者。才剛走了日本人，又來了美國人，我們臺灣人根本就是二等國民。永遠被統治、威脅、鎮壓，只能說著殖民者的語言，什麼時候才能輪到我們自己做主。」

他的呼吸開始急躁起來。他不知道該怎麼回應。他向來是一個不懂政治，不擅長辯論的人。

一名塊頭跟他差不多高的華人，突然抓住了他的肩膀。強森還沒反應過來，自己的拳頭便往那人揮了過去，結實地打在對方的鼻梁上。

他聽見骨頭碎掉的聲音。

那個男人摀著鼻子，臭罵了一聲髒話。對方指了地上，原來強森在剛剛一陣匆忙中，不小心把錢包弄掉了。周圍遊行的人紛紛停了下來，目光圍觀，等待著好戲上演。強森無意要起衝突，他躊躇了一會，撿起皮夾後，又轉過身繼續前進。這次他更加快腳步，希望不要再被追上。

後方群眾開始鼓譟。「滾出臺灣！」、「臺灣是臺灣人的！」諸如此類的聲音，穿透了整個街區，在人群間盛開來。強森的心底陷入無以名狀的恐懼，恍若他整個人的生存價值，都被摧毀、否決掉了。他很想說，他自己也是臺灣人啊，就像住紐約的人會說自己是紐約人一般。他認同、喜愛他所生長的這塊土地，怎麼他就不能是臺灣人，不能為這裡盡一份心力呢？

他狂奔了起來。

所謂越戰，不就是保衛整個東亞，不受共產黨勢力的威脅嗎？如果美國沒有出手，自由、民主的社會就落入共產體制，所有的人都只會為一個黨、一種教條信仰而活。美國保護臺灣，沒有讓臺灣成為戰後殖民地獨立的一員，正好避開了國際共產勢力的煽動。他想要大聲地回擊，如果臺灣沒有我們，那現在早是共產黨的了！

但他心底知道，那些人說得一點也沒錯，他確實享盡一切膚色所帶來的優勢。跟他一起去到美國大陸念書的臺灣人，放眼望去，都是像他一般的白人。因為獨尊英語的語言政策，能夠像他們接受完整中學教育，並有能力獲得獎學金的，多半不是原生在臺灣的華人。原本像他這個年紀，應該要擔憂是否會被徵招上戰場，但他畢竟在臺灣，徵兵制度是永遠不會找上他的。就如那位女子所說的，美國內部確實有「讓亞洲對抗亞洲」的政策轉變。他還曾聽過發行債券的政府官員說：「我們守護了臺灣的自由，現在換他們來回報我們了。」

他用力地奔跑著。氣喘吁吁，感到肺底湧上巨大的窒息。他不知道該如何宣洩這股巨大的矛盾。曾經，他對他所生長的臺灣，有單純的故鄉之愛，希望遠在其他州的同學們，可以認同、讚美這座島。他覺得自己是臺灣人，他也本是臺灣人。但在那些華人的觀點裡，他只不過是帶來新的體制、語言政策、強勢文化等，跟日本人相同的殖民者罷了。

他想到他在大陸留學時，每個人都在糾正他的口音，那種被羞辱的無力感。

他想到了自己無意識地，出手揍了那個遊行的華人一拳。

那樣一層又一層，一階又一階，看不見的歧視產物。

他心底無從解答，他不知道該怎麼面對這些，認為自己是二等國民的華人。他想問問，你們這些人，你們這群黃皮膚的人，到底怎麼看待我們這些白皮膚的人？你們討厭我們嗎？你們希望我們退出這裡，不要繼續占領臺灣了嗎？當然，他不可能再回過頭來，詢問那些正在遊行的人了。

來到公司後，時間已接近午餐時間。早晨的週會已宣布取消，政府官員也被卡在遊行隊伍，只好延至下週再討論債券發行的問題。強森在高層的辦公室裡打轉，他注意到這一層樓的員工一概都是白人，他以前從未發現，只有Q先生是高層裡唯一的華人。他往Q先生的辦公桌望去，那裡依然空無一人，上頭掛著「出差中」的告示。

那一日的大遊行，總計有八百零三人受傷、七十六人被逮、三人死亡。入夜後，遊行群眾一路到了州政府前的廣場，逼得州長下令出動鎮暴警察，將靜坐抗議的學生驅離。隔天強森看報紙時，媒體將之評論為臺灣版的「五月風暴」，亦有人認為這是場「華人種族平權運動」。政府隔幾日後宣稱，這場運動中有共產黨介入，會詳細調查參與學生，瞭解是否有境外勢力介入。

那是一九六八年，所有人都走上街頭，喊著愛、自由、平等的口號，在世界各地不停地狂飆著。

強森在那天以後，很難再提起勁，像以前那樣和妻子去到林漢家，度過他們簡單愜意的週末。他的心底起了微妙的疙瘩。尤其街頭上，白人與華人的衝突日益升高。只要牽涉到政治與立場時，人們都會異常敏感。他不知道林漢是怎麼想的，或許認同抗議的程度比較多吧。他並不願意多做詢問。

在遊行事件的一個月後，某天晚上，強森忽然聽到隔壁發出巨大的爭吵聲。是好幾個男人，在用臺灣話相互爭執著。強森聽不懂那其中的意思，往外頭看去，發現好幾個華人堵在林漢家門口，揮舞著傳單與紅布條。似乎也是抗議的群眾，只不過年紀更稍長一些。

過沒幾分鐘後，他瞧見林漢從家裡衝了出來，手拿著棒球棍，像是要捍衛自己的家門，不再讓那群人前進一步。

強森眼見情況不對，站起身來，一邊大聲呼喊，一邊走向林漢家。

「沒事嗎？需要叫警察嗎？」他用英語說著。

那群人聽到「警察」一詞，交頭接耳了一會兒，便快速地散開了。只剩林漢拄著球棍，堅毅地不為所動。

「沒事了，沒事了。不過是一群小混混來鬧事的。」林漢瞧見強森後，有些虛弱地這樣說。似乎就連他自己，都因沒有發生更大衝突，而鬆了一口氣似的。

「需要喝點酒嗎？我從我冰箱裡帶幾瓶過來。好好休息一下。」強森這樣說，準備要轉身，回家拿他常喝的臺灣啤酒。

「不用麻煩。我這裡有威士忌，不介意的話，進來坐坐如何。」

強森點點頭，沒再多說什麼，跟著林漢進到他家的客廳。

「老婆在上面安撫小孩，就不下來招呼了。」林漢把棒球棍扔在一旁，逕自走入廚房，拿了兩個玻璃杯，各自倒了一點酒。

「發生什麼事了？」

「從華人城來的小混混吧，你也知道，最近有點亂。前陣子你汽車的輪胎不是被刺了洞嗎？八成是他們搞的鬼。」

「嗯。」強森抿了一口酒，「那天我只能搭計程車去，還不幸地碰上遊行，跟學生起了衝突……」抱怨的話才沒說幾句，他就住嘴了，畢竟話題敏感。那舉著「華人平權」的抗議活動，想來林漢也是支持的吧。

「怎麼了嗎？」

「沒有。只是想到政府已經著手在調查遊行，覺得還是沒什麼好說的了。」強森揮了揮手，試著打圓場過去。

林漢看了他一眼，沒多說什麼，又逕自倒了一杯威士忌。

「那些人多半都是共產黨吧。」沉默了許久，林漢才這樣緩緩說道。

「啊？」

「那些走上街頭、搞抗爭的人，都是被共產黨煽動的。」林漢語氣篤定，「以前我在華人城時，身邊很多人都被共產黨吸收了。你知道的吧，共產黨那套說詞，『解放被美帝殖民的臺灣同胞』，把不少人騙得團團轉的。尤其臺灣是移民社會，以前都是從中國來的，對那個沒去過的地方，保有某種故鄉的嚮往之情。我小時候曾經聽過，隔壁的叔叔為了要投靠中共，打算直接游泳過去。這種誇張的謠言，在我們那裡到處都是。」

「嗯……」

「在二戰過後，這個世界就分成向左跟向右的。對某些人而言，向左或向右可能一點也無關緊要，反正生活也差不了多少。不過對厭惡白人、老覺得自己一直被欺負的華人來說，往哪個方向就重要很多了。你看像我這個年紀的人，雖然已經過了當兵的年紀，有時候還是會擔心被徵招上戰場，自己的妻兒該怎麼辦。」林漢攤手，一臉無奈的樣子。

強森試著想說些什麼，想反駁些什麼，但他知道，這種時候不論說什麼，都只會淪為狡辯。

「不過，我和那些只把抗議口號放在嘴邊的嬉皮不同。他們或許覺得，只要整個群體勝利了，他們作為那群體的一部分，也就跟著勝利了。但我認為，所謂幸福這種事，終歸只有自己的努力才得以達成。像我便靠著自己的方式，從華人城搬到這個社區，從貧窮裡翻身。如果真的被徵招去越戰，就動用身邊的關係，想盡辦法免除掉兵役就行了。」

「那如果政府強壓著你上戰場呢？」

「那種事，等發生時再說吧。現在的我，只想趕快搬去內地生活。因為遊行的關係，島內對華人的審核都十分嚴厲，聽說聯邦調查局都介入調查。本來預計明年要搬去的計畫，現在都被打亂了。」林漢這麼說著，起身拿起了棒球棍，裝模作樣地揮了一下。

「不打算留在臺灣嗎？」強森很是吃驚，他以為所有的華人都習於待在這裡，熱愛著這片土地，「在這裡不也過得很好嗎？」

「故鄉的生活當然很好。」林漢笑了笑，「不過以前在華人城時，每個人都吵著要離開這裡，那時總覺得隨時又要打仗了。現在日子就算過得好，對這個地方還是很不安。對你們來說，如果發生了戰爭，退到內地也只是回到故鄉。但對我們來說，那裡可是完全的陌生之地。如果遲早會發生這樣的事，那不如趁早搬過去，習慣那裡的生活，小孩也不會有口音的問題。」

強森沒有搭話。

他的目光放在林漢家的電視機，那種東西，過幾年就又會換一臺更大的吧。他的手觸摸著沙發皮，有幾處被孩子割破了，裡面是灰濛的棉襖。他戳了戳，用手指頭把棉絮揉成球，像彈鼻屎一般彈了出去。他突然對自己，是否想要有這些東西，感到疑惑起來。

「搬去那裡，就不打算再回來了嗎？」

「嗯，大概吧。」林漢說道，「Q先生曾跟我說過，如果要出人頭地，犧牲一些事情是難免的。這個世界，就我來看，不過是個巨大的汪洋，所有人都在上頭載浮載沉。我們每一個人，都只是在那其中，拚命地不讓自己溺死而已。」

強森點點頭。他感到疲憊，有些許倦意。他起身，向林漢致謝，那瓶威士忌不需多敏銳的舌頭，就可以嘗出它昂貴的價格。他搖搖晃晃地向家裡走去。雪倫大概又如往常，像死魚一般地熟睡著。他往近一年前所買下的房子看過去。白天的時候，陽光灑落，塗在橡木上的防水漆閃得油亮，一切事物都異常清晰。但也有些時候，如這樣的夜晚，不過就是漆黑。

後來有的時候，強森會想起盧恩將軍。他會想起他在教會裡忙碌的身影，向神跪禱、祈願祝福。強森回到臺灣後，他爸告訴他，盧恩將軍是在夏日裡熱衰竭而死的。臺灣的氣候一向酷熱，年長的人在長期豔陽底下，一不小心便中暑昏厥。

也有人說，他們長毛的體態，並不適合熱帶的生活。

比如那場打了近十年的越戰。前期因美國大陸的士兵，對於叢林作戰沒有概念，戰線滯礙難以推動。後來大幅徵用臺灣兵，並以貼補金額、擴大華人福利為誘因，鼓勵臺灣的華人加入南方戰線。美軍特別向日本調閱二戰時期的軍事資料，統整了過往叢林戰的經驗，逐步逆轉了戰爭的局勢。

島內的抗議運動，在政府介入調查後，便迅速地消退了。據傳不少人連夜偷渡，趕在大搜捕前逃往中國。也有些較有理想的學生組織，轉移陣地到美國大陸去，持續與當地的黑人、女權運動合作。這些學生發現，在抗議引爆的激情過後，島上普遍所有人，都對他們口中的理想沒有興趣。島上的人想要過得好、生活得好，但不見得會靠革命來實現。

幾個月後，強森坐在家門口前的長椅，看著林漢叫來搬家公司，準備把一箱箱的家具寄送到西雅圖。林漢說，去年早已在那裡置產了，一直到最近確定放行了才告訴他，真是不好意思。強森搖搖頭，不怎麼當一回事。從那天之後，他知道林漢總有一天會離開這裡的。

去到紐約前，他不知道在臺的美國人跟在大陸的美國人有什麼差異；撞上遊行前，他不知道在臺的白人跟在臺的華人有什麼差異。但當他真以為他有所理解時，他所處的現實，又模糊地敲碎了他心底的二元分法。

他曾希望那些來自臺灣的留學生，應該多為自己的故鄉說些好話。他也抱著這樣的想法，想要告訴林漢，將來不見得要往美國大陸去。但他後來理解了，這樣莫名地像是在為這個島辯解的念頭，只不過出於他薄弱的自尊心罷了。

跟林漢徹夜長談的那晚後，隔天一早，他照例到公司開會，瞧見了Q先生的辦公桌不再是空無一人。坐在位子那裡的是一名年紀約莫五十歲的中年男子，身形瘦削，頭埋在辦公桌裡逕自處理公務。強森心想，那就是Q先生了吧。他想要過去打聲招呼，不過不知道為什麼，他卻突然打消了念頭。他覺得自己這麼做，果然還是過於彆扭。

後來的強森，習慣躺臥在家裡新買的沙發上，看著比原本林漢家還要大的電視。客廳桌上擺著啤酒、肉乾還有薯片，木櫃裡有幾瓶朋友來才會喝的威士忌。他和雪倫有了一個小男孩，很是調皮，三不五時便在木櫃上塗鴉。雪倫叫他要教育小孩，起碼唸唸也好。但強森覺得無所謂，這種東西，隨時再換就好。

他就一直坐在那裡，像是在沙發裡頭發芽。他有時想起盧恩將軍的那段演說：「請閉上眼，想想我們能為這座島帶來多麼偉大的盛景……」他會想想自己想要什麼、需要什麼、擁有什麼。但奇怪的是，他的念頭不再停留於最後一個問題。他知道，每個去到美國大陸、嚮往自由的人，都只是不停地在問自己一個問題——我想要什麼……不，應該說是，我還想要什麼？這才是驅動人們前進的動力。

他閉上眼，心底浮現前方生活的願景。他想要更大的房子、他想要兒子出人頭地、他想要老婆更年輕動人點……

這樣的想法，雖然有瞬間會讓他窒息，好像自己溺在汪洋中，拚命地抓著浮木，盡可能不讓自己淹沒在波浪裡。但他習慣了，酒精與薯片很容易麻木這樣的窒息感。生活一旦有了目標，就只有成功與否的結果。為了這些願望，他得更努力地工作，更努力地呼吸著。

這就是人們口中的幸福。

在那名為自由的時間裡

去年初，我的友人聽聞我在撰寫架空歷史小說，寄給我一本叫作《蘇聯特務在臺灣》的書。標題有些聳動，感覺很像是「極密外星人圖鑑」、「世界七大不可思議」之類的八卦小書，但實際完全不是這麼一回事。裡面是過去新聞局長魏景蒙的日記，記錄了其在一九六八至一九七〇年與蘇聯特務路易斯交涉的過程，被稱之為「王平檔案」。在內容上，可說是非常扎實的歷史素材。

這份資料有一個很大的歷史背景。一九六八年，中共與蘇聯的矛盾已躍上檯面，雙方數度在邊境產生衝突。蘇聯想瞭解蔣介石的立場，讓路易斯以記者的名義入臺，並與當時國防部長蔣經國祕密會談，想知道是否有重啟談話的可能。一九六九年發生珍寶島事件，中蘇兩國逼近開戰臨界點，路易斯再度與魏景蒙碰面，表示若兩岸發生衝突，蘇聯將持中立態度。一九七〇年，路易斯更提出協助反攻大陸的構想，當國民黨軍隊登陸後，蘇聯會協助摧毀中共相關重要的軍事設施。

當然，後來的事我們都知道了。一九七一年，美國派季辛吉祕密前往北京，而中華民國則退出聯合國。國際局勢的巨變，使得反攻大陸最終不再可能。

我看到友人在「臺蘇共同倒毛」的段落貼上標籤，不用多說，我知道他對這段歷史如果成真的狀況很感興趣。當然，我自己也是，已經在腦海中幻想著幾種不同的可能性。為了著手撰寫這段不存在的歷史，我將焦點擺在路易斯與魏景蒙最後在一九七〇年的會面，想從中找到某些與既有歷史的連接點。

當時，基於臺蘇雙方在冷戰中的敵我陣營關係，雙方的連繫並不容易。路易斯為了再度來臺，便提議讓臺灣當局釋放滯留的蘇聯水手，以便自己利用記者採訪的名義公開入境。路易斯還特別強調，這件事不要讓美國介入，他會負責後續相關宣傳工作。

蘇聯水手？我對這段歷史實在太陌生，只好先順著日記提到的「陶普斯號」，上網簡單搜尋。原以為又是另一樁機密案件，實際上卻意外知名，連維基百科都有相關頁面。簡而言之，在一九五四年時，中華民國海軍攔捕了蘇聯油輪陶普斯號，並扣留該船。而陶普斯號的四十九位船員，則因「政治庇護」政策，有部分留在臺灣。路易斯提及此事時，尚有七位船員待在臺灣。

曖昧的問題來了。當時這些留臺的船員，照官方說法，都是自願留下，並從事反共心戰工作。但在魏景蒙的日記中，路易斯卻說要使船員們「獲釋」，顯然蘇聯方認為這些船員是被迫留下的。更關鍵的是，作為政府高層的魏景蒙，在尋思釋放的可能性時，也提到假若成行，便要向美方交代：「中共釋放了美國犯人，我們何不也放人。」似乎默認了這些船員實際的處境。在當年，中共剛釋放關押了十二年的美籍華理柱主教。魏景蒙或許認為，此刻釋放滯留十六年的蘇聯水手，恰好遵循國際間「交換人質」的通則。

只是，隨著「臺蘇合作」的方案落空，讓水手回家的計畫也不了了之。路易斯自然也未到臺灣，與這些水手們碰面、商討歸國事宜。

直到解嚴後，在一九八八年，剩下四位還活著的船員，其中三位立即選擇歸國。我忽然對這整起事件的始末感到好奇了起來。

✣

一九七〇年代，那對他而言是空白的十年。他記不住任何重要的事。時間像漿糊一樣，全部黏在一起。或者更精準地說，是衡量事件前後順序的刻痕融化了，使他搞不清楚到底什麼在先、什麼在後。這必須歸咎於等待，而且是毫無意義、沒有結果的等待。他不該再抱任何期望的。他想起他的故鄉敖德薩，那些歷劫歸來、在海上漂流好幾個月的水手，他們說過最大的敵人永遠是期望。日復一日的落空會把人逼瘋。所以，只要知道，再也不會有什麼事情發生了，那些偽裝成燈火的波光、海妖的歌聲，就永遠欺騙不了你。

像那一則又一則黑海冒險傳奇，他離家的時候還很年輕，不過才二十幾歲而已，家裡有深愛他的妻子，以及他視如寶貝的女兒。當然，他不是聰明老練的船長，也不是血性方剛的水手，而是負責他們三餐的船上廚師。當他聽著那些故事時，他從沒想過這種事竟會發生在自己身上——被困在異地，歸返不了故鄉長達數十年。如今，他的女兒已經長大成人，接近他當年離家時的年紀。而他始終不知道自己還能不能再見她一面。

事情是怎麼發生的？如果有人這樣問起，一時間也很難說明清楚。他記得，他在廚房裡張羅著船員的下一餐時，忽然聽見甲板上傳來爭執聲，然後幾名中國士兵闖了進來，拿槍指著他，命令他不要有任何反抗，並將他帶往船艙，那裡有著其他被囚的船員。已經待在裡頭的水手告訴他，這是蔣匪幫所幹的好事，我們要聯合起來，絕食表達我們抗議的決心。他們堅持了一陣子，但沒有效果，最後跟著船艦一同被押往蔣介石集團所占領的小島。他被帶下船，當地的醫生為他們全體船員做了檢查與治療，接著又安排他們入住豪華別墅，招待豐盛的晚餐，彷彿他們從不是敵人。過了幾天，中國士官帶著翻譯人員前來，個別詢問船員一些問題，包括職位、家庭背景、宗教信仰、有無入黨等，甚至還問他一個月賺多少，並認真記錄在表格上。他照實以報，不知道家鄉的地名對他們有什麼意義。然後，他和其他船員們過了一段舒適的時光，抽菸、看電影、打司諾克，這些中國人奉他們為尊貴的客人，還帶他們到市區逛街。晴天的時候，他會躺在庭院的椅凳上曬太陽，或拿吃剩的麵包餵池子裡的魚，享受美好的南國風情。

有一天，一位自稱為自由俄聯服務的俄羅斯人問他，你想不想得到真正的自由？真正的自由？什麼叫真正的自由？那個西裝筆挺的俄羅斯人露出神祕的表情，告訴他你從前的生活都不自由，一切都是遵照黨的意志而活，工作、吃飯和思想都離不開黨，人們則因黨錯誤的政策而在饑荒受苦。但你看看這裡，自由中國為這個小島帶來了富裕，遠遠超過海峽的另一端。想想我們祖國的人民，他們應當走向自由，我們自己也是。現在，你們的報務長已經簽屬這份聲明，決定投身自由世界了。

那是一切問題所在。他和其他十九位船員，都跟著簽下了這份聲明書，最終導致他受困於此。他在庭院餵食著那些紅通通的金魚時就應該要知道了，這裡的自由，不過是在造景出來的假山水池中，反覆泅游，佯裝從不存在束縛。他依然不被允許獨自出門活動。早上起來，從二樓陽臺看出去，還能見到士兵荷槍實彈守衛在門口，聲稱是在保護他們的安全。他感覺被騙，和其他人一起提出抗議，聯合寫了放棄自由的反悔書，但不被接受。你已經是自由的了，自由的人不會重回不自由。穿西裝的俄羅斯人面有難色地告訴他。接著，他被帶入小房間，幾位中國士兵輪流毆打他，逼迫他簽下悔過書。他從此被困在自由裡。

他們那艘船，一開始總共有四十九人，全數滯留在這座小島將近一年。沒有選擇自由的二十九人，是最先離開的一批，回到了他們的母國。而後，九位選擇自由的船員，則是風光前往自由世界的大本營。再過三年，又有四位船員離臺，去往遙遠的巴西。另一方面，他聽說，回到母國的船員聯合控訴蔣介石集團的非人道行為，並將他們的冒險故事拍成電影，在結尾時呼籲即刻釋放餘下被滯留的人質。他一直以為，接下來就是他了。不管是去往自由國度，還是被遣回共產世界，只要能離開這座溼熱的島嶼，他都欣然接受。

但什麼事也沒發生。一開始，一個月是漫長的。再過來，三個月、半年、一年、五年……計算時間逐漸失去了意義。他看著鏡子，注意到他的臉頰愈來愈鬆垮，額頭因長年深鎖的習慣，早早冒出了皺紋。不知不覺，他在這座島上已然待了近二十年。他依舊會夢到他故鄉的海、酒吧中醉醺醺的水手、跳舞時妻子牽他的手，以及女兒吃著他烤的蛋糕時露出的笑容。白天的豔陽有多刺眼模糊，夜晚的往昔就有多麼清晰。

某日中午，他發現整座宅邸靜悄悄的。每月定期會來關切他們生活狀況的情報人員，今天竟罕見地沒有出現。他和另一位船員打開電視，新聞臺上的主播神情凝重，似乎在報導著什麼沉痛的消息。但他不識中文，只能約略聽出幾個簡單的詞。轉了那唯一的三臺，螢幕清一色黑白，讓人懷疑電視機是否出問題。一直到隔天，他才從換班的士兵那裡得知，原來蔣介石掛了。

他忽然有種很深的恐懼。蔣介石，這個掌握他們去留的海盜頭子，竟然就這樣死了。那麼，接下來又會如何呢？他們應該會被釋放吧？不，如果不是這樣的話，那他們還有什麼機會可以離開這裡？還是他們的存在，會就這樣跟著蔣介石的棺材一同下葬，變成鮮為人知的祕密？他頭一次意識到，他們很可能會在這裡老死，慘遭世人遺忘。

✣

我想一切還是要回到事件的起頭。

一九五四年六月二十三日，中華民國海軍派遣丹陽艦，前往巴士海峽一帶攔捕蘇聯油輪陶普斯號，並將該船艦與其上的船員扣留於高雄。彼時蔣介石實施關閉政策，禁止各國進入中國沿海港口，堵絕共軍取得物資援助，並在此前已兩度主動攔捕同為共產國家的波蘭油輪。根據官方說法，陶普斯號原預計前往上海，運補近萬噸聯合國列載禁運的戰略油料，故暫時予以扣押。

但如果在網路上，以中國譯名「圖阿普斯號」搜尋，便會找到一些完全歧異的觀點。比方強調美國介入，整起行動是美國在背後指使。又或者聲稱運補的油料，純粹為民間物資，是照明用的煤油。一開始，我以為這樣的差異，純粹是當今意識形態的作祟，從而導致的偏誤。但我又向上追溯了兩地當年的新聞，發現這樣的差異，早在當時就已存在。陶普斯號究竟運送了什麼，有其重要性，因為這影響了該船艦被扣押的正當性。對自由中國來說，運載戰略油料當然不被允許，這可能讓他們失去臺灣最後一塊堡壘；對共產中國而言，當時受美國貿易禁運影響，民生物資大缺，攸關人民日常照明的煤油遭劫，將使夜晚復歸於黑暗之中，且這也表示自由陣營並不像他們宣稱的具有人道精神。在冷戰對峙的年代裡，雙方都傾向對自己有利的說詞，這毫不意外。

可真正的問題是，即便冷戰早已結束，身處當代的我們，似乎仍無法掌握事件的全貌。這是令人沮喪的現象。事件過去了這麼久，雙方對歷史的真相應該會有基礎的共識，但至今就連運補貨物的事實，都存在完全分歧的說法。那麼在這之外的，更為重要的船員遭遇，又該如何處理呢？

臺灣對船員們的遭遇並沒有太多深入的著墨，近年相關網路文章多引述許峰源的〈震驚全球的蘇聯陶普斯輪事件〉，主要關注陶普斯號如何被攔捕，以及臺灣政府如何在國際各方壓力下釋放船員。而中國相關網站則大肆強調這批船員在臺灣如何被以利益誘惑、被以謊言欺瞞、被以暴力相逼，使有些船員在非自願的狀況下簽下政治庇護書。我雖一度懷疑，這只是另一種冷戰政治宣傳物的衍生品，但我對五〇年代的肅殺氛圍與不擇手段也並不陌生——近年臺灣社會對於威權時代不當刑求投以相當大的關注，我們都知道情報人員會為了獲取成果，逼迫受害者簽下不實或誇大的自白書。若以此來看，「非自願的投奔自由」有其可能性。我感覺自己踏進了兩種冷戰修辭的迷霧。

若以最終的結果來看，在選擇自由的二十名船員中，有的去往美國，有的去往巴西，也有的留在臺灣，但最後他們多數都回到了蘇聯。這並不難理解。沒有人願意離開自己的故鄉、親人與摯友，那意味著放棄此前所有人生，並且還需要去學習新的語言、認識新的人、熟悉當地的文化。他們會被自己的國家冠上背叛者的稱號，使家族蒙羞，甚至連累親人。就算是反抗暴政的知識分子，也需要有很大的覺悟，才會選擇離開母土。而嚴格來說，這些船員僅是一般平民，在家鄉有自己的家庭、工作與生活。光是主動請求政治庇護，就已經有些匪夷所思，更遑論是參加反共宣傳的工作。

我開始認為，或許在這件事上，冷戰「敵方」陣營的說辭才是正確的。

回歸到當年的相關敘事，是比較基礎且直白的做法。蘇聯電影《緊急事件》會是很好的起頭。它在一九五八年時於蘇聯各地影院正式播映，分成上下兩集，當年相當熱門，在蘇聯電影史的票房排行榜上為第六十五名。該片的主演吉洪諾夫，日後也因出演《戰爭與和平》而成為蘇聯重要影星。由於年代久遠，版權狀態不明，在Youtube上就能輕鬆找到這部電影。而《緊急事件》也有在中國上映，中國影音平臺bilibili能找到當年的中文配音版。近年政大斯拉夫語文學系研究所的黃品瑄，其論文〈蘇聯電影《緊急事件》中的臺灣想像〉，對陶普斯號事件有很清晰的整理，並分析《緊急事件》中各種建構臺灣形象的符碼。該論文的附錄，也翻譯了整部電影的臺詞，能提供對照。即使我不諳俄文，有了相關的前行研究與資源，也能讓我很快看完這部兩小時的電影。

電影本身流暢好看，訴求的焦點一致集中，強調敵方自由陣營的陰險狡詐，以及我方共產人民的正直與良善。電影的前半段雖有誇大之處，但還不至於讓人懷疑虛構不實：船員們先在船上絕食抗議，後被士兵強拉下船，接著發現自己受到良好的對待，反共組織的人進而前來招募他們。這些情節都還在合情合理的範圍之中。至少沒有在一開始，就一面倒地妖魔化敵人。

我認為真正關鍵的重點，在於故事後半段的轉折。面對現實生活中的確有人簽署政治庇護書，電影花了很大的篇幅，遵循著船員們總是具有愛國心的前提，去處理他們如何在非自願的情況下簽下聲明：有的船員被單獨囚禁，餓上了好幾天，受到責打；有的被帶去了妓院，原本企圖色誘，但見船員沒有反應，便強迫船員與妓女拍照，再以此照片要脅；有的見到同樣被囚禁的女船員受士兵調戲侮辱，願以聲明書換取心儀之人的安全；有的則跟著此地的「共匪」被帶去刑場，待到最後要槍決時，再逼迫船員簽下聲明。

這之中最聰明的即是主角維克多，他假意自願簽下聲明，以勸誘員的身分，與其他受到隔離的船員接觸，進而用暗號傳遞訊息。在主角的奔走下，他讓船員在暗夜大雨中，遞交文件至法國領事館，內容是全體船員聯合要求返回蘇聯的聲明。然而為了處理現實中並非所有船員都回到蘇聯，電影給出了一個相當粗糙的解釋——有些船員的簽名被雨淋溼了，無法辨認，所以自由中國政府不願放人，使得有十一名船員依舊受困於臺。

這當中有太多顯而易見，基於政治宣傳而誇大的細節。比方說，為了營造共產中國也努力對抗自由中國，而有解放軍空襲囚禁著船員們的兵營之橋段。但我從未聽過中共空襲高雄軍營的事蹟，這邊最有可能的，是指一九五五年的江山島戰役與大陳島撤退。撇去電影中的愛國主義與英雄化塑造，某些一看就知道有問題的細節太多了，比如其描繪臺灣島上的反抗者乃至一般老百姓們都堅信共產政權的美好。而黃品瑄的論文也指出，電影中臺灣農民穿戴的斗笠款式較為接近越南，且電影為了描繪臺灣平民的困苦，而有一家人分食麵包的情節，但當時臺灣平民應多以地瓜粥為主食。

最讓我困惑的是電影結尾，宣稱仍有十一名船員被困在臺灣。這完全兜不上任何此前我看過的數字。最初於一九五五年，留在臺灣的應為二十名船員，而在一九五八年電影上映時，已有十三名船員去往美國與巴西，臺灣實際只有七名。我稍加細看了相關資料，發現去往美國與巴西的船員，在當時已有九人回到蘇聯。所以嚴格來說這「十一位船員」，應該是指留在臺灣的七名，以及留在美國的四名。

黃品瑄的論文中提到，在電影《緊急事件》以前，還有一篇〈我們是蘇聯人！〉，是記者基於船長及大副的口述所撰寫的作品，後續電影劇本很大一部分以此改編而成。透過友人的協助，我找到了中國出版的《油船圖阿普斯號》，內容上與黃品瑄所述的並無分別，應為〈我們是蘇聯人！〉的中文翻譯書。

相較電影戲劇化的情節與英雄化的主角，《油船圖阿普斯號》讀起來樸素很多，但在大部分的細節上都是相近的。刻意讓他們餓肚子、以美色誘惑、拷打與單人囚禁……甚至是帶去刑場，假意槍決的場景也在其中。不過，《油船圖阿普斯號》沒有聰明狡黠的維克多「投敵」劇情，也沒有聲明書被雨淋溼的牽強說法。實際上，裡面隻字未談「簽署政治庇護」的船員，彷彿這一切從未存在過，所有人都在愛國的情操下順利歸來，沒有「投奔自由陣營」的任何想像。那些過於簡化的細節使我開始懷疑，他們宣稱的拷打、脅迫、利誘等手段，實際上又有多少的可信度？

我決定看看被控訴一方的說詞。

✣

他忘記是什麼時候了，跟他同鄉的夥伴基莫夫曾神祕兮兮地告訴他：洛巴秋克，你有在庭院後的樹林裡看見那個小孩嗎？他一時間不知道該怎麼回答。他們住在山上，又有士兵守衛，怎麼可能會有孩子出現。只好拍拍基莫夫，說他都懂的。但實際上他也不知道他到底懂了什麼。他只想說，一切都沒事的。

過了幾日後，他們例行到附近的步道健走散步。基莫夫說太熱了，他身體不舒服，讓他休息一下。隨行的警衛見慣了這樣的場景，放他自己一人，不勉強他跟上，反正也只是要讓他們出來散心。他們都不再年輕了。走幾步路感到喘，隔天起床還會腰酸背痛。他想起二十幾年前時，他們都還只是小夥子。他們這些選擇自由的人，一起到臺北的一座湖游泳、划船。水很冰，很透澈，每次滑水掀起的浪花，刺激著他繃緊的肌肉。基莫夫則套著游泳圈，和那些陌生害羞的中國孩子玩水。他們游累，就回到岸邊，躺在士兵們準備好的躺椅，抽菸、發呆、喝啤酒。一天就這樣過了。

敬自由！敬他媽不自由的自由！他們開懷大笑。

他們後來沒再去過那個地方，那是他們參觀自由中國行程的一部分。那陣子，他們去了很多地方，幾乎可以說是環遍全島。他們去了百貨、工廠，中國將軍自豪地揮著手，歡迎你們加入美好的自由世界，隨後喀嚓幾聲，有人替他們拍照。他們四處和人握手，點頭，敬禮。中國人圍著他們，問他們喜歡什麼、討厭什麼，想知道蘇聯人是怎麼看這塊寶島的。晚宴上，官員會拿出「中國式伏特加」來敬酒，看他們皺緊眉頭、發出驚呼聲，然後拍拍他們的肩膀，笑著說不習慣也沒關係。

現在想想，那是他們不自由的生活裡，最自由的時候。隨著時間過去，他們逐漸被忘記，不再受邀出席各個聚會，甚至連分享逃出共黨地獄、大喊口號的機會也沒有。他想那是因為他們被視作自由的人。而沒有一個自由的人，會在臺上重複講著同一個故事。他們不斷流浪、搬遷，主事的將軍要他們把自己當作理應不存在之人，不要大聲唱歌喧譁，不要引人注目，這樣的話，他願意讓他們在平日的時候，到無人的地方走走。他一直很想回到那座湖，在那裡盡情游泳。他記得基莫夫則是想去他們當時去過的山谷。那裡一片枯草，白煙從石礫堆裡緩緩冒升，據說底下挖開來就能看見岩漿。

現在就走不動的話，就不能回去看看，是不是真的有那麼一回事了。他打算下一次這麼鼓勵基莫夫。多留點汗，曬曬太陽，故鄉的水手都是這樣保持活力的。

但他最終沒有說出口。

他們那日因疲憊而早早就寢。隔天清晨，他聽到外面傳來喧鬧聲。薩勃林、皮沙諾夫、克尼加也跟著被吵醒。他們面面相覷，不知道發生什麼事。但他們當中少了一人，少了基莫夫。他衝了出去，看到附近的農民指著庭院後的樹林，對士兵們焦急地說著什麼。克尼加憤怒地大叫起來，因為他們都看見了，在遠方的樹上，有個人雙腳懸空。他們沒有理會士兵的勸阻，向前奔去，著急地解開繩子，可為時已晚。基莫夫已離開他們。

為何會變成這個樣子呢？他怎麼樣也想不透。他一直在想基莫夫生前對他說過的話，想從當中尋找任何蛛絲馬跡，但他始終找不到任何一個關鍵性的事件。他想到基莫夫說的那個孩子。可是基莫夫離鄉時還年輕，沒有結婚，也沒有小孩。他感覺那是沒有解答的謎語。

孩子是屬於未來的。在每個孩子誕生的當下，就明確屬於他們長大後所通往的那個世界。可是在這裡，孩子屬於過去，屬於歷史，屬於另一個時空。因為他想像不到他的孩子長大後的模樣，即便他的孩子早已長大。關於孩子的一切讓人振奮，同時也讓人抓狂、沮喪。

在這之前，他們就經歷過類似的事。在他們剛來到這座島時，在等待還沒變得遙遙無期時，他們已有人走向崩潰的邊緣。首先是泊夫連科，他趁其他船員在招待所的走廊聊天時，獨自一人走進浴室，想用刮鬍刀的刀片嘗試自殺，最後被清潔人員發現，幸好並無大礙。然後是沃羅諾夫。在他簽下聲明書的幾天後，意識到自己受騙，再也見不到自己的妻兒之時，他歇斯底里了起來，被中國士兵送往了精神療養院。中國將軍或許害怕麻煩，事後網開一面，撤下了沃羅諾夫的投奔自由申請書，讓他跟著泊夫連科還有其他船員一起回到蘇聯。

也不是沒想過要回去。但隨著時間過去，留下來的人所擁有的籌碼就愈來愈少。前往美國的第一批自由船員，絕大多數都在隔年回到了蘇聯，使得美國不再接受相關的申請。第二批自由船員轉往移民巴西，並在同年回到蘇聯，再度驚動了美國與自由政府相關單位。這使剩下來的船員，幾乎沒有任何機會可以離開這裡。

他和基莫夫、卡爾馬贊以及皮沙諾夫曾接觸過「反布爾什維克民族集團」的領導人斯特茨科。與其他船員不同，他們來自敖德薩，是烏克蘭人，這賦予了他們「反蘇聯」全新的意義。斯特茨科用他潦草的字，向他們教育烏克蘭民族長達數百年的血淚史，先是受俄帝統治，如今又為蘇聯掌控，一切都是俄羅斯人的問題。這也是他們第一次知道，原來父母口中曾經吃不飽的那個時期，在烏克蘭的土地上竟有四百萬人死於饑荒，以及有上萬名烏克蘭人被送往西伯利亞的勞改營，借斯特茨科的話來說，是蘇聯進行種族滅絕的暴行。但他們在自己的家鄉也有耳聞過，像斯特茨科這些人是法西斯納粹分子，過去跟德軍一同奪下利沃夫時，展開了對猶太人的大屠殺。他們對斯特茨科的話有些半信半疑。

他們沒有太多選擇。就像前兩批船員一樣，他們都是先取信於敵人，獲得離開臺灣的機會，再想辦法回去自己的故鄉。他們四人再度寫了份宣誓書，表示自己在自由中國的這段時間，見證了中國人民反共抗俄的決心。而他們也重新認識到自己土地的歷史，決定為烏克蘭人民奮戰，請求蔣介石大元帥能賜予機會，讓他們接受「反布爾什維克民族集團」的訓練。但是，他們並沒有得到任何的回應。這是十幾年前的事了。他和基莫夫當時都覺得，這個計畫應該要成功才對。

他們簡單地為基莫夫舉辦葬禮。沒有親屬，只有他們幾位友人，獻上幾句悼詞，願上主帶回他的靈魂，使他不再是異鄉客。他們每個人走上前，說一段自己與基莫夫的回憶。但因為在開啟這段航程以前，他們彼此都互不認識，所以能說的也只有在這座島上的時光。他們聊基莫夫喜歡的食物、音樂、女明星，然後逐漸沉默了起來。死亡的事實在此刻才開始沉下。

「皮沙諾夫，你還記得你之前偷溜出去，跑到臺北的事嗎？」

「你說去美國大使館請求庇護嗎？當然還記得。我當時不僅被禁足，頭髮還被剃光了。」

「基莫夫其實一直很想模仿你當時的方法，從這裡偷跑下山，去看看外面的風景。可惜後來中國士兵的警衛加強了。」

「啊是啦。我記得他好像有列一份清單，上面寫了他想去哪裡看看的，還有他想嘗試的一些食物、活動。真不知道他從哪裡得來這些資訊的。」

克尼加加入他們的談話。「應該是之前的中文老師吧。沒有好好學中文，反而都在一些奇怪的地方下功夫，還真有他的風格。」

「真難想像啊。如果基莫夫從這裡出去的話，不知道會去做什麼呢？」

他們仰望著天空。基莫夫的靈魂隨著他們的視線，緩慢地上升，躍過了山頭。他們看見了，基莫夫口中的孩子，牽領著他，到小鎮的中心，準備搭上午七點五十分北上的列車，直奔臺北。他用蹩腳的中文向路人問路，知道他以前去過的湖叫「碧潭」，而他一直想去的那個山谷叫「小油坑」。他順便問哪裡可以買「高粱」，就像過去每個夜晚一樣，他需要一點中國式伏特加來暖和身子。小孩抓住他的手，告訴他接下來不會再感到冷了。他們在車廂內坐下來，好像在等待著些什麼，然後列車長下達關門指示。基莫夫離開了這裡，永遠的。

✣

一開始，我還是先選擇翻找當年臺灣的新聞。毫不意外的，都是描繪這些船員在臺生活過得舒適，受到妥善的照顧。包括當時他們住在臺銀、臺鋁的豪華招待所，有俄文的書刊、電影可以看，同時還能在「招待人員」陪同下去逛街。依據一九五五年七月二十六日《中央日報》的報導（這個被視為戒嚴時代中傳達官方訊息的報紙），當時每位船員一天的伙食費有六十元，一個月有一千八百多元，且還不包含香菸、理髮等其他日常費用。當年一碗豬肝麵不過才十元，基本月薪三百元，這些船員的待遇在一般常人眼中，可說是相當優渥。

該報導同時提及這些船員在一開始有反抗與絕食之舉，但在充分認識到自由中國的現況後，瞭解到此地並非祖國妖魔化的敵人，便紛紛停下相關抗議行為，更有部分船員選擇投奔自由。行文中特別強調尊重這些船員的個人意志，表示有位原先選擇自由的船員，中途改變意願，但政府秉持人道自由精神，不勉為其難，允許他跟未選擇庇護的船員們一同歸國。這樣的報導，與電影《緊急事件》描繪的情況相去甚遠。這種差異，無疑源自冷戰敵我宣傳戰，為了跳脫其中，必須借助其他的資料才行。

我並非專業的歷史研究學者，但曾聽聞從事白色恐怖研究的學者提過，近年可藉助檔案管理局保存的國家檔案，去嘗試拼湊出當年的真相。我毫不猶豫地前往檔案局調閱相關資料，並花了很長一段時間閱讀，但對於所謂的真相愈來愈沒有把握。這些船員在臺的待遇如何？是否真的有受到虐待？哪一方才是真正的說謊者？我抱著這樣的疑問閱讀，卻發現自己的問題似乎落入過於二元的預設。真相往往複雜，很多時候，我們只能確定一些枝微的事實。

初讀這些檔案時，我注意到《中央日報》當時所描繪的優渥待遇並非造假，船員們的確居住在豪華的招待所，並且有看電影、打撞球等休閒娛樂，甚至到碧潭划船游泳、與中國人舉杯飲酒，這些活動都有相關的照片紀錄，足以證實確有此事。在國史館保存的外交部檔案中，可以找到他們一開始「投奔自由」的生活照，看上去很是愜意。此外，還有翻譯成中文的投奔自由聲請書，上面清楚寫下自己的全名、時間以及提出政治庇護的要求。相較那些無趣的公文、潦草的字跡，這些照片比任何時候都更吸引讀者的眼球，因為不需要花費太多的精神，就能從中看到一些顯而易見的事實，一些確實曾經發生過的事。這也讓人容易得到過於輕易的結論——自由中國政府始終禮遇這些蘇聯船員，他們自願投奔自由，共產敵方的指控純屬子虛烏有，一切真相大白。

在他們第一份申請政治庇護的聲明，清一色寫著「請求自由中國政府給予政治庇護本人決定不回蘇俄留住在自由國家本人已選擇自由因本人喜愛自由與公正之生活」，工整統一得有些可疑。但就算如此，這樣的工整也不能說明他們是在非自願的狀況下所簽結。或許他們真有意投奔自由，只是不確定背後的程序、該撰寫什麼樣的文件與聲明，最後由相關政府人員統一協助處理。儘管聽上去牽強，但依舊存在這種可能性。檔案本身提供最基礎的客觀事實——投奔自由的聲請書確實存在。若要徹底否決其意義，最艱難的命題，是證明「非自願的自願」。但要單從一紙文件中，斷言它違反簽署人的意願，實在太過困難了。如果是為了抵達自己預設的結論，一廂情願地要他人相信自己的解釋，最終也還是回到宣傳戰中的各說各話而已。

這些檔案絕大多數是繁雜來往的公文，交代在船上搜得什麼物品、船員們的三餐清單、反共組織訪視船員的狀況等。而從部會之間來往的文書中，也不時看到官員交代在甄別政治庇護者上應嚴格待之，並尊重個人志願，以免日後產生問題。甚至還特別強調，日後蘇聯必定會想辦法進行宣傳戰，故要善待船員，以人道原則處理，不讓對方有機可趁。若是有選擇自由的船員反悔，也應當尊重其意願，讓其回到蘇聯。當時的政府官員顯然有高度的自覺，知道必須謹慎處理此事，否則可能在國際上失去信譽。

不過，實際執行的情況是否真是如此，卻不為人知。

由於陶普斯號案涉關國際問題，現留存在檔案局的資料多以外交部為主。這些檔案產生的原因，多是外交部為了與外國溝通，而與其他部門商討對策或確認狀況。例如當年要處理法國大使與船員們的會面，外交部就會寄送公文給專案小組，交代法國大使帶來物資與船員家屬交付的信件，該小組也會記下會面狀況，將副本留存於外交部的檔案中。而這個專案小組，亦即負責船員們生活起居、勸誘「投奔自由」的專案小組，其所屬部門為國防部。換言之，即便外交部的相關結案報告中寫著「船員待遇良好」、「以個人自由意志決定」等語，這些資訊都還是由國防部所提供的。要深入瞭解實際的情況，應以國防部的檔案為主。

國防部的檔案複雜，一部分留於其部門中的國軍史政檔案系統，另一部分則轉交給檔案局保存。我簡要搜尋國軍史政檔案系統，並無太多收穫。而另一邊，檔案局所保管的國防部檔案只有一案，內容從攔捕陶普斯號開始，到遣送船員赴美而終，資料也稱不上充裕。但在那唯一一卷的檔案中，卻藏有一項至關重要的線索。一九五五年三月，有十位船員寫下反悔書，表示後悔接受政治庇護，卻在幾天後又提交一份悔過書，聲明先前的反悔書並不算數。

這些文件都沒有中文翻譯，明顯只留存於內部，從未被向上提交。相較那些重複出現好幾次、並有中文翻譯的「投奔自由」聲請書，撤回投奔自由決定的反悔書，反而就這麼被壓在檔案底端，從此受到遺忘。

為什麼這些反悔書集中在三月出現呢？這主要是因為當時「陶普斯號案」已懸宕近一年，政府亟欲盡速解決。根據檔案所述，每個月處理船員生活費用耗費數萬元，再加上其他雜費，不到一年，該案支出的總費用已達三百多萬元，金額相當可觀。加上在三月的會議中，國防部人員透露有已接受政治庇護的船員突然抓狂，並稱要撤回聲請，專案小組人員仍在想辦法補救。外交部這才知道可能存在非自願簽署的情事，因此下令立刻重新甄別，不得違反其個人意願。這批反悔書即很有可能是在重新甄別時，船員獲知自己有撤銷政治庇護的機會而產生的。

但問題是，負責該案的小組依舊沒有遵守「尊重個人意願」的大原則。在每份反悔書的後面，又有一份悔過書，聲明自己先前的反悔是愚蠢而錯誤的決定，此刻痛改前非，決心繼續為反共大業而奮鬥。由於「反悔」與「悔過」的時間點過於接近，不免讓人懷疑這背後存在脅迫的情事。

這也並非唯一的孤證。從最早的檔案中顯示，政府原打算將這批選擇政治庇護的船員，一概送往美國，比照先前截捕波蘭高德瓦號的案例。可是在重新甄別後，專案小組新增了「留華工作」的選項，打算將部分船員留臺從事心戰工作，日後視情況再遣送美國，而「被自願」留臺的正是這批寫下反悔書的船員。這樣的改動，即有可能是相關單位擔心遣送後，不受政府人員直接管控時，將會萌生逃跑等事端，故將船員暫時留臺。而國防高層在回覆專案小組的處理報告時，也提到這批擬留用之人員反覆無常，「一度反悔，復經禁閉及責打與說服，始又悔過者……」，足以證實確有利用不人道的手段，使這些船員被迫留臺。

導致「被自願」的根本原因並不難想像。在已經耗費上百萬元的情況下，突然有半數的船員臨時反悔，無論如何都很難對上級交代，加上時逢大陳島撤退，恐破壞官兵士氣，最終採用強迫的方式宣告結案。我很難斷言最初的政治庇護聲請，究竟是否出自船員的自由意志，但在重新甄別時，最後被以「留華工作」處理的船員，絕大多數並未獲得「尊重個人意志」的待遇。會稱「絕大多數」的原因是，一九五五年年底，被留在臺灣的有十一人，但在檔案中能看見的反悔書僅十人，有一人難以肯定是否有提交反悔書。不過收藏著這些反悔書的信封，原寫著「十一人的反悔書及悔過書」，但十一人卻被塗改成十人，因此獨缺的那一人可能不是「未提交」，而是提交後出於不明原因而未被收錄於文件。

至於在會議中，國防部人員提到讓他們相當頭疼的船員沃羅諾夫，亦即讓甄別重新啟動的關鍵人物，則成功反悔，跟著多數未選擇政治庇護的船員一同回到蘇聯。原本官方宣傳的二十一位「自由船員」，最終則成了現在我們知道的二十位。由於該船員撤銷政治庇護的意圖，已為其他部門所知，自也無從隱瞞。但他的釋放，也成為日後宣傳戰中，政府不斷強調「接受反悔」、「尊重個人意志」的案例。

而那些在重新甄別時，沒有提出反悔的船員呢？他們九人去往美國，但有五人在數個月後回到了蘇聯。同樣的，我很難判斷這當中是否存在「非自願」的情況，因為確實有人最後選擇留在美國，並且發出聲明控訴蘇聯將他們汙名化為背叛祖國的敵人。或許「非自願」是來自另一方的。像當時自由陣營宣稱的，這五人之所以回到蘇聯，是因為受到蘇聯間諜威脅，擔心還在蘇聯的家人安危而選擇回國。事關政治宣傳，我不認為蘇聯會毫無作為。

至於留在臺灣的，有四位船員被動員入反共宣傳的心戰工作，參與反共大會發表演說，並展開一系列環島宣傳。在國家電影及視聽文化中心的資料庫裡，還可以見到當年臺影拍攝的反共大會影片，四位船員站在臺上接受獻花。也因為他們積極地參與宣傳工作，取得專案小組的信任，在三年後這四位船員便移民至巴西，藉機返回蘇聯。最後剩下的七位船員，則彷彿被遺忘一般，甚少見到政府有下達任何處理的方式。推估是因為，若再將船員遣送至國外，將繼續發生逃回蘇聯的「醜聞」。

值得注意的是，由斯特茨科所領導的「反布集團」，在一九六〇年時曾與部分烏克蘭籍的船員有所接觸。斯特茨科撰寫相關信件，請求相關部門安排與船員們會面，以便進行訓練。之後，「反布集團」又聯繫澳洲烏克蘭婦女協會，希望能知道烏克蘭籍船員的狀況，種種舉動都顯示其有意將部分船員帶離臺灣。澳洲烏克蘭社團聯合會更親自遞交信件給駐澳大使館，表示聽聞烏克蘭籍船員受到囚禁，此事將成為共產黨宣傳的利器，希望能讓這些船員移民到澳洲，由他們協助安置處理。只是，這些信件經由外交部轉交給國防部後，均被以案件已結、勿再干涉等語推辭。

✣

新的時代來了。就算他沒有出門，成天窩在房間裡，也能感受到整座島嶼的躁動。這些日子，他常常在電視報紙上看到遊行、標語及布條。雖然他認不得幾個字，但他清楚知道有什麼事情正在改變。這是他在島上三十多年來都沒見過的事。人們到街頭上抗議，他們也想要真正的自由。

如果他還是當年那個二十幾歲的小夥子，他或許還有那股衝勁，跟著遊行人群，為他們自己應有的權利高呼口號。他要學他年輕時那樣，聯合絕食，發表抗議聲明。但他老了，老到沒有力氣去做那些事。不管是身體或精神層面，那些都離他太過遙遠。他起床時總沒來由地感到疲憊。就算按照警衛的建議，放一缸熱水，溫泉也無法洗滌掉陳年的哀愁。

基莫夫走後，科瓦列夫、卡爾馬贊在這幾年相繼因病而離去。他們清楚感受到死亡的威脅，卻依舊沒有收到任何祖國營救的消息。相反的，他們從電視上看見車諾比核電廠事故，顯然國家也有自己的問題要處理。日子一天天地過去，病魔慢慢掐緊他們這一代人，他們也成了以前在酒吧中看見的，那些老得無法出海捕魚的水手。掌握他們飲食起居的士官們大概也知道，時間已逐漸磨平了反抗的鬥志。他們不再隱居在深山中，反而搬到宜蘭的溫泉街，住進了和式建築，好像重回一開始投奔自由的時光。那裡據說是以前日本人蓋的高級旅館，後來被用來專門招待高官貴客。他們被允許出來的時間也多了。每個禮拜固定的散步、逛夜市，偶爾還可以去酒店喝酒消愁。春節時，他們包了幾包紅包給陪酒的小姐，用生硬地中文說著新年快樂，感謝她們此時還敬業地出來工作。小姐連忙用英文答謝，並問他們是從哪個州來的，是不是來談什麼大生意。他和皮沙諾夫相視大笑，天啊，這些人竟然都把他們當美國人了，難怪那些士官放心地讓他們出來。他們開始模仿起美國人，露出粗魯而誇張的笑容，不斷大喊著錢、一切都是為了錢。幾杯酒下肚，卻還是忍不住哭了起來，因為他們知道已經沒有人記得他們。

一個月以前，他從警衛口中得知，蔣經國死了。奇怪的是，他以為他會像蔣介石死去那時一樣，對他自己未來的命運感到徬徨，但實際上卻一點感覺也沒有。對未來的不安早在很久以前就完全死絕了。在蔣經國接任後，他和其他船員曾抱著一絲期待。因為蔣經國過去曾拜訪過他們，說自己以前在蘇聯留學時，叫作尼古拉，還帶著他的老婆芬娜，一起回憶在莫斯科的北國時光。當時蔣經國招待他們去咖啡館，問他們這裡的羅宋湯跟家鄉的有沒有什麼差別，還特別強調這裡的餐點是師承沙皇御廚，是革命以後就吃不到的料理。比起蓄著鬍子的蔣介石，蔣經國看起來憨厚老實許多。可他們最後的希望也落空了。蔣經國雖然開放讓人民返鄉探親，但到死之前，並沒有提出任何讓他們歸國的計畫。

坦白說，他一直以為他們會就這樣繼續下去，吃飯，散步，喝酒。最後和基莫夫一樣，葬於異鄉。

他記得那天是三月的禮拜二。前一晚寒流來襲，氣象報導宜蘭這週最低溫達九度，他哆嗦著，鑽進了暖和的被窩。和式的建築在夏天雖然涼爽，但冬天的時候，寒氣可是會從冰冷的木板縫隙中竄上來。他睡得很沉，像冬眠的熊，陽光穿透窗櫺時，他都還不願意醒來，直到皮沙諾夫拉開紙門，要他趕緊到招待室看看。

每個月固定來訪的情報員提早到了。對方手中拿著報紙，氣急敗壞地質問克尼加和薩勃林是否又寄送了抗議書給誰，桌上還放了幾張中國人的照片。他們四人面面相覷，不知道究竟發生了什麼事。另一位年長的情報員向他們解釋，今天在議會上有立委提出質詢，要行政院立即釋放滯留在臺的蘇聯船員，現在報紙上全都是他們的新聞。由於披露此事的報紙，過去曾翔實報導國內異議分子的反抗運動，情治單位特別繃緊神經，懷疑是有心人士居中串連。但他們四人馬上提出抗議，表示自己誰也不認識，中文也不好，怎麼可能聯絡到本地的政治人物呢？加上報紙上對他們實際的狀況似乎瞭解不多，僅提到剩餘七人中有一人身亡，另外六人生死未卜，顯然船員們也沒有與外界聯絡，否則不會遺漏這些基本資訊。老情報員思考了片刻，便要另一位情報員收拾照片，沒什麼好問的了，接下來還有其他任務要執行。

所以，這意味著他們終於可以回家了嗎？四人聚在一塊，興奮地談論道。他們從沒有這麼有希望過。他們被囚的消息不僅登上報紙，此地政治又走上民主改革一路，已跟三十年前的情勢大不相同。意識到這件事的可能性後，他們盡可能降低自己的聲音，唯恐惡魔會中途劫走好運。他們試著往壞處想，好讓自己冷靜些：萬一美蘇又發生戰爭、萬一臺灣又重回獨裁者執政……。他們不想在希望升起時，又踩了大大的落空。

這該不會只是一場夢吧？他突然害怕起來。但現實裡急遽的轉變，很快又讓他意識到這一切都是真的。例如消息見報後，不時有人在大門外頭打探，想看看傳聞中的蘇聯水手。也有新聞記者前來拜訪，受到警衛拒絕後，轉戰至隔壁的大樓，想從上方拍攝他們日常生活的模樣。沒過幾天，情報員要他們立刻收拾行李，準備轉換陣地。他們有些不情願，抱怨情報員沒有保護好隱私，讓他們現在要離開這美麗的溫泉鄉。歲月讓他們學會討價還價。克尼加拜託情報員蒐集有關他們報導的新聞，並簡單翻譯給他們聽。

相隔三十多年，他們再度躍入新聞版面，這次不再是宣揚反共精神，而是成了人道營救的對象。報紙上還刊出他們剛來這裡時，所拍下的照片，旁邊寫著他們各自的名字，但都不是情報員所叫的譯名版本。比方說卡爾馬贊，他在報上的名字是米撒。他們有些佩服記者挖資料的能力。因為卡爾馬贊的全名是卡爾馬贊．米哈伊爾．伊凡諾維赤，米撒應該是取米哈伊爾的譯音。能夠獲知他們的全名，但卻又不知他們近期狀況，想來在背後的，應該是當年曾經協助處理這件案子的非政府人員吧！他們試著藉由報中的資訊，來推想究竟是誰重新揭起陳年舊案，感覺自己陷入了好萊塢電影中諜報交鋒的劇情。

他們的新聞在報上刊登了幾個禮拜，隨後又爆出過去某位將軍因共諜冤案而遭蔣介石軟禁三十多年，國內各種翻案傾巢而出，他們的新聞很快就過去了。但他們也接到了政府單位的聯繫，詢問他們是否有意願回國，將立刻辦理相關手續。情報員慎重其事地交給他們一疊文件表格，要他們簽名，如同他們剛來到這裡時所做的事。在確認這不是另一次精心設計的陷阱後，其他人很快都填好文件，期盼早日歸鄉。

唯有他，洛巴秋克，在那時猶豫了。

其他人都不知道他為什麼做出這樣的決定。你真的決定留在臺灣嗎？你確定不跟我們一起回去嗎？你是不是被情報員給誘騙了？其他已簽下歸國同意書的船員圍著他，想知道究竟發生了什麼事。但洛巴秋克揮揮手，不願再多談，只說已經寫信給李總統，希望能歸化國籍。

他喜歡臺灣的生活，這裡富裕，人們安居樂業，值得落地生根。

你瘋了。他們對他說。別再說那些過時的謊言，你的家人都還在黑海那裡等著你。

究竟是為什麼呢？他一直沒有想到一個明確的、向他人解釋的理由。這幾年臺灣確實變了，跟三十幾年前相比，街道變得寬闊乾淨，四處也建起了高樓。他不知道敖德薩變得如何了。人們是否還住在低矮的樓房，每個晚上可以聽到隔壁鄰居餐桌上的話題？他會想要那樣的生活嗎？他還能習慣嗎？他不知道。

他也擔心自己捲入政治風暴中——不是這裡的，而是家鄉那裡的。數十年前，他們一心想回到母國時（甚至還考慮劫船跨洋），情報人員卻告訴他們，那些從美國和巴西回去蘇聯的船員，很多都被判處叛國罪，只因他們沒有在第一時間跟著第一批船員回國，並多次協助自由陣營的宣傳工作。那些船員被送往西伯利亞，搬著砍下的木柴，在一望無際的雪地接受勞動改造。當年他們半信半疑，沒有當作一回事。可現在想想，要求接受「反布集團」訓練的宣誓書上，以及預備交給媒體發表的公開信上，第一位連署人可正是他自己。雖然後續沒有接受訓練，但誰知道蘇聯特務會否掌握到這份祕密文件。他還記得五、六年前，索忍尼辛來臺發表反共演說，雙眼瞪大地講述自己在「古拉格」的所見所聞。與那些煽動者所說的不同，那些都是真的，都是作家的親身經歷。他心裡知道，自己沒有辦法撐過那樣的生活，也無法再忍受另一段不自由的日子。

所以他退縮了，在最後的時刻。但他心底知道，所謂喜歡臺灣的環境、擔心政治報復等，都只是一個藉口罷了。他真正害怕的，是再見自己的親人一面。他沒辦法想像他們老去的樣子。他害怕看見自己年老的妻子、步入中年的女兒、從未謀面的孫子。只要見上那麼一眼，他就再也無法欺騙自己，這三十多年來的虛耗只是一場噩夢而已。只要見上一眼，一切就都成真。

他向其他人告別。

他還想繼續睡一會。

✣

一九八八年十一月二日的《聯合晚報》標題：「最後一名留臺蘇聯船員說：『做個自由人我喜歡這裡』」。被稱作「陸伯克」的洛巴秋克，接受華視的獨家專訪，暢談自己三十多年來的在臺生活，並由《聯合晚報》摘錄刊出。在報導的最後，記者要洛巴秋克用中文向關心他的臺灣人問好。他說：「我來臺灣很多年有很多朋友，臺灣實在很發達，人也發財，我喜歡這裡。」

儘管沒有實際看到採訪影片，但透過文字，我依舊受到那生硬的說詞所吸引，彷彿在那背後，隱藏了太多無法直接說出的故事。為什麼要強調自己有很多朋友呢？為什麼要誇讚臺灣很富裕進步呢？為什麼要特別說出自己「愛臺灣」呢？為了釐清這些問題，我嘗試先將焦點擺在他們在事件超過三十年後，如何重新引發媒體關注。

一九八八年三月八日，《自立早報》的頭版刊出了陶普斯號船員仍滯留在臺的消息，並提到國民黨立委蔡中涵將於立法院提出質詢，呼籲應盡速讓船員們歸國。隨後幾天，偏向黨外的自立報系接連做了陶普斯號的專題，而《中國時報》也跟進報導。不過就當時報導的內容來看，當時外界都尚未掌握清楚滯留臺灣的船員人數究竟有幾名，僅知道有一人已過世。最一開始，外界謠傳是自殺身亡，但政府駁斥是因病而逝。可實際的情況是兩者皆是。根據後來的資料顯示，有一位自殺而亡，有兩位則生病過世。而在初期這些資訊不盡正確的報導中，也有冒出船員在臺結婚生子的謠言，不過我並未在其他資料中見到，應僅是假想軼聞。

在蔡中涵提出質詢後，民進黨立委黃煌雄與國民黨立委周文勇也接續提出質詢，特別是因為事件爆出後，原居住在宜蘭臺銀招待所的船員迅速被轉移到他處，且沒人掌握到他們的行蹤，讓人懷疑政府是否打算繼續掩蓋下去。最後，行政院針對此事進行書面答覆，表明有三位船員在一九七五年、一九八四年與一九八六年過世。而這些船員都是當年接受政治庇護者，只是因為語言不通以及謀生能力問題，故由政府照顧生活，絕無「拘禁」之情事。當然，不接受此一說法的人大有所在。畢竟這些船員的確被集中居住，且都要在情報員陪同下才能出外活動，雖不是在牢裡關押監禁，但各種舉措也能稱得上軟禁了。

至於為何蔡中涵會在這麼多年後，重新將此事翻案出來呢？我找到了《福伯論壇》網站，網站經營人正是當天蔡中涵質詢後，立即在《自立晚報》批露此事的特稿記者吳福成。其在網站上的一篇文章，便敘述當年從政大的畢英賢教授那裡得知此事，後聯絡了同為政大東方語文學系俄語組的蔡中涵學長，聯合將此事公布出來。有意思的是，政大東語系俄語組的開辦，即是當年陶普斯號案後，蔣介石發現臺灣缺少俄語相關人才，政大東語系才特別增辦了俄語組，並設有高額獎學金吸引學生就讀。事件的頭與末竟奇異地接合在一起，大概只有小說中才會出現這樣的情節吧。

同年八月，剩下三名船員經新加坡，順利回到蘇聯，結束了三十四年的異鄉生活。歸國後，蘇聯媒體大肆報導三位船員在臺受虐，並稱仍有一名船員被惡意滯留於臺，再次引發各界關注。而臺灣政府也立即發出聲明駁斥，稱他們在臺受到良好照顧，是有心人士刻意扭曲。部分媒體也訪問曾接觸過幾位船員的店家，皆表示他們來用餐時有說有笑，看不出有受到虐待。最後，則有了那段《聯合晚報》摘錄刊出的洛巴秋克訪問：

問：這三十四年間你們生活情形怎麼樣？

答：過去很好，能外出吃東西、旅遊、跳舞，無論什麼地方，只要錢夠，你想去哪都可以去。

問：根據蘇聯電視臺報導說，他們回到蘇聯時，衣服都非常破舊，這是事實嗎？

答：他們從未有過舊東西，我不知道他們從什麼地方找來這些舊東西，難道他們真會這樣講？我不知道。

問：蘇聯電視臺同時報導，他們三位說在中華民國時受到這邊人刑求虐待，有沒有這事？

答：不可能，為什麼？因為我剛講過我們住在這裡，過去都有人給我們錢，買想買的東西，難道說既然給我們錢，還會刑求嗎？

問：蘇聯電視臺在報導中也指出你目前仍被拘禁在中華民國，他們呼籲世界各國援救你，對這樣的呼籲，你自己的看法怎樣？

答：我不想聽這些幫忙的話，只求中華民國政府答應讓我住在這裡，成為自由的人，其他的我不想聽，這是宣傳。

問：你會說國語，你用國語跟很多很關心你的朋友講幾句話。

答：我來臺灣很多年有很多朋友，臺灣實在很發達，人也發財，我喜歡這裡。

洛巴秋克在採訪中表示，希望能盡速成為中華民國公民，並預計將來到語言學校中教授俄語。後續幾個月的新聞，也陸續報導其國籍歸化狀況，最後關於洛巴秋克的新聞，即是其成功獲得了中華民國國籍，從此便再無下文。臺灣對於陶普斯號的報導，在一九九三年時還有另一則，即摘譯《莫斯科論壇報》的頭版長文〈長達三十四年的勤務〉，該文取材自克尼加的口述。報導中再度強調其在臺受到虐待，特別是一九五四年剛來到臺灣時，情治單位為了逼迫他們投誠而用刑。而在他們拒絕赴美後，又遭到嚴刑拷打，並被監禁起來，三十多年間轉換過許多地方，包括臺北、新竹、宜蘭等地。

明明是在冷戰末期，同樣都是歷經三十多年臺灣生活的蘇聯船員，竟又產生了近於冷戰高峰的正反故事，一開始確實讓我感到相當困惑。但在一連串的檔案瀏覽後，我認為雙方說法都有其依據。他們的確受到過拷打，也的確有過上一段較為安逸的生活。忽視任何一方的說法都並不恰當，應該更深入瞭解背後的脈絡才較為適切。

事實上，在一九五〇年代時，不論是從美國回到蘇聯的船員，或是從巴西回到蘇聯的船員，都曾遭受判決。去往美國者，五人中有一人遭判叛國罪，而巴西四人則皆被判叛國罪，入獄或勞改好幾年。原因無他，這些船員曾參與自由陣營的宣傳活動，即便這可能只是搏取敵人信任而採用的手段。在一九八八年突獲機會回國的船員，勢必也要衡量相關政治風險，採取相對應的策略，避免自身再度陷入另一段不自由的生活。他們採用最安全的說法：軟禁、受虐、違反個人意願。由於已是一九八〇年代末期，蘇聯政治氛圍不再如過往高壓，克尼加三人雖受到審判，但很幸運地避開了叛國罪的懲罰。不過消失的三十四年還是帶來太多的損失：失去親人、與社會脫節、無法謀生，而他們的國家也未提供適當的補償與支持。

對我來說，最關鍵的人物一直是在洛巴秋克身上。為什麼他會選擇留下？是否他真的喜歡臺灣的生活？而這是不是也代表長年以來，他們都沒有受到虐待？畢竟在當年，洛巴秋克的留臺，意味著蘇聯船員們備受良好對待，否則不會有人自願留下。考量當時臺灣早已放棄反共大業，國內也逐漸步入民主化開放階段，不太可能冒著風險再度執行「被自願」的行動。我相信，洛巴秋克在一九八八年時確實是自願留臺，但很難揣測其背後根本的原因。

若沒有以俄語搜尋相關的資料，多數人可能會認為，洛巴秋克最終在臺灣落地生根，成為道地的臺灣人。不過，真實的情況是，他在一九九三年二月時回到了故鄉敖德薩。那時烏克蘭已經獨立，鐵幕不再，整個國家面臨著一連串的改革。我閱讀到的兩篇文章，清一色都是以洛巴秋克的妻子視角出發，描繪其近四十年的等待中，最終與丈夫團聚。但這些文章中，都沒提到為什麼洛巴秋克沒有在一九八八年回國，僅表示其在臺灣受到長年的虐待，最後有「中國人」聯絡他的妻子與女兒，詢問是否有意願將洛巴秋克接回去。歸國五年後，他過了一段安穩的日子，最後在妻子的陪伴下離開人世。由於這兩篇文章我是依賴網路工具翻譯，並不能百分百肯定資訊的正確度，也不確定是否有遺漏了其他資料。洛巴秋克為什麼遲至一九九三年才回國，這中間又發生什麼事，成為難以解開的謎團。

一切檔案的線索，約莫中斷在一九七〇年。從案件初期密集的公文來往，到後來，只有國防部簡短的回覆。他們經歷了管理單位的轉換，應當因為移轉，產生相關的公文文件，卻未見得。一九八八年蔡中涵質詢引起的一串風波，照理而言，也會產生相關檔案，比方部會接受質詢而調閱資料、決策讓三位船員經新加坡回蘇聯等。這些在權責上牽涉到各個部門，有簽送公文而產生檔案的可能性。但不知道什麼原因（或許是關鍵詞下得不好？或許牽涉到個人隱私？也或許檔案還沒有到解密的期限？）我並沒有查到相關的資料，至少在資料庫目錄中沒有。

不過即便檔案存在，它又能帶我走向何處呢？

我想一般人對檔案的想像，大概是假定那之中隱藏著許多不為人知的事實，並對其有著迷般的執著，機密、真相、解碼……被諸如此類的關鍵詞環繞著。加上獲取檔案需要經過一連串調閱、審批的過程，大概無形中也加深了這樣的誤解。可事實上，檔案很多時候只提供一種抽象的客觀事實，好比在一九七〇年代初期（亦是目前最後可見的幾筆檔案），行政院曾幾度針對遣送船員回蘇聯，徵詢蔣介石的同意。檔案僅提供這樣簡單基礎的事實——當年政府曾有遣送剩下船員回國的想法。但它並不能直接回答更深入的問題：為什麼政府在這個時間點提出遣送計畫？為什麼最後沒有執行？這些都需要透過專業的研究與詮釋才能得到答案。

另外一個更關切的問題是，我所閱覽的新聞、國家檔案，這些史料泰半誕生在威權時代中，多少都受政治因素影響。作為政治宣傳的新聞不用說，本身就缺乏一定的可信度。但檔案提供的訊息也不盡然正確，機關間通訊的公文，因資訊不公開，即便有一方提供不實資訊，接收的部門也不見得能得知。而那些生活照、政治庇護聲請書，也不能確切地證明什麼，特別是考量到這些照片、聲請書的誕生，本身就是為了服務政治，好讓政府可以宣傳船員們過得良好、一切出於自由意志。至於那些來自「敵方」的史料呢？新聞取材雖來自那些歷劫歸來的水手，但政治因素或許使他們傾向於強調受難經驗，同時可能因大眾對於受難者的單一形象，而羞於啟齒自己不那麼受難的時光。

所有理應可信的似乎都有其不可信的一面。我重新翻起手邊的資料，從一開始朋友給的《蘇聯特務在臺灣》，到電影《緊急事件》，還有大量的新聞報紙以及檔案。最關鍵的檔案終止在一九七二年，公文提及他們時總是以「留臺七俄員」稱之，而那之後到底發生什麼？當他們重新在一九八八年被世人所知時，只剩四位船員，檔案的空白好似意味著他們存在的空白。而被稱之為「最後一位留臺船員」的洛巴秋克，在五年之後又選擇離臺，他最終在臺灣的日子究竟是什麼樣子？我始終沒有真正的答案。雖然一度感覺自己接近了真相，可似乎又踩入更深的迷霧。

但我依舊在迷霧裡看見某些事物的輪廓。所有不可信的懷疑，也無法真正否定這些資料存在的意義。我撿拾著過去所留下來的碎片殘骸，不斷推測與虛構。歷史如此不穩定。一九七〇年代，那是關鍵的時刻，跟臺灣有關，也跟船員們有關。如果故事必須開始，或許就先從最不可能的假想裡，讓事件發生，讓逝者說話。那裡會有不確定的確定。

以及不存在的真實。

✣

路易斯來拜訪他們的時候，洛巴秋克做了一個夢。

那個夢很長，長到他都不確定確切的時間。但他記得他回家了，和妻子、女兒以及孫子擁抱在一起。他坐在輪椅上，可他有些疑惑，不知道自己是怎麼瘸了。他甚至沒有印象自己的女兒什麼時候結了婚，當然，那個已經當了水手的孫子，對他來說也很是陌生。但他蒼老的妻子抓著他的手，顫抖著，訴說這些年來他不在家的瑣事，如何被街坊鄰居閒言閒語，為他冠上叛國賊、人民公敵等莫須有的罪名。他輕聲告訴他的妻子，沒事的，他已經在這裡。

他醒來時，發現自己正在流淚。心底興起一種莫名的悲哀。明明知道那是一場夢，卻怎麼會有這麼強烈的觸動呢？大概是因為現在終於要回去了，所以才特別激動吧。

再過幾年，他就在島上待了二十年。而他的女兒已經長大成人，接近他們分隔時他的年紀。他曾一度放棄希望，以為要在這座島上度過他的餘生。沒想到，那個綁架他們的蔣介石，竟然宣布要釋放他們，以此開啟中蘇外交的新一頁。他們七人還被安排一次環島旅行，拜訪農地、紡織廠、罐頭工廠，技術人員在旁指導說明，希望他們能將所見所學帶回祖國。

「這樣或許還有機會，再去看看那個冒煙的山谷。」基莫夫興奮地說道。

當然，他們也有人仍放不下警戒心。克尼加老覺得這是敵人設下的陷阱，根本沒有所謂中蘇和談，一切只是為了再騙他們簽下投奔自由的聲請書。但這一切的疑慮，在那位自稱是蘇聯特務的路易斯到來後，就都全數消除。

「是的，這是黨在深思熟慮下所做出的決定。我們相信與自由中國的來往，能打破當今國際冷戰的局面。自由中國將成為美蘇間的重要橋梁。」路易斯露出自信的表情，「我們主動釋出溝通的善意，相信世人也都會看在眼裡。」

路易斯為他們帶來家人的信，要他們不用擔心，後續回國的手續他會協助辦理。當然，他們此前參與過任何自由陣營的宣傳活動，都不會被祖國追究。作為交換條件，他們千萬不可向任何人表示，自己曾在此島受到監禁或虐待，這將破壞兩國的來往。莫斯科那邊已經再著手籌劃拍攝新電影，大概會是《緊急事件》的續集，但將做一些翻案，並會把矛頭更集中指向美國，讓國民知道美帝才是真正的麻煩製造者。

「請你們說說自己在這裡的生活吧！聽說，你們之前住在貴賓專用的招待所？好像還有溫泉是吧？」路易斯老練地拿出筆記本。他們七人這才知道，原來對方是以記者的身分入境的。

「你們過得好嗎？」

「這裡很好，有西餐、點心，平常可以自由出門散步。」

「請你們對中國人民說幾句話。」

「中國人很棒，很熱心。我們會想念的，在這裡的生活。」

採訪結束後，路易斯要他們面向他，簡單拍一張大合照。路易斯調整鏡頭，左看一下，又稍微往右邊移動。他皺緊眉頭，指向右手邊數來第四個人，「洛巴秋克，你要笑一下才行。」

洛巴秋克點點頭，想起了前夜的長夢。他忽然升起一股疑惑，不知道這張照片，日後將會被誰看到。而他，又該擺出什麼樣的表情。

他露出一張似笑非笑的，歷史的鬼臉。

最後一案

我是在重考班上認識夏洛克的。

夏洛克這個綽號是我取的，取自他最愛的偵探名「夏洛克．福爾摩斯」。夏洛克剛進重考班時就坐在我前面，在抽屜裡偷翻著《福爾摩斯偵探案全集》。我們兩個剛好都沒什麼朋友，就變成了朋友。

夏洛克的腦筋很好，是明星高中畢業的。高三那年，因為迷上偵探小說，而搞砸了大學聯考，現在淪落到重考的悲哀處境。他說，他雖然有個哥哥，但因為太不上進了，所以全家的指望都壓在他身上。為了讓他考上好大學，他爸媽已經把薪水都投注在補習費上。

至於我，在重考班已經待了一年，補習費都是我媽負責的。原本，我爸曾打算把我送進軍校，像他一樣為國家服務，但被我媽全力阻擋下來。她千交代萬交代，要我一定要念大學，將來才會出人頭地。

一開始我還提得起勁。我是聯考新制的初代考生，當年考得不好，還可以怪罪體制。但第二次考試失利後，這樣的藉口再也騙不了自己，應該就不是讀書的料吧。可是，我又不想這麼快進去當兵，只好找夏洛克充當打手，假裝我平時用功努力、成績優良，只是大考時沒辦法把實力發揮出來罷了。

夏洛克負責告訴我每月模擬考題的答案。作為交換，我則用原本拿來買參考書的錢，幫他買些偵探小說。

夏洛克特別指名剛創刊的《推理雜誌》，一本七十元，大約是兩碗牛肉麵的價格。雖然說是雜誌，但價格卻跟一般的書籍差不了多少。我問夏洛克，為什麼不改看亞森羅蘋系列的小說就好了。他聳聳肩表示，高三那年就把整套都看完了。現在改看雜誌，上面不僅有日本最新的推理小說，還會有出版社的新書訊。他們最近一直推松本清張的小說，看起來超有趣的。

「喔？這本《砂之器》改編的電影，幾年前有在金馬觀摩影展裡放映，今年終於可以在電影院看到了。」我第一次翻起《推理雜誌》時，馬上注意到這件事。

當時，女主角島田陽子才剛來過臺灣。楚楚動人又清純的模樣，讓高中男同學們都為之瘋狂，在西門掃買她的海報，夜市也跟著賣起她主演的《球型的荒野》、《犬神家一族》、《黃金之犬》，不過《砂之器》的盜版錄影帶已經先被抄了。

我不禁開始對夏洛克所沉迷的謀殺世界，感到幾分興趣。

重考班的日子非常苦悶。早上七點，我從家裡搭公車到南陽街，準時到教室中報到。中午十二點，打開集體訂購的便當，有一個小時的空檔可以讓我們休息。下午五點，晚餐時間同樣一個小時。我因為厭倦冰冷的外送便當，這個時間點會選擇到南陽街上覓食。直到九點，學生們才拖著疲憊的步伐，各自回家。

我多半利用吃完晚餐的時間，到附近的書局購買最新一期的《推理雜誌》。輕薄短小的開本，放在暢銷排行榜上，封面圖片總是手繪的西洋女人，看上去十分時髦。過刊則放在書架上，書背羅列著各個當代名家的名字，吸引讀者來購買。有些名字還算耳熟，寫外星人的倪匡、寫言情的袁瓊瓊、愛說鬼故事的司馬中原，雜誌裡都有他們最新的作品。但也有些不怎麼看過的作家，好比第一期的鄭清文，寫的小說蠻有鄉土感的，但真的不太熟。還有些單純翻譯，卻常常被放上來的，好比劉慕沙、葉石濤、鍾肇政，不知道放譯者的名字會不會增加買氣。

雖然書封是西洋女人曼妙的姿態，但我和夏洛克，都對雜誌內譯介的日本小說更感興趣。雜誌上翻譯的歐美小說總是零散，假如看到喜歡的作者，也很難看到他的其他作品。反而在日本小說上，松本清張、森村誠一、夏樹靜子的作品比較有系統，一次讀起來比較過癮。

書局老闆相當聰明。在《推理雜誌》旁，放了雜誌自家出版的小說集，有大批的《日本推理小說傑作精選》，增加我每個月的開銷。

那個時候，臺灣正掀起一股東洋風潮。以前因為釣魚臺被搶走的仇恨情緒，似乎只停留在老一輩的人身上。漫畫、電器、遊戲機等，到處都與日本有關，讓我爸痛斥世風日下。不良少年戴墨鏡、梳龐克頭，為自己改名換姓。年輕女性會去跑單幫的舶來品店，按照手邊日版的《儂儂》，打扮成日本女孩。

我自然也不例外。晚上回家的時候，我會順路去附近的商場，按照雜誌的推薦，買幾支推理劇錄影帶。深夜趁爸媽熟睡時，再偷偷打開電視。

深夜中，那一個又一個死去的身體，發出異樣的光芒。

在那一本本《日本推理小說傑作精選》中，有一篇叫作〈人間椅子〉的小說特別吸引我。一個醜陋的椅匠，費盡苦心造盡了各種椅子，卻又只能看著自己完成的作品，被寄送給那些有錢的客戶。那一張張椅子，在各種社交場合裡出現，成為眾人討論、炫耀的話題。相較之下，自己孤單地待在這工房裡，是多大的諷刺。一個有生命的人，就這樣開始忌妒起一張無生命的椅子。假如我也成為椅子就好了？椅匠一邊這樣想，一邊付諸行動。他改造了那張最昂貴的椅子，將椅子的內部打空，以便自己躲藏進去。就這樣，他因為椅子經過多次轉手，流浪在各個名門家族中。他平時就躲在那裡頭，有需要上廁所、吃飯時，則趁主人不在家時，再從椅子裡溜出來。他彷彿變成了椅子，整體的骨幹形塑了他的骨骼，外層的皮革儼然成為他的皮膚。當曼妙的女人坐在椅子上頭，他的身體承接對方的重量，享受著臀部壓在身上的快感。

明明是有些驚悚的故事，但卻給了我許多遐想的空間。

我翻到故事開頭，確認一下作者的名字。江戶川亂步，嗯，好像沒在《推理雜誌》上看過他其他的小說，該不會是日本新興的小說家吧？

我鍾愛於這類沒有什麼複雜的殺人謎團，反而充滿了感官刺激的推理故事。在錄影帶中，那些衣衫不整、露出半顆乳房的女屍，膚色蒼白，肌肉僵硬，不協調的躺臥姿態散發著邪氣的美感。那些被殺害的屍體，在臨死前為了活下去，而出現短暫的狂亂掙扎，並伴隨著氣力的耗盡，在自身肉體最終極的崩潰下，而逐漸寧靜下來。死者為了抵抗死亡所做出的最大奮鬥，以及死亡無可避免的降臨，形成了兩極的反差。

夏洛克說，這類小說叫作變格派，以描繪變態心理、渲染奇情為主。相對的，本格派就是比較注重事件的解謎，殺人事件比較有科學性與邏輯性，在推理史上是相對古典和正統的派別。這個江戶川亂步，是變格與本格兼擅的大師，可不是什麼新人作家喔。《推理雜誌》的主編大概對這類型小說比較沒興趣，所以才介紹得比較少吧。

我若有所悟地點點頭。我對純粹的邏輯解謎很沒輒，功課原本就不好了，哪可能處理這些複雜的案件。作者如果宣稱讀者和偵探擁有的線索相同，可以自行解謎，我其實也只想趕快看完小說，省去動腦思考的精力。

「這樣就不能訓練腦力啊！你看看，這期雜誌前面還放有吳大猷的話，就是在強調推理小說能夠培養思辨。如果要進入大學成為高知識分子，就一定要有很強的邏輯能力。」夏洛克這樣說。

夏洛克會拿《推理雜誌》裡面的「三分鐘探案」，來和我比拚解謎的能力。裡頭一系列的題目，大概都是從歐美偵探雜誌翻譯過來的，除了插圖很有美式風格，故事主人翁也多是洋名。其中還有一則題目，是要解開祕密情報員〇〇四之死呢。不過，這些謎題的解答通常沒什麼說服力，也不太需要縝密的推理，比較像是腦筋急轉彎，考驗答題者的想像力而已。

「你看這則問題：『一名男子遭到槍殺，陳屍在社區庭院前。凶手在五樓開槍射擊後，便遭到警察的逮捕。奇怪的是，驗屍官進行解剖時卻發現，子彈是由下往上穿過死者的胸口。這場違反地心引力的謀殺案，究竟是如何達成的？』」

「怎麼達成的？」

「被害人當時維持著倒立的姿勢，所以才會造成這種假象啦！這問題分明就是唬弄人的。一般人哪會隨便倒立，凶手又要剛好挑這個時間點動手，完全說不通，一點也不符合現實情境。」我忍不住抱怨。

每次我輸給夏洛克的時候，我總會拿這則題目來說嘴，試著想賴皮蒙混過去。不過，他很堅持輸贏。輸的人要貢獻一本推理小說，或是錄影帶，或是其他雜七雜八的東西。

我一直很欽佩夏洛克的聰明才智，但也對他選擇重考大學，感到諸多的不解。

「你這麼熱愛推理，又擅長解開犯罪案件，為什麼不選擇直接當警察呢？重考班花錢又花時間，倒不如去考警察學校。」

夏洛克卻是冷冷地笑了一下，說道：「別傻了。你覺得我們的警察有用嗎？」

一聽到這，我心裡大概有個底，也不好意思再多問下去了。

當時，臺灣經濟起飛，正轉型成工商社會，也連帶衍生出不少犯罪事件。比如民國七十三年，三重發生一起銀行搶劫案，犯人開槍示警，搶走了大筆鈔票。經鑑識員判定，現場遺留的子彈型號與警察訓練靶場使用的相同，懷疑內部管控沒做好，讓這批子彈外流給犯罪集團。警方高層對此一概否認，堅信罪犯是從其他管道獲取槍械的。沒想到最後調查下來，犯人竟然就是警察，大大降低了人們對警方的信任度。

「你如果仔細觀察，臺灣創作的本土推理小說，幾乎沒有一個是由警察主動破案的。」夏洛克這樣表示。

在《推理雜誌》上，除了刊載翻譯的歐美、日本小說，還有臺灣本土所創作的推理小說。像是雜誌主編林佛兒，就曾在上面發表過幾篇推理小說，後來還集結成冊，由自家的林白出版社出版。他寫的小說都不是以警察為主角，而是環繞著市井小民，描繪他們如何因金錢愛慾的糾葛，犯下無可挽回的謀殺案。故事裡的警察多半只是來收拾殘局，簡單交代一下案件的後續發展。有的時候，警察也不見得會釐清真相，反而敷衍地隨便結案，讓人禁不住感嘆社會的黑暗。

我曾經在報紙上看過一則新聞。一位少婦被計程車司機洗劫，並被徒手掐死，棄置在山郊野外之地。所幸婦人命大，只是陷入假死狀態，過了一夜後從昏迷狀態中醒來，並獨自到附近的派出所報案。沒想到警察不僅沒接受報案，看到婦人披頭散髮、多處瘀傷，還以為對方是個瘋子，差點把她送進精神病院。一直到這名計程車司機犯下了另一起強盜殺人案，被警方逮捕後，這起烏龍案件才曝光。

「如果殺人謎團是由臺灣警察推理偵破，那或許是最不符合邏輯常理的地方。」夏洛克忍不住這樣調侃。

我總沒辦法想像，臺灣會上演什麼推理小說的複雜案件，暴風雪山莊殺人案、密室殺人案、連環殺人案……那些好像都是日本才會發生的事，與臺灣一點關係都沒有。我想，臺灣推理小說的創作者大概也有類似的感覺。我就曾看過一篇臺灣人創作的推理小說，整個故事場景都是設定在日本。結果就被曾經住在日本的島崎博批評，認為小說中描繪的不少細節存在錯誤，創作者應避免撰寫自己不熟悉的地方。要在臺灣創作推理小說，似乎成為一件困難的事。

仔細想想，臺灣也不是沒有殺人案件，只是我們一直被包覆在治安良好的想像裡。因賭博欠債、因情人外遇、因同儕升遷，所有環繞欲望的殺機，應該是不分地域國籍的。不過，在臺灣似乎更常見到充滿血性的鬥毆，而非高明的殺人案。臺灣人的性格異常衝動，對各種事情都有自己的意見，往往都是在盛怒的情況下，失手殺害對方。這大概也讓我們很難想像一樁冷血縝密的殺人謎團。

在《推理雜誌》上，每期固定舉辦「推理攝影」的徵文比賽，讓對推理創作產生興趣的讀者們，可以從小短文開始練習。在玩膩了「三分鐘探案」後，我和夏洛克把焦點轉往投稿作品，比賽誰的小說能最先被刊登。每期的「推理攝影」會有一張圖片，讓參賽者自由發揮，創作一篇與之相關的推理小說。攝影內容都跟臺灣風土有緊密的連結，可能是廟宇參拜的場景，也可能是一隻辛苦拖著牛車的黃牛。這些徵文比賽，促發了我們構思臺灣本地會發生什麼樣的謎團。

生活的日常裡，其實也存在著犯罪的可能性。

好比說，從夜市買回來的盜版錄影帶，裡面卻是綁架集團的恐嚇影片；年度的廟會遊行中，卻有人藉鞭炮巨大的聲響，伺機行凶；在西門新開的愛情旅館中，一對情侶入房休息，最後只在房內找到無頭男屍，女生下落不明。

既然複雜的謎團很難被警察解開，那還是只能從犯罪的一方開始說起，揣摩凶手的模樣，成為了首要任務。謀殺是暴力形式的最高展現，意味著施暴方以絕對的力量，去凌駕受害者，使其陷入無可復加的全然沉默。當一個人選擇使用這樣的手段，往往是雙方發生了衝突，且無法循著正規方式解決。每起謀殺案的背後，都有個隱晦而不可告人的殺機。

不過，無論殺人動機為何，對凶手來說，最重要的還是如何逃過重罰。

絕大多數的謀殺案件，都是從一具屍體開始的。當屍體被發現時，它的身分、死法、利害關係都會被逐一調查。在屍體尚未發現以前，被害者的生死依舊未卜，隱身在眾多失蹤人口裡。只要屍體不存在，那殺人案件就無法成立。

毀屍滅跡，是所有犯案凶手的首要目標，但在執行面上卻異常複雜。就基本而言，要完全地讓屍體消失在世界上，除非有腐蝕的化學用品或其他偏門的手段，不然大多都很難處理腐爛後留下的白骨。多數犯人會採折衷的方案，將屍體藏在不會有人發現的地方，挖坑掩埋、綁石投河都是常見的手法，達到讓凶殺案不會成立的目標。而時間的長短，也決定了棄屍的策略。若是無法將屍體掩藏起來，凶手起碼要抹除現場的跡證，確保不會留下任何與自身相關的線索。可以的話，也要消除屍體上留下的被害者線索，衣物、皮夾全數帶走，乃至於利用毀容來讓屍體陷入身分不明。

當然，百密總有一疏，被掩藏的屍體仍舊有曝光的可能。挖鬆的土壤或是發臭的河流，都會激起路人的好奇心，進而找到那些正在腐爛的屍骸。這是所有凶殺案的起點。而在這個階段，凶手能夠做的事情並不多，一切早在棄屍的那一刻，就定下了是否坐牢的結局。接下來，就是等待偵探登場分析、解謎，找出事件的真相。

我試著以凶手的思維，開始思考起犯罪的過程。

然而，以犯罪者觀點進行思考時，存在著一個巨大的盲點。

一般而言，凶手確實可以故布疑陣，調動現場的物證，誤導警方的搜查方向。就算沒有精心布置、奇特的凶殺方法，可能也讓警方傷透了腦筋，想不出凶手的做案方式。換句話說，犯罪現場其實是整個凶殺案最末端的結果，是一切都發生了之後，所殘留下的碎屑。當人們盯著那些零碎的線索，直接式的聯想遇到了障礙，而無法想像出事件的經過時，謎團才就此誕生。

如果一直維持著凶手的視角，其實是難以產生謎團的。

我把這樣的問題拋給了夏洛克。他畢竟是個偵探，對於解謎案件又特別有心得，我想他應該會有什麼法子才對。

他說，在布下凶案現場以後，要用減法的方式，一個一個將有關聯的線索剔除。將凶案現場想像成繁雜的化學式，把連接各個線索的重要元素拿掉，當剩下的線索都是各自獨立時，就逼近成謎團了。

我試著這麼做，但效果卻不是太好。或許是我早就知道整個犯案的環節，所以無論怎麼修改重讀，都能輕易看出謎團的漏洞。把稿件投去雜誌社，也沒有得到任何回應。

而夏洛克在寫作推理小短文上，也沒有太大的進展。他一向都是負責解謎的人，要他調換身分成為出題者，似乎有些困難。

我和夏洛克就這樣沉迷在殺人的白日夢中。

有一天，我在書局翻看著最新一期的《推理雜誌》時，卻遇到了一位非常神似島田陽子的女孩。她打扮俐落，手中正好拿著松本清張的《砂之器》。

「看過電影了嗎？」我試著壓低聲音，想讓自己聽起來不那麼緊張。

「當然。臺灣禁日本片這麼多年，它一上映時，我就馬上進戲院看了。」女孩的聲音比我想像中的還清脆。

她說，她是T大的學生，同學都因為她的長相而叫她陽子。她自己對推理的謎團沒什麼興趣，比較熱中於小說當中的社會議題。她認為小說能促進讀者反思，進而關注自身社會的現實與問題。

「喔，那跟我一樣啊！我也不是很喜歡單純的解謎遊戲。」不知道這樣算不算撒謊，其實我更喜歡的是異色的情殺現場。

我把陽子介紹給夏洛克，藉此成立推理小說讀書會。名義上是為了喜愛推理而設，實際是為了能更親近陽子，在重考班的日子很苦悶，又沒什麼機會認識異性，難得有像陽子這樣的美女，當然得好好把握機會才是。

幸好，《推理雜誌》所譯介的小說，都非常符合陽子關懷現實的口味。她每個禮拜三晚上都會到補習班的門口，向我借最新一期的雜誌或相關作品集。而我和夏洛克也都利用晚餐時間，和陽子聊聊天，緩解大考前的緊張情緒。

夏洛克一直想知道陽子有沒有什麼讀書祕訣，能幫助他順利考上T大。但陽子很不願意談大學生活，認為學校教授太過古板保守，而聯考的填鴨式教育是為了讓學生的思考僵化，進而失去批判的能力。幾次來回過後，夏洛克知道陽子無法解決他的升學焦慮，還是改和她聊聊推理小說。

不過，他們在推理的看法上也很不對盤。注重社會批判的陽子，很快地就和單純喜好解謎的夏洛克有所衝突。

「別老是把揭露人性醜惡面掛在嘴邊。如果把焦點都放在批判現實的話，那推理解謎的趣味性就沒了。這樣的小說，還能叫推理小說嗎？」某一次，夏洛克寫的推理小短文，被陽子以「缺乏現實關懷」批評時，他忍不住這樣反擊。

「你說得很有道理。不過，在雜誌上刊載的本土推理小說，不也都缺乏謎團，而以殺人的過程為主嗎？如果要順利投上雜誌，還是以主編的喜好為主吧！」陽子非常聰明，沒有正面回應夏洛克的質疑。

陽子說，《推理雜誌》譯介過來的日本小說，大多以社會派為主。以推理史來說，是先有以解謎為主的本格派，再來才出現社會派的。這類故事裡沒有屢破懸案的名偵探，也沒有脫離常規的殺人手法，多是普通的警察企圖偵破案件，在一連串的搜查行動後找到犯人，並同時刻劃了整個社會系統性的問題。而在社會推理派的浪潮下，寫實的筆法也衍生出風俗派，在謎團的布置上更為薄弱，以單純地刻劃謀殺案為主，藉著殺人動機來凸顯社會變遷下引發的道德倫理問題。

但臺灣的情況比較特殊。原本就沒有名偵探的傳統，但若要用社會派的框架，也沒有可受信賴的司法制度。在沒有解謎者的情況下，就只能從犯罪者的視角，變形成「重社會、輕謎團」的風俗派推理。

陽子果然是T大的學生，把脈絡梳理得更清楚了。

當然，有沒有偵探，有沒有謎團，都不是我真正在意的點。我比較站在陽子那一邊，喜歡從犯人的角度來思考事情。不過，我不敢把我鍾愛裸屍的怪異癖好說出來，就怕嚇走他們兩人。

陽子和我，都非常喜歡林佛兒的一篇短篇小說，叫作〈人猿之死〉。故事發生在臺北華西街，因為鄰近風化區，中藥鋪的老闆靠著賣「補腎丸」來賺錢。而他們家的活招牌，就是一隻會說話、會打手槍的猴子，老闆聲稱是因為吃了自家的「補腎丸」而習得的絕活。但好景不常，某一天他們發現自家的猴子被人勒死，其手中還握著嫌疑人的毛髮，是捲曲的紅毛。老闆懷疑是因為自家生意興隆，招來同行的忌妒，便找來地方的警察協助辦案，一樁人猿謀殺案便就此展開。

「警察真的超沒用的，竟然把老闆娘當作犯人。如果最後沒有兒子的自白書的話，那真相根本就不會水落石出。」陽子特別強調小說中的警察角色，以證明她的理論無誤。

「沒想到凶手竟然是兒子，而且這整個犯案的過程好悲哀。兒子心疼這隻猴子每天為客人表演，打算將牠給放了，結果猴子竟然反過來幫他打手槍。要是我的話，也會在情急之下把牠給勒死吧！」

小說一直讓我最不解之處，是兒子身上竟然長著紅毛，其還猜測自己是否為混血兒。對照前面老闆懷疑自己的老婆在外偷吃，這該不會是變相承認老婆外遇的事實吧？陽子立刻糾正我的看法，試著為我補足課本上沒教的臺灣史。原來，臺灣以前被荷蘭統治過，當時不少紅毛白人落地生根，留下了藍眼睛、鷹勾鼻或紅毛的基因。林佛兒將臺灣本地風情融入解謎的線索，也恰好呼應了他自身提倡的推理在地化，讓我和陽子都非常佩服。

後來，陽子出現在補習班門口的頻率變低了。

她說，她在T大參加了一個社團，每天都在準備忙辯論、做服務，比較沒有空過來了。

她有一些更重要的事要忙，必須南下到各個鄉鎮，實際走過那些地方，看看這片土地才行。

夏洛克幸災樂禍地表示，她一定是交了男朋友，要我趕快死心才是。

我對陽子確實有幾分好感，但我們間的身分差距實在太大了。沒把握考上大學的我，在今年聯考過後，應該就會直接入伍當兵吧。本來就沒想過與她有更進一步的關係，一直以來都只是以純粹的朋友身分，與她來往罷了。

有的時候，我也會聽陽子抱怨社團的事情。

她社團的朋友們都跟她一樣，是非常熱中於社會參與的人，常常跑遍全臺各地，寫一些地方報導。不管是公害議題、人權議題，他們都會深入第一現場，將正反兩方的意見都寫出來。他們畢業的學長姐，也時常會帶一些黨外的刊物，為他們培養一些批判的能力。

不過，每當陽子拿出《推理雜誌》時，就會遭到社團同學的白眼，認為這太過通俗，一點也不符合知識分子的口味。

陽子總會焦急地解釋，推理小說與他們熱愛閱讀的鄉土小說，其實存在著異曲同工之妙。推理小說不僅能貼近大眾，還可以促進思考，讓人們看見整個社會的弊端。更何況，這本《推理雜誌》的籌辦人，也與黨外運動有所關聯。像是林佛兒不懼禁書令，出版吳濁流的《無花果》，而遭到警總的關切。或是島崎博從日本回臺聲援高雄事件，結果被限制出境，放棄掉他在日本經營得赫赫有名的《幻影城》推理雜誌。

其他同學只默默地點頭，沒有再多加表示些什麼。

陽子知道，她身邊絕大多數搞文化運動的人，都對她著迷的推理小說沒什麼興趣。他們都只把推理小說看作是消遣的娛樂讀物，沒有什麼深刻的文化意涵。儘管陽子百般解釋，他們也沒有太大的反應，認為這只是她的一廂情願罷了。

在這種情況下，我成為了陽子唯一的傾訴對象。

陽子非常喜愛松本清張的小說，連他還沒有翻譯過來的作品，她都要在日本留學的朋友寄回來。陽子說，松本清張除了寫推理小說，還寫作歷史小說，把日本戰國時代的傳奇人物寫得出神入化。而且松本清張超級熱愛日本文豪森鷗外，出道作就是考察他相關的作品，把文學家融入自己的寫作中。不知道臺灣有沒有小說家也這樣做過？最厲害的是，松本清張也用類似報導文學的方式，調查當代的政治謎團，譬如描繪被麥卡錫主義清算的受害者，對冷戰結構提出了反思。

我雖然樂於陽子與我分享，但她狂熱的程度，也到了讓人有些擔憂的程度。每次吃飯時，她都只顧著自己講自己的。因為我和夏洛克都沒讀過那些未翻譯的日本小說，所以也完全插不上話。

最近，陽子還變得格外疑心。在餐廳等上菜時，常常四處張望，彷彿在尋找什麼。夏洛克問她怎麼了。她只搖搖頭，說自己感覺被盯上了，好像有人正在跟蹤她。

我和夏洛克互看了一眼，認為她是壓力太大，又看太多推理小說，而開始萌生被害妄想症了。

回到補習班後，夏洛克說他自己也曾有類似的經驗。他高中時本來就很沉迷於福爾摩斯系列，對於任何不公正的事都很有意見。有一次，在學校的段考之前，他剛好看到老師販賣題庫給學生，便向教務處的人檢舉。不知道是因為擔心自己遭到報復，還是單純的考試壓力，他總感覺被人給監視著。一直到考試結束後，他找了其他事來轉移注意力，這種不安心感才慢慢退去。

不知道陽子是不是也碰上了什麼糟糕的事？

我們想幫助陽子，但又想不到有什麼好方法。她沒有提到自己最近遇到什麼不尋常的事，我們也無從分擔她的煩惱。另一方面，我們也不知道陽子還有什麼興趣，沒辦法為她解點悶。到頭來，我們的話題還是始終停留在謀殺案中。

然後，我突然想到了。如果帶她實際看看臺灣推理小說的場景，那不是更有意思嗎？

週五晚上，我瞞著夏洛克獨自早退，去往〈人猿之死〉的華西街，想看看小說中的「滿洲國藥號」是否真的存在。雖然住在臺北，但我對華西街非常陌生，只覺得那裡又髒又亂，都是中老年人愛去的地方。坐公車到萬華火車站，步行幾步路就到華西街。因為鄰近龍山寺，到處都有賣祭拜用的金紙、線香、供品等，也有些神祕的骨董玩具。掛滿一整條街的紅燈籠，在夜裡閃著異樣的光芒，不禁讓人陷入奇異的幻想。

我四處尋找「滿洲國藥號」的蹤跡，想看看是否有人，與猴子一搭一唱地叫賣壯陽藥。不過，怎麼樣都沒找著。倒是有殺蛇、殺鱉的表演秀，旁邊擺著釀有動物內臟的藥酒，看上去格外詭異。浸泡在其中的器官，失去了原有的血色，表面不再光滑，而是長出了像是菌絲的細絨。一旁站街的女人拉了拉我的手，要我別著迷於這種東西，年輕人體力還行，先陪她進去試幾把再出來喝藥酒吧。我瞄了一眼她的胸脯，又羞得落荒而逃。

折騰了半天，我在一間生意不怎麼好的藥鋪裡，找到了「勇猛固精丸」，聽上去跟小說中的「補腎丸」很接近。

下週三我立刻帶著戰果，跟夏洛克還有陽子分享。

我們三人，一邊吃著晚餐，一邊把玩著褐黑色的小藥丸。我們都是第一次見到這種東西，感覺特別新奇。只要想到小說中的猴子，就是靠著這顆藥丸來表演打手槍，不禁就覺得有些荒謬。原本有些焦躁的陽子，也難得一掃陰霾，鼓譟著要我和夏洛克吞一顆藥嘗試看看，最後說服不了我們，她乾脆就自己親身試試。吃完晚餐後，陽子說她一點感覺也沒有，懷疑我是否買到假藥。不過，固精丸本來就是給男生用的，讓陽子測試純粹只是好玩罷了。

離開前，陽子提議，要我和夏洛克別再局限於「推理攝影」的主題小短文，應該嘗試寫一篇真正的推理小說，放手去寫，來個「固精丸殺人事件」，看《推理雜誌》會不會收稿。

那是我最後一次看到陽子。

一個禮拜後，陽子並沒有如往常般出現在補習班門口。這一天是《推理雜誌》發售的日子，我們應該要在樓下碰面，再順道去書局的。

過沒幾天，壞消息傳來了。陽子在週一時，被發現陳屍於住屋處中。身上有多處明顯的傷痕，應是遭劇烈毆打，導致內臟破裂而死。

凶手下落不明，警方擴大搜查中。

我和夏洛克同樣也被抓去警局做筆錄。不過，他們並沒有明確說明調查我們的理由，只是要我們簡單地告知，最後一次見到陽子的經過。

我把陽子這陣子莫名的焦躁，感覺自己遭到監視的事情告訴警察，以及我們為了讓她轉移注意力，所以到華西街買了些小說出現的東西。那時她沒有什麼異樣，還對我們的推理小短文會不會刊上雜誌一事打賭，賭輸的人就要負責再買一本推理小說。

「固精丸？」警察在聽完我的描述後，竟然只重複這最無關的細節，用紅筆在他的筆記本上畫了好幾個圈。

我開始後悔把過程說得太詳細了。

警察開始詢問起陽子的感情與交友狀態，想知道她有沒有交往對象，我和夏洛克又各與她是什麼關係，盡是些無關緊要的問題。因為我和夏洛克是重考班的學生，上課的時間相當固定，有著充分的不在場證明，警察很快就放棄了追問，將我們排除在嫌疑犯外。

「你和被害人每週三都會辦讀書會嗎？」正當我以為偵訊要結束時，警察沒來由地突然問道。

「是的，不過你們是怎麼知道的……？」

「具體都讀什麼書呢？」

「只是討論推理小說而已。」我沒把陽子熱中的原因說出來。直覺告訴我，這會添上不少麻煩。

警察沒有注意到我的遲疑，只是慎重地點點頭，要我多加注意。「被害人生前交友圈複雜，跟暴力團體有所接觸，不排除是與他們之中的成員有情感上的糾葛，從而引發這起凶殺案。你還年輕，應該慎選交友的對象。」

我虛應著敷衍了事。開什麼玩笑，陽子可不是那種人。她這麼單純，帶著滿腔熱血的抱負，怎麼可能捲入情殺案件。

夏洛克從警察局走出後，也和我抱著一樣的看法。

不過，我們兩個卻都沒有辦法做些什麼。明明知道那裡存在著問題，但卻無能為力。我們能親自到凶案現場，蒐集一切的線索嗎？我們能行使偵查權，對可疑的嫌犯進行訊問嗎？我們能揭開系統性的問題，找出這件事情的真相嗎？現實與小說畢竟完全不同。我們一直渴望著謎團，但當謎團到來時，卻是束手無策。

追蹤著無懈可擊的犯案，卻又被無法達成的搜查給擊倒。這就是推理的悲哀吧。

陽子的事件，後續沒有任何下文，遲遲找不到可以鎖定嫌犯的線索。夏洛克告訴我，臺灣凶殺案的發生率其實遠高於日本，犯案的總件數其實差不多，但在破案率上卻相當遜色。這樣的社會裡，其實應該存有不少懸案，更適合發展推理吧？

我沒有什麼想法。翻看最新一期的雜誌，「推理攝影」的版面依舊沒有我的作品。我想，我在重考班的生活，就要這樣結束了。這是我這個夏天，遇到的最後一個謎團。它沒有偵探，沒有解謎，只有死亡。我想起陽子生前最後的那個提議。是啊，我的確該好好認真做一些什麼了。如果偵探無法存在，我也能擔負起凶手的職責。我要寫作，我要虛構我是如何殺害陽子的。至於主題上，要單純表現變態的愛欲，還是哀嘆這荒謬讓人無奈的社會，暫時還沒想到方向。但我知道，我需要通過謀殺，去重新贖回她死亡的意義。

在大考的前一天，我對自己發下犯罪預告書。

想我移民村的兄弟們

啊……不好意思，現在發生什麼事了？我有點搞不清楚狀況。可以先把我頭頂上的光調暗一些嗎？或者是，把其他地方的燈也一起打開吧。但不要開得太急，那樣會讓我眼睛很不適的。啊對，差不多就是這樣，謝謝你。非常抱歉，我感覺像從長長的睡眠裡醒了過來，頭好像被重擊過。怎麼來到這裡，以及在這之前發生了什麼事，我都沒有印象了。就像我的認知與我的記憶，在某個時刻起就存在斷裂，啪地一聲，失去了現實感。

這種感覺，好像也不是第一次了。大概在我犯下無可彌補的大罪以後，那之後的生活，就變成了漩渦般的迴圈。我唯一能做的，只有不斷地告白，不斷地懺悔，祈望上主能赦免我的罪過。我願把你們這些靜默的臉孔，視作贖罪之旅的一部分，為你們一再重述我的故事，直到懲罰降臨。也請諸君仔細聆聽，衡量我的罪孽，並下達你們的審判吧。

我，武前英藤，生於昭和十年，大東亞戰爭結束前住在花蓮港廳吉野村。敗戰後面臨引揚歸國，父親帶著我們回到他的故鄉北海道，打算重新開始生活。雖然說，父親當初離開那裡，就是因為事業失敗，所以才響應國策，隻身來到臺灣拓墾東部。往返本島與內地一趟，就要八十圓，當年向親族借了這筆錢後，便在北國中消失了。加上經濟並不寬裕的緣故，就連祖父母病逝時，都只能寄信治喪。這樣子的父親，回到二十多年都沒踏進的家中，自然是被看不起的。

更不用說，像我們灣生般的存在，是自誕生的那一天就被否定了。

幼童時代都在本島生活的我，回到父親口中的故鄉，第一次見到了無邊的雪色。在那一片閃亮發白的風景裡，只能瞇上眼，才能看清眼前事物的輪廓。

住所是比南方更加簡陋的土屋，連榻榻米也沒有，還沒脫鞋都能感受到透骨的寒意。母親把一塊塊木炭加入壁爐，烈火燃起煙，讓人不禁咳了起來。原本進到房裡是為了暖和身子，但隨著止不住的咳嗽，快速換氣下所吸入的冷空氣，加倍得刺痛了我的身體。

幼年的手指輕輕觸碰雪，彷彿把我南島的生命給凍結了。

在北國的那兩年，我們灣生像是詛咒般的存在，不斷提醒著人們往昔的國家盛壯的榮光，以及現在敗戰的事實。眾人在村莊裡，下意識地對黝黑皮膚的我們迴避。回到小學校上課，老師一再要求我朗誦課文，並不斷糾正我南方的口音。不論北海道或臺灣，都把本州視為內地。但在戰後，像是洗清恥辱一般地，在這外地之中又去否定另一個外地，多麼可笑。我成了一個沒有故鄉、沒有身世的人。現在想想，那或許是埋下我日後殺人的一個契機吧。

那段時間中，父親不斷告訴我們，國家正和米國、中國交涉，希望能以租借地的方式繼續治理臺灣，這樣我們便能回到吉野村了。當時我們離開之際，都以為是短暫離開罷了，只帶了重要的物品。只是，戰爭結束時還一片混亂，也有許多不打算回來的人，在家門口擺出家具、珠寶、衣物等東西，每個人都愁眉苦臉。聽說也有失去丈夫的少婦，靠著出賣身體維生。我想念我用竹藤編的草帽、搔人癢的稻草稈。我想念和中田君、栗上君一同玩樂的時光，不知道他們都往何處去了。

以前在臺灣，只要三人聚在一起，什麼事情都能克服。我們遵奉道義，宣揚國策，或許還做了有些過分的事。中田君自幼練合氣道，沒有高年級的同學敢欺負他。栗上君頭腦很好，是老師口中的模範生。兩人在氣質上相去甚遠，平時也有爭執。而我，總是綜合兩人的意見，找出解決問題的方法。

但來到了這裡，我像失去雙手般，沒有可以著力的點。到便所時，我擔心有人會闖進來，將我推進滿是蛆蟲的茅坑。高年級的學生總是嘲笑我黝黑的皮膚，說看起來散發著屎尿的氣息。我連如廁時都在想，自己哪一天才能回到臺灣。

後來傳來了好消息。在米國的同意與資助下，中國願意將臺灣租借給我們，以緩解他們即將破產的國庫。聽說臺灣三月時發生了大規模的暴動，讓他們也不願繼續接手。父親聽到了消息後，便一直在等待出發。我心底也滿是雀躍，想盡早回到故鄉去。

租借地的事情，在國際面臨紅軍的壓力與米國主導下，很快便成形了。我們一家人飄泊了兩年之久，終於順利歸鄉。只不過，返鄉後會一切順利的美夢，很快就破碎了。原本的住所被臺灣人給占去，裡頭的家具早被中國軍官搜刮完畢。父親說，沒有關係的，重頭開始便是了。當年他克服了荒地、流行的瘧疾，連恙蟲病他都挺過來了，這次一定也可以的。不過在回到臺灣後，負責租借地合約的中國政府吃了敗仗。基於道義關係，臺灣接收了大批的難民潮，人們能被分配到的資源也相應減少。儘管如此，父親仍對未來抱持樂觀的想法。

大概是身心太過勞累的緣故，某日酷暑下田耕作時，父親便熱衰竭地猝死了。自那以後，我內心的矛盾與憎惡，便開始膨脹起來。

幸好，中田君一家接應了我們。中田君的父親是水利局的員工，戰後被當作可用人才留了下來。所以我們回到花蓮港廳後，很快便與中田君重逢了。至於栗上君，聽聞他的兄長被徵招到南洋後便行蹤不明、父親被大空襲炸死。破碎的栗上一家，便黯然地回到了本州去。

中田君把我當作兄弟一般對待，我亦如是。我不但跟著練了合氣道，連劍道也一併學了。我們在中學校裡，彷彿又回到往昔的時光，變成無人敢惹的雙人組。不管是中國人還是臺灣人，只要有人擋在我們面前，都是死路一條。雖然被視作不良學生，也被勒令警告過好多次，但大人們依然拿我們沒辦法。如果有人要說，這是體制的問題，那我想或許還真的如此。

說起體制，那就不得不提起「六八事件」對吧？想一想，我和栗上君也是在那時重逢的，正是一切罪惡的開端，那感覺已像是上輩子的事。我想在場的諸君，都對這個事件還記憶猶新吧。

一提到「六八事件」，大家就這麼有精神，也是理所當然的。只不過慚愧地說，我並沒有支持過那些參與運動的學生，當時甚至到極端厭惡的程度。所以我想，我沒必要再多做解釋了。

當年我在物產會社底下擔任職員。像我這樣的灣生，大概遺傳了父親來臺開墾的堅毅精神，每日一生懸命地在工作著，事業也正慢慢踏上軌道。我搬入了臺北州的團地住宅，奉行中產式的生活，夢想擁有一臺自動車與美好的家庭，感覺日子一天天正變好。除了定期寄奉養老金給母親，一個月內必會留個週末，回去花蓮看她。

一般而言，團地住宅都是有家庭的人在居住的，一個人生活畢竟用不到那麼大的空間。

為了希望自己能趕快擁有家庭，而預先買下房子的人，也是有的。我當時也已經到了該成家的年紀，但遲遲找不到適合的對象。母親與中田君也多次幫我安排相親，卻始終沒有結果。

我不否認我是個相當挑剔的人。我一直在尋找，隱身在這島上的灣生女孩。只有她們，才能理解我們這群人複雜又孤單的心境。像中田君一般，娶了內地女子的人大有所在。只不過或許是我幼年在北海道的經驗，總對內地女人抱持既崇敬又害怕的心情。她們捉摸不定的臉孔，猶若戴著假面，讓人隨時感到自己要被拋棄了。至於臺灣或中國女子，雖然亦有氣質高雅、美貌出眾的，但完全不在我的考量內。原因我想大家心知肚明，不外乎是語言、族群的問題，外加當時彼此仇視得相當嚴重。而唯有像我們這般的灣生，如此少數，如此飄泊，才能夠真切地理解彼此。

自從入住團地後，我便益發地想念起以前移民村的生活。在那個時候，家戶之間沒有水泥牆阻擋，拉門一開便能輕易進出，還有供小孩玩樂的庭園。洗澡時總是添柴燒水，更後來時還有公共澡堂，可以聯絡彼此間的感情。不像現在，總是將自己關入狹窄的衛浴間，還得忍受馬桶就在一旁。在以前，淋浴的神聖性是無法和排泄擺在一起的。需要如廁的話，就得到村裡的公共便所解決才行。

只要想起往昔的移民村，團地的空間便慢慢失去了色彩，讓人感覺自己被困在這裡。以為打開門便能看見河流與平原，卻只有一棟又一棟單調慘白的大樓。都市的空氣麻木了嗅覺，再也聞不到空氣中細膩的質地。就連孩子的嬉笑聲、餐桌的談話聲，都被令人厭惡的求歡聲與嬰兒哭聲給取代，而你永遠不知道那些惱人的噪音是從哪戶人家傳來。

我有時感覺自己要陷入偏執的瘋狂之中。

也有些不那麼壞的事。比如「六八事件」那年春天，隔壁搬來新家庭，丈夫與太太都是東京人，一口流利的關東腔。孩子八歲，在附近的小學校念書。太太很年輕，看上去沒見過什麼世面，甚至到了有些天真的地步。有一次她特別敲門，說家裡有煮剩的鍋物，問我吃過晚飯了沒有。聽她說，是家裡的小孩吵著要吃，但沒吃幾口又哭著說要回東京。雖然是在即將轉為夏天的季節裡，我看著那燙得幾乎沒人動過的野菜，仍是汗流浹背地把它吃完。

全島大罷工開始的那週，我們會社早已自主響應，所以我沒去上班一段時間了。雖然我還有不少客戶得聯絡，不過也沒辦法。我在住宅裡昏睡至中午，風扇規律地發出唧唧聲。隔壁的太太卻忽然敲了門，「武前君，在家嗎？」這樣說著。

我照慣例去了他們家。太太說，先生回到會社的東京總部開會，孩子早上就去學校上課，不過因為全島罷工而臨時宣布停課。她抱著冰塊，融化的水浸溼了圍裙，水珠在她發汗的手臂上顯得分外明顯。她說，她錯估孩子回家的時間，所以從市場搬回來的冰塊要融光了。不介意的話，幫忙吃一點刨冰吧。

我們兩人靜靜地吃著。我以為她又會問起最近有沒有認識女孩子啊、工作順不順利等云云，但都沒有。淋上梅子醬的刨冰，酸甜之中有點鹹味。我偷偷看了她一眼，她低頭的臉孔在午後的光線下有了陰影。

細小的冰，閃著零星的結晶。只要被切得愈碎，就愈容易融化吧。很多東西愈微觀化，愈會失去整體的面貌，最終變形了。我這樣子想著。太太起身脫下圍裙，水漬早已透浸了衣物。

她很安靜，我也是。

碗裡只剩融光的糖水。但我依然坐在那裡，像要等待什麼事會發生。

不過她卻突然問起，像我這樣戰前出生在臺灣的日本人，是怎麼看待這場抗爭的呢？

「他們喊著『臺灣人要自由』的時候，武前君是怎麼想的呢？」

「沒什麼看法吧。」我撒謊。

「喏……是這樣的嗎？我的孩子有時候也會問我類似的問題，我都不知道該怎麼回答才是。丈夫現在穩定的工作，大概會讓他在臺灣待到退休為止，到時候孩子也大了，也把這裡視為家了。只不過，租借地的期限也才五十年吧，雖然當初簽訂合約的那個中國政府已經垮臺了，但當今的中國政府也會想辦法討回來吧？以前還有謠言，只要到一九九五年，日本就可以宣稱自己統治臺灣百年，藉此獲得臺灣的領土。可從現在臺灣人激烈的反彈來看，我們無論如何，還是有必須要回去的一天……」

我沒有答上一句話。過去我確實曾聽中田君的父親說過，考慮到新的中國政府與美國的緊張關係，我們可以安心地生活在這裡，不用擔心再度引揚的問題。可世界的局勢無時無刻在改變，臺灣也是，六八運動肯定會使日本政府想盡快脫手這塊燙手山芋吧！話又說回來，這本來就是租借地，把這裡視作家或許太過天真，雖然我確實也曾活在這樣的癡想裡。

太太把桌上的空碗收拾後，便說自己要去接孩子了。遲遲沒有多說些什麼的我，感覺自己褻瀆了善意，默默回到無人的家中。太太一定很想知道我的看法吧？但沒有說出真心話的我，真是窩囊極了。

當時不少移民來臺的日人，都因「六八事件」打算離開。若繼續住在這裡，等到未來政權轉換的那一天，勢必會像我們灣生那樣經歷撕心裂肺的痛苦。這樣擔憂兒子未來的太太，一定也能理解我們灣生孤單複雜的內心。我該更積極主動地敞開心房的。

也約莫在那個時候，我與栗上君重新相逢。

某一日，中田君找了我去大正町附近的鰻屋，說有意想不到的人物要讓我見見。想不到坐在包廂裡頭的，正是多年未見的栗上君。我拉開拉門時，還愣了一會，全然不知眼前穿著正式西服的人是誰。直到記憶慢慢湧現，那聰穎的笑容在他臉上浮起，我才不可置信地叫著，「栗上君！栗上君！真的是你嗎？」激動得不能自已。

能夠挺過戰後的生活，並在這個讓我們分離的島嶼上重逢，幾乎是不可能的事。之後再發生什麼，都不足為奇。二十年的時間並不短，這中間可能有很多變故，讓我們再也沒有機會遇到。或許這一切都自有命運安排。

栗上君不像我們留在臺灣。他父兄都死於戰爭，戰後只得和母親回到本州，在親族的冷眼旁觀下長大。就像我先前說的，敗戰後的人們為了遺忘戰爭本身的罪惡與恥辱，對於戰前所殘留下來的事物，都盡可能視之不見。人們一方面想像自己是無辜的，一方面又把希望寄託在戰後才出生的純潔孩子上。我們這些被卡在中間的少年，都是一邊天真地揮舞竹槍，一邊認真思考該如何刺殺敵軍的人。我們注定是被否定的一群。

栗上君因著過人的才智，始終沒有被埋沒。外加那灣生特有的堅韌意志，使他考上了東大人文學部。當時，他也曾被捲入全學連，一同參與了反安保運動。只不過談及此事時，栗上君的眼神閃爍，似乎不願細談。只說這之間存有許多複雜的關係，他也和以前的同伴決裂了。他有他自己的「轉向」。現在改作律師，為了理想奮鬥著。

他透過廣大的人脈，找到了遠在臺灣的中田君與我，才促成了此次聚會。

不過，栗上君僅僅只為了與童年玩伴相聚，才會到臺灣的嗎？被這麼問起時，栗上君反顯得輕鬆，說自己是要親眼來臺灣見證「六八運動」的，絲毫不管餐廳裡還有許多日本人。他一邊說著「臺灣議會自決」、「課綱納入臺灣語、中國語」等運動中常見的議題，一邊輕輕摟著他身邊的女子。在整場聚會裡都沉默的她，是栗上君的妻子，也是臺灣人。

要單從外表區分日本人與臺灣人，基本上是困難的。不論膚色或五官，都沒有標準可循。一發現栗上君的妻子是臺灣人時，我不由得感到羞愧，儘管我從頭到尾都沒說過一句冒犯對方的話，加上與多年未見的老友重逢，更不好意思提出反對的意見。心中雖有許多不滿意之處，但看在是朋友的分上，立場的問題還是先擱置一旁吧。

現在想想，那是多麼單純的時刻。

我、中田君、栗上君三人，終於在多年後重聚，彼此談論著這幾年各自經歷了什麼，像要把那些不在場的時刻給填補回來。那時候說的話，很真誠，好像人們只有面對回憶時才能如此坦率。我多麼希望還有機會，能夠重回到那段時光中，再一次看看我們的笑容。

啊，坐在那裡的不是中田君嗎？

不好意思，我竟然被臺下的聽眾給影響了。坐在後方那裡的老先生，確實就是我多年以前的好友啊，想不到竟然會在此重逢。不過，現在看到中田君後，我才慢慢回想起來，其實我早就不在人世間了。大概在我們三個昔日好友重逢的那陣子，我就因為犯下滔天的殺人之罪，而被判處死刑了。現在的我，其實只是四處遊蕩的亡魂，被在場臺灣人的巫術給降臨於世。以前我還以為這只是迷信而已，現在卻是親身見證了。啊，多麼諷刺啊，此時此刻仍說著這些妄語的我，代表生前的自白都沒有獲得寬恕，靈魂終究未被超渡吧。像我這樣的罪人，怎麼樣也無法得到原諒的。

那麼，你們又是為了什麼，而將我招魂回來呢？喔，現在也已經是一九九五年了，沒想到過了這麼久，那麼現在臺灣的情況又是如何呢？什麼，即將要回歸中國了嗎？但租借地期限可還沒到。是……是的……原來如此，因為我們與新中國建交，重新討論了主權轉交的問題，原本說好的五十年，也縮短成四十八年。唉，結果竟然還得提早離開，真是莫大的悲哀。

不好意思談了那麼多我自己的事。現在的你們，或許想聽的是像栗上君那樣的人的故事吧，說些日臺友好的回憶，大概比較能安撫人心。更或者，想聽聽我這個極惡之人，用一些假惺惺而改過自新的話，假裝其實我一點也不厭惡臺灣人。不過，我自始至終都不是這樣的，讓在座的各位失望了。我只會如實地，把我的惡行給再三重述罷了。

希望與日本政府對抗，就借助中國的力量，不過立場相反時，這種關係就跟著顛倒了。說起來好像很可悲，人雖然是複雜的動物，但在思考雜亂的事情上，只能簡單地劃分兩極。甚至有的時候，明明已經看見兩極中間的可能性，卻終究只存有兩種選擇。這種事情隨時都在發生，並不足為奇。這種時候，只能不斷說著，「啊，不是這樣的……」企圖再多說些什麼。但究竟是怎樣，或究竟該怎樣，我想也不會有人知道吧。

所以，不是這樣的，我的罪惡沒那麼單純，也沒那麼複雜。在這剩餘的時間裡，讓我好好地，繼續我未完的懺悔吧！

啊，中田君，你一定也跟我一樣覺得很不可思議吧。想不到隔了多年，用這種方式再見到面，還真讓人感嘆。你變得這樣衰老，而我已經死過一次。但看看我這副臺灣人的軀體，是多麼健壯黝黑，簡直像我年輕時的模樣，怪不得我遲遲沒有感到異狀。你是不是和我一樣，懷念和栗上君重逢的時候呢？那彷彿是昨天的事啊。

你的家人們都還好嗎？接下來又要面臨引揚了吧？雖然時代變了，來往的時間或許減短了，但這種事永遠不容易。中田君你也那麼老了，還得經歷這種波折，可真是辛苦了。「以後再也回不來了」、「永遠要被拒絕在外了」這種感到自己被背叛的滋味，在我北國生活的那兩年裡，總不時浮現。相信你的孫子肯定也不好過吧。現在想想，大家不想讓小孩在這裡長大，或許是有原因的。因為你的童年、形塑你一整個人的時光，都會徹底地背叛你。

是的，不是消失。故鄉的景色、位置、記憶，那些都還存在那裡，火車的鐵軌、伐木的工廠，那些都是真實不過的事物。只是你被背叛了、被拒絕了。那些你習以為常的，忽然有人告訴你，那不是真的。他們告訴你，事情不是像你想的那樣。但問題是，沒有人可以否認自己的記憶。我知道那是真的，我相信那是真的。

回到臺灣後，這種被背叛的感覺，變得愈來愈深。過往的家被臺灣人占據，以前辛苦耕作的農地，也因為土地重新分配都沒了。外加中國難民變多，報章雜誌多出了難懂的漢文版，在古文考試上總是輸中國人一截。就算有日本人抱著或許能就此落地生根的癡想，但臺灣人都知道日本人遲早要離開的。戰前改日語姓名、希望成為日本人的景象，已不復可見。這究竟算什麼，以前的你們，不是希望變成我們嗎？中學時跑去臺灣人學校鬧事時，我心裡總是這麼想的。

這五十年，不過就是借來的時光，總有一天要還回去。但在六八事件以前，我們都還沒有這種自覺，只感覺時間不斷地在延長著罷了。實際看看六八事件的訴求，希望實行中國語、臺灣語教育，或許就是在為了日後回歸而準備的吧。當時來臺的中國難民常說，日久他鄉變故鄉，還真是呢。不過比較可悲的是，我們則是日久故鄉變他鄉。

就像先前說的，我對當時參與運動的學生們非常厭惡，至今也抱持同樣的想法。萬萬沒想到，栗上君居然也是支持他們的一員，這讓我十分痛苦。我並不是很想為了意識形態，而與昔日的兒時玩伴成仇。只不過，明明和我一樣在日本感受過這種不幸的灣生日子，為什麼栗上君沒有變得和我一般呢？這是我始終都想不通的。

是因為栗上君在東京待久了嗎？雖然經歷過嚴重的適應期，但就像站在風景畫外的觀眾一般，對臺灣的情感因為距離而變得純粹了。他站在故鄉之外，他早是無故鄉之人，已經不用擔心自己會失去現在的這一切了。因為他的「這一切」，不早就在那遙遠的東京建立起來了嗎？而像我這般的人，我的「這一切」，全部投注在這座島嶼了。栗上君是無法理解的，我是多麼害怕失去我現在的生活。

只要這麼一想，對栗上君的憤怒就變得自然了。每每栗上君和我們聚會時，總不時提到他們團體的困境，並向我籌借資金，希望能辦刊物或地下電臺，從不同方面來啟迪臺灣人的民智。栗上君的妻子也是主事者之一，是從臺灣高等女子學校畢業，到東大念書的高材生。啊對了，他們兩人好像正是因為反安保條約才認識的。有些人說著要把日本和臺灣從美帝底下解放出來，共同組成「東亞共和國」。也有些人認為，日本和臺灣的問題不能混為一談，必須要各自獨立。我想栗上君他們是比較偏向獨立派的吧？不過民族自決，也一向是列寧信徒的口號就是了。

這樣咒詛著無神論者的我，成了罪惡的容器。

在事情發生的那天，世界還是如往常運轉。罷工已經來到第三十五天，我悠悠從床上醒來，想到今日又要跟栗上君他們一起吃飯，大概又會聽很多煩人的事情吧？該怎麼向他表達我的立場呢？我刷牙、洗臉，翻看著雜誌。然後到隔壁敲了敲門，想和太太打聲招呼，但出來應門的是她丈夫。彼此寒暄了幾句，原來是出差回來了。我跟他說沒什麼事，又回到家裡繼續打盹。

我們按往常約在大正町的鰻屋。我趕到那裡時，他們已經開始喝酒了。栗上君和他妻子討論著要怎麼接待從本州來的朋友，是否要安排居住在附近最高級的梅屋敷旅館，還能沿著敕使街道去圓山參拜重建的臺灣神社。我看見中田君因為插不上話，獨自喝著悶酒的樣子，心底很不是滋味。栗上這傢伙，是完全把我們看扁了嗎，只顧著談論運動的事，完全不在乎我們這群朋友。我還沒坐下來，就叫店家再送上一壺清酒。

「呦，武前君，今天有些慢呢。平常不都滿早到的嗎？難得看你慌張的樣子。」中田君一見到我，馬上露出了笑容。

「真不好意思，在家閒得發慌，不小心就睡過頭了。」

「啊真的是……最近也只能這樣了呢。」

「武前君啊，別這麼消極。」栗上君也湊了過來，「大家要團結才有意義啊。」

後來他們說了什麼，我其實沒什麼印象。我的腦海裡一直停留在「團結」這兩個字。開什麼玩笑……團結？我們都不知道彼此經歷了什麼事，也不知道是否還面向同一個未來。我們唯一有過的團結，可能是過去，那些真實發生過的事。只是，唯一能承載真實之事，所謂的記憶，也早變得搖搖欲墜。

「栗上君……你還記得我們小時候的事嗎？」

他聳聳肩，他的妻子倒滿是興趣地湊了上來。

「啊，你不記得了嗎？我們以前三人，在戰前不是奉行著國策精神嗎？只要看到有臺灣人不說國語，就會狠狠教訓對方。那時每個人發狂地為了國家而活。受不了的臺灣人，也會為了換糧食，把全家都改成日本名字呢。那時我們還太小了，還一直以為，他們是真誠地想成為日本人啊。

不過啊，怎麼說呢，在臺灣人中也是有如同牛一般，不知是駑鈍還是堅韌的性格。我一直記得在隔壁村裡，有一個瘦巴巴的小男孩，總是對我們不理不睬。要他用國語向我們問好，他一句話也不說；要他把抓到的蟋蟀給我，他就迅速逃開來。我猜他聽得懂日語，但不確定會不會說。因為某次見他在溪邊便溺時，我恐嚇要把他推下去，他便急忙拉起褲子跑走了。

大空襲那陣子，我們不是一樣照常到溪邊釣泥鰍嗎？有一次看見那男孩扶抱著布包裹，看起來好像抱著嬰兒似的，拚命向前衝。我們那時都沒見過臺灣人的嬰兒，不知道是不是一出生就黃扁扁的。栗上君你馬上出了主意，要我們前後夾攻，中田君在前，我負責後路。我們三人很快把他圍住，不讓他有任何機會逃跑。你還對著他叫喊，警察大人來了、警察大人來了，讓他更慌亂著急，好像他做了什麼虧心事。中田君上前出手，打算強硬地搶過來。未料對方抓得太牢，在拉扯之下，竟然就把包袱給甩到了一旁，落在泥地上，咚地發出了沉悶撞擊聲。

我們那時面面相覷，不知道該怎麼辦才好。

男孩坐倒在地上，開始哭了起來，大喊著：『ボビ、ボビ(bobi, bobi)。』我望向中田君，又望向你，不知現在是不是應該馬上跑走才是。中田君倒是鼓起勇氣，瞧了瞧那黑色包袱，地上沒有血跡，說不定沒什麼事。你馬上大聲反駁，嬰兒如果遇到這種情形沒有哭，那包準已經死了。我們躊躇了一陣子，最後決定還是先看一眼再說。

結果，那裡頭竟然不是個嬰孩，只是一尊雕像罷了。我以為會看見一團肉泥，幸好只是木刻的古銅色女雕像。木雕的臉孔已被泥土給弄汙，我在手上把玩著，不懂這男孩如此愛惜的原因。不過你，栗上君，倒是很快就認出那是什麼。你大喊著，這是本島人的迷信，是褻瀆天皇存在的異教之物。

我走回到仍在啜泣的男孩身邊。我問他，你承認嗎？你承認你犯罪了嗎？

他沒有回答。

我踹了他一腳，男孩因痛苦而蜷曲著身子。我作勢要把木雕丟出去，他便奮力地抓住我的腳，發出不明所以的叫聲。我感覺，我好像即將要殺害這個男孩內心最珍貴的事物。是的，就是那種殺害的快感，讓我毫不留情地把木雕擲向河川。只不過，它落在水上時沒有沉下去，倒是輕巧地漂在河上，往遠方逐漸流去，恍若具有某種神性。男孩勉強站起來向前奔跑，拚命地在後面追趕著。後來我才知道，原來那是臺灣人供奉的媽祖，據說在大空襲時保佑了不少信徒，難怪人們待之為寶一般……」

栗上君還沒聽我說完，便一拳向我揮過來，彷彿急著向我證明些什麼。大概因為已經遺忘的戰前罪惡，突然被喚醒，因而感到羞愧吧。倒是他的妻子，先是擺出不可置信的表情，便迅速離開了。我當場抓了狂似地發笑著，把栗上君壓倒在地，憤怒地回擊著。

可別忘記我們自己是什麼人，經歷過了什麼事。

我們無論如何是都無法改變的。你難道不理解嗎？就算你做得再多，我們跟他們終究是不同的，我們永遠也不會屬於這裡。

我一邊揍著栗上君，一邊吶喊著。儘管他的臉早已血肉模糊。

我知道，各位一定想聽聽像栗上君這種人的故事。這種人是真實存在的喔！替別人著想、有著偉大崇高志向的人，他們確實在這世界上的各個角落，為一個更好的未來努力著。只是，人都是有罪的，沒有一個人是純粹聖潔的。人有欲望，有不堪入目的過去。我其實只是想說這件事罷了。

人們期望英雄、崇拜偶像，信仰於那些純粹的事物。但就像我說的，人類的大腦無法接受太過複雜的概念，總是落入單純的二元思考。當聖人犯錯時，他不只被降格成凡人，甚至被當作罪人般被踐踏。人們不過見到局部的裂縫，便否定了所有的可能。這非常可悲，不，更應該是到了悲傷的程度。我們明明都知道，人是那麼複雜的個體，即便無法理解彼此，但連原諒也難以做到。

事後想想，我確實不該對栗上君說那麼過分的話，但那時的我憤怒無比……啊，我似乎始終沒有提及我殺人的罪過吧。死過一次後，很多事情都顛倒了，亦分不清楚事件的前後順序。我的罪，究竟是在赴會之前，還是散會之後，才完整顯現的呢？我已不那麼肯定。

是啊，一切都是因為罷工而開始的。我在那遊手好閒的日子中，錯認別人的善意，對隔壁太太抱有不倫遐想，殊不知對方只是憐憫。那一日，她頻出差的丈夫警告我，要我別再打擾他們一家。他那陣子之所以頻繁地奔往東京，只不過在尋求機會，盡早搬離這座島嶼罷了。

我諾諾地說了聲抱歉，並不知道他們已經打算離開臺灣。

那丈夫又唸了幾句。我們之所以搬來團地住宅，就是不想跟你們住在一起，誰知道有像你這樣的人買了這裡。我太太也老是抱怨，每次聽到你在門口徘徊的腳步聲，好像是在等她出門，她便覺得很恐怖。你們這些人，生活在這裡久了，也變得跟那些臺灣人一樣沒有教養。以後別再這樣子，好嗎？

我說。是，好的，以後不會再犯了。

接下來的事，你們都知道了。

我被指控犯下強盜殺人、故意傷害、強姦未遂等多項罪名。案發沒多久後，我躲回了吉野村，不過仍是被逮捕歸案。從那以後，我開始了無止盡地告解。那時我被判處了死刑。我在剩餘的時間裡，在監獄中接觸了聖經，並不斷向神父懺悔。我每天在日記本中寫下我的自白，寫下我是如何走到這一步的。我想你們大概就是透過這本筆記本，才重新召喚出我這個罪惡的亡魂吧。

啊？不好意思，你說我沒剩多少時間了嗎？再過一小時就午夜十二點了，是吧？我懂了，畢竟明天臺灣就要回歸一個無神的國家，這種會被當作迷信之事的，是不會被允許的啊。或許你們已經有人開始把我的獨白，單純當作臺灣人的夢語罷了。也或許，你們會有人質疑，這該不會是一場偽裝成招魂、策動人心的精心演出。你們要認為怎麼樣，我無所謂。我知道你們心中，已對我犯下的罪過下達審判。我這流離的靈魂，或許早該消失在歷史的夾縫裡。

中田君，你還在那裡嗎？抱歉又讓你想起不好的回憶了。你之後也沒見過栗上君了嗎？希望他之後也過得好好的，為了他自己的理想奮鬥。對了，你知道嗎？當年那個被我們欺負的小男孩，戰後引揚時，我還曾在花蓮港看過他喔。我準備搭船前往北海道時，遠遠的，還見到那男孩新奇地看著渡輪。雖然那尊木雕被我們丟得老遠，但或許還是受到神明的庇佑，在大空襲中活了下來吧。

雖然還不到時間，不過我想，就這樣吧。我想說的，我怎麼樣都沒辦法說完。就把這段告解，看作是你們未曾經歷，亦無法抵達的虛構之物吧。再過一下，我就又會睡去，在漫長的歷史中徹底死亡。在這借來的時間、借來的身體裡，我能說的就只有這樣了。接下來，就要變成這世界不存在之人。啊，聽啊，外面現在已經開始放鞭炮了，大家想必開始狂歡起來了。快點離開吧，你們不用記得我。他們說，馬照跑，舞照跳，你們照樣生活。而接下來，就要迎向一個沒有神、沒有懺悔的年代了。

迷宮的模樣

我小時候對迷宮的路徑瞭若指掌。

這歸功於我長時間以來出入迷宮所習得的教誨。吳順發告訴我，要想辦法靠著迷宮的邊邊走。陳曉琪告訴我，要注意每個轉角處的細微差異。我媽告訴我，要時時面向前方，千萬別回頭。我一直都記得這些方法，好像這樣就不會讓我迷路似的。

不過，迷宮的意義，不就在於讓人迷失在其中嗎？

十歲以前，我都住在那個以糖業為名的小鎮。在學校上課時，老師講解著「一鄉一特色」，並要我們想想這裡的特色產物，當作回家作業。隔天，全班一致在功課上寫著：「橋仔頭糖廠於一九〇一年興建完成，是臺灣第一座現代化糖廠。」老師很生氣，質問我們為什麼又抄了成績最好的吳順發。大家搖了搖頭，把社會課本翻到「日治時期篇」，老師把同學們劃線的地方唸過一遍，才發現原來連吳順發也抄了課本的答案。

我住的地方就是這麼有名。小時候，我們都引以為傲。

但如果要細問糖業的發展史，我多半也答不出來，甚至連甘蔗也沒啃過幾次。自我有記憶以來，那些巨大的機器從來沒有動過。我爸爸說，那是因為臺灣的糖已經不賺錢了，在我出生幾年後，糖廠就宣布停工。他以前很多朋友是糖廠員工的小孩，後來都搬離開這裡了。

他以鐵軌為界，說我們是屬於鐵軌外的人，鐵軌內的人才會真正瞭解製糖是怎麼一回事。我對糖的製程並沒有什麼興趣。只知道鐵軌內灰撲撲的中山堂，有一整排可以消除暑氣的冰棒。如果把吃剩的冰棒棍放進兩側石獅子的嘴巴裡，牠們就會在半夜時咬掉你的小雞雞。

我就讀的國小是在鐵軌外，走路上學要二十分鐘。但鐵軌內也有一間國小，走路過去只要十分鐘。我常常感覺，我應該是屬於鐵軌內的小孩，因為放學後我都和吳順發在那裡玩捉迷藏。裡面有藏在雜草堆中的防空洞，基本上只要躲進去，就沒有人能找到你。但我媽卻很堅持要我做一個鐵軌外的小孩。她覺得糖廠內的國小是給工廠工人的小孩念的，而工廠關了，國小隨時都可能跟著關閉。

當一個鐵軌內的小孩，會有各種新鮮事。除了防空洞跟冰棒，還有許多年輕的大哥哥、大姐姐。在我們那裡，像他們這樣的大學生是很少見的。有一陣子，他們會和西裝筆挺的大人們在廢棄的宿舍走來走去，對著破舊的日式房子指指點點，好像在盤算什麼。過沒多久，我們用來玩捉迷藏的木造房子和防空洞都被拉封條，據說是為了古蹟保存與重建。

「姐姐會把這裡弄得美美的，這樣就不用被拆掉囉。」當時他們是這麼說的。

我和吳順發一開始有點生氣。我們平常用來對打的木棒，都是直接從宿舍的天花板拆下來的。雖然聽說有人曾在這裡撿到毒蟲用過的針筒，四周到處都是蜘蛛網，前陣子又有鐵軌內的小孩因碎玻璃受傷，但它總是我重要的回憶。我想學電視上的大人們，拉白布條到施工現場抗議。可惜我的字寫得難看，也找不到志同道合的群眾，最後還是棄守了曾經的遊樂場。

不過，也因為這樣，我們才找到了甘蔗園迷宮。

我和吳順發從宿舍區撤退以後，思考著要轉換陣地到哪裡。製糖工廠不讓小孩子進去，我們又不想回到學校的操場。大熱天底下，吳順發盯著沒有任何遮蔭的甘蔗田，發現那裡竟然站著一名稻草人。我們覺得很新鮮，撿起了落葉裡的枯枝，想往它身上一陣猛打，消解心頭之恨。

沒想到湊近一點看，才發現那是戴著斗笠的阿伯。他身子靠在鋤頭上，默默盯著廣大的甘蔗田。

我看見他左手拿著彎刀，心裡多少有點害怕，想到電視新聞常常報導的分屍殺人案。吳順發比較有種。他湊上前去，發現甘蔗田被闢出一條徑道，看上去深不見底。

「袂來耍嘸？」稻草人阿伯說，「一擺二十箍。」

仔細一看，發現在入口處旁有一塊立牌，上頭寫著「甘蔗園迷宮：大人小孩的最愛」。我和吳順發都沒實際看過迷宮，對迷宮的印象都停留在電影裡面，那種會讓男主角迷路的巨型石製迷宮。我們倆二話不說，試著從口袋裡掏出入場費來，卻發現零用錢早就都拿去買冰。

「好啦！這擺免錢。毋過恁等一下愛來鬥相共。」

我和吳順發分次進去。按稻草人阿伯的要求，他要測試一次體驗要花多久時間，這樣才能比較好計算以後的利潤。吳順發進去沒多久後，便從另一側繞了出來，時間花不到五分鐘。稻草人阿伯皺了皺眉頭，似乎覺得時間太短，怕被日後的顧客抱怨。

或許是吳順發比較聰明吧，我第一次走入甘蔗迷宮時，可是在裡頭徹底迷失方向。在經過第二個分岔口後，我忽然分不清楚自己剛剛是從哪個方向過來。抬起頭來，三公尺高的甘蔗遮蔽住了視野，原本酷熱的天氣頓時變得陰涼。走路時腳踩葉子的沙沙聲，以及四方而來的蟲鳴，讓我完全聽不到外邊的聲音。起初，這種感覺還很新鮮，但隨著時間過去，我感覺自己不斷繞回重複的分岔口。我想到迷宮入口處其實離家才十分鐘，但我在這裡頭已經迷路了十五分鐘，會不會我將要在這裡耗上更多的時間，乃至於一輩子都出不去。想到這裡，我忍不住哭了起來。

後來，我花了三十分鐘從入口走出來。

稻草人阿伯顯然很滿意這次的測試。他說，我和吳順發，一個最笨，一個最聰明，剛好可以拿來判定這個迷宮的完成度。小孩子在裡面待太長或太短，都不是好事，他需要知道一個基礎的時間。以現在的狀況來看，他覺得還有很大的改進空間，要我們下次再來。

從那以後，我們就變成專門的迷宮測試員。

吳順發住在老街的農會超市旁，而我則住在靠近省道的地方。我們家都離鐵道非常近，所以常常跨越平交道，假裝我們是鐵軌內的小孩，一直玩到五點四十二分那班自強特快車經過才回家。有的時候，因為吳順發的爸爸要去臺北出差，他會留在我們家一起吃晚餐。要等到聽見十一點末班車的鐵軌聲後，吳順發才會坐我爸的機車回他家。我阿嬤說，吳順發真乖，要好好念書，長大後孝順辛苦的爸爸。

這種時候，我會看看我的爸媽。我媽在廚房洗碗，我爸在店門口整理空白光碟片。我想了想，還是跑去和吳順發寫功課。

吳順發的成績很好，老師總是要我們向他看齊。但沒有人知道，當我們兩個一起寫作業時，都是在空白的紙張上畫著迷宮圖，輪流出題，比賽誰能最快走出對方的迷宮。有的時候我會偷抄以前買的幼兒迷宮書，那種圖形通常比我畫的還複雜，能讓我們兩人的比賽結果不相上下。

不過，我發現，吳順發只有在甘蔗園迷宮時才會比我快得多。面對平面的迷宮，他的聰明才智好像就完全消失了。

他偷偷告訴我，其實真正的迷宮比較好走，因為有明確可以依賴的指南。

他說，在甘蔗園迷宮時，只要想辦法貼著邊邊，最終就一定會走到出口。不用深入迷宮的核心，那裡不存在著我們想要的東西，所有的出口都是設置在外邊。在一踏入迷宮的時候，就要快速確認「外邊」位在何方。如果失去方向的話，就用背貼著牆壁，最終一定會走到出口的。

為什麼？

因為迷宮只是被折疊的一條線而已。

從那以後，我過迷宮的速度快上許多，讓稻草人阿伯有點不開心，以為自己擴大的迷宮變得比較簡單。他說，附近的藝術家快要把宿舍整修好了，以後就會有滿滿的觀光客，他必須趕快把迷宮蓋得更完整點。吳順發偷偷擰了我，要我別走那麼快，否則以後就沒有免費的迷宮了。

那是我學到的，關於迷宮的第一件事。

迷宮的守則可以用在很多地方。

當我貼著甘蔗牆來尋找迷宮的出口時，我發現，人們經常被自己的雙眼給迷惑。一旦貼上了牆壁，我的視野就不用再對著曲折的前方，可以更加專注在迷宮「外邊」的事。我想像，在這座牆壁的外面，以及更外面，都還有一道又一道的徑路。那裡會是我沒走過的路，我沒去過的轉角。但最終，我將會穿過這些陌生的蔗林，回到最起點的入口。

當我貼上牆時，我感覺那外頭的事物正在呼喚我。

可能是遠處施工的人聲，可能是稻草人阿伯砍甘蔗的聲音，也可能是吳順發吃冰棒的味道。總之，很多事只有貼上牆壁才會發現的。我看電視節目的特異人士說，人們因為太仰賴自己的眼睛，不知不覺忘記自己還有耳朵、嘴巴以及鼻子，他只不過是把這些器官重新記起來而已。我猜，這個道理是很類似的。我應該更加活用我的五感才對，說不定也會發展出超能力。

午休睡覺時，我把頭埋進臂窩，耳朵貼在課桌椅上，可以聽見大家窸窸窣窣地抄著功課的聲音。下午放學時，我把身體貼在廁所的隔板上，聽見外頭的男老師在討論調職的事，因為這裡的交通實在太不方便了。在中山堂的臺糖商品店內，我把身子藏在大冰櫃旁，聽到鐵軌內的小孩說要占領甘蔗園迷宮，徹底阻擋我和吳順發這兩個鐵軌外的孩子。

我發現，迷宮的準則總會帶我探索到許多祕密。

畢竟它的本質始終關乎於解謎。

某天晚上，我從睡夢中醒來，聽見爸媽的房間裡傳來女人的叫聲。我很害怕，想到爸爸會帶我到電影院裡，花五十塊看上一整天的電影。那裡到處都有張牙舞爪的女鬼。她們或從電視螢幕裡爬出，或藏身在衣櫥裡，日常裡的各個陰影都是可能的蹤跡。我想到，電影院裡的鬼一定是偷偷抓著爸爸，回到了家裡。

可是為什麼我平常都沒注意到呢？一定是因為列車經過的鐵軌聲太大聲了。只有這種深夜時候，才能夠用耳朵聽見這種細微的祕密。

我應該怎麼辦呢？我年紀這麼小，特異功能還不夠強，也不想就這樣莫名其妙地死掉。

我真正想的一件事，就是趕快跑到廁所尿尿，然後回到夢境裡假裝什麼事都沒發生。隨著叫聲的頻率愈來愈頻繁，開始有撞擊的聲音，彷彿第三次世界大戰在我家開打。我連忙搖醒阿嬤，要她趕快找媽祖娘娘來幫忙。沒想到，她聽著那叫聲，只瞇著眼睛笑了一下，叫我趕快回去睡覺。她明天會多買一支冰棒給我，千萬不要跟別人說，這是家裡的祕密。

我憋著尿到隔天早上，多吃了一支花生冰棒。我想，這就是祕密的代價。

不過，我還是偷偷把女鬼的事情告訴吳順發。

吳順發並沒有像平常那樣，否認我說的超自然現象。相反的，他在聽完以後，倒若有所思地點點頭，好像理解了什麼。吳順發說，每次他爸爸來我家買光碟後，半夜也會出現女鬼的聲音。他認為，我們家就是專門養女鬼、賣女鬼的地方，所以我阿嬤才要我別說出去。

我嚇了一跳。我從來沒想過，一臉正經的爸爸，平常竟然從事這種非法勾當。但仔細想想，這些事情倒有跡可循。他總騎著機車，載著裝滿光碟的袋子，到媽祖廟後面的火車站，等待別人來拿貨。問他裡面是什麼時，他只神祕地笑著說，是小孩子不懂的祕密。

有的時候，他也會順道跑進警察局裡，分送一片片閃亮的光碟。

簡直就像是黑幫老大一樣。如果要替這個幫派取名字，那應該會叫女鬼幫。

明明女鬼是這麼可怕的東西，為什麼他們一點也不害怕，反而還拚命跟我爸爸進貨呢？我猜那大概是類似毒品的東西。學校老師說，車站對面的網咖裡有很多毒品，只要吸到一點點空氣，就算感覺很不好受，但還是會不自主地想要擁有更多。這種情況就叫上癮。

那爸爸的身分，應該算是女鬼藥頭吧？

吳順發並不是很在乎我的家族祕辛。他更擔心的，是鐵軌內的小孩會找我們麻煩。鐵軌外跟鐵軌內的小孩偶有衝突，高年級的孩子為了保護地盤，彼此會拿著球棒相互叫囂。據說兩年前的大械鬥裡，鐵軌外的小孩仗著人多勢廣，封鎖了鎮上的文具店，一度讓鐵軌內的小孩無法買桑葚葉，不少蠶寶寶都埋葬在廢棄的防空洞裡。我和吳順發平常偽裝成鐵軌內的小孩，在屬於他們領地的迷宮玩耍，大概早就引起他們的不滿。果不其然，跟我們一樣是三年級的小孩，某一天便堵在甘蔗園迷宮的入口。

「我們要收回迷宮的使用權。以後鐵軌外的小孩要進來玩，要額外多繳十塊錢。」

「哪有這樣的。這裡是我們兩個一起建出來的，應該是你們要付錢才對。」

我四處張望，想尋求稻草人阿伯的幫忙，卻沒看到他人。

「阿伯剛剛回家了。他說他不管誰要當迷宮測試員，只要我們喬好就可以了。」

「聽你在放屁。我們和阿伯答應好的。」

不知道是哪條筋不對，我狠狠地推了對方一下，那個氣焰囂張的孩子跌坐在地。我和吳順發對看了一眼，立刻往迷宮的內部衝進去。

以我們兩人對迷宮的熟悉程度，大概可以和他們耗上一段時間。阿伯在迷宮設計上相當單純，只有一條唯一的路徑能夠抵達終點，其餘的岔路都只是讓人迷失的死胡同。假設我和吳順發待在這條路徑的中段，從入口與出口進來的他們，勢必會在漫長的迷失裡，才能夠抵達這座迷宮的核心。我們只需要防守到夕陽落下，對方就會因為視野不佳而自動撤退。

吳順發搖搖頭。他認為對方應該向高年級求援了，在人海戰術底下，要地毯式地搜到這裡並非難事，主動出擊或許才是正確的。如果現在往出口移動，說不定能順利離開。只不過兩人一起移動太明顯了，最好還是他一個人出發，向鐵軌外的孩子或其他人找救兵。

我同意吳順發的策略。這種時候，分散的游擊戰術才比較容易取勝。

吳順發離開後，我靠著列車經過的鐵軌聲，來計算時間過去了多久。傍晚時分，停靠的區間車會在此處逐漸慢下來，大約十七分鐘作為區隔。若是要準確判斷時間，則以五點四十二分那班急速通過的自強特快車為主。以現在的時間來算，我必須還要等待七班車通過，天色才會完全暗下來。

殊不知兩班車的時間過去，四周已有明顯的腳步聲。更頭痛的是，他們還拿了幾支手電筒。亮白的光線幾度往此處蔓延，高年級低沉的嗓音指示著小弟們如何搜索。延長戰已經不再管用。

我必須做點什麼來逃出迷宮。

我學起女鬼的聲音，開始慢慢向迷宮的出口移動。在這天色漸暗的甘蔗園裡，女鬼淒厲的叫聲，或許可以喚醒一些可怕的記憶。想想這幾年糖廠內的鬼故事，有臥軌自殺的婦人、在宿舍上吊的工人、被分屍藏在防空洞裡的小男孩……在這褪去暑氣的傍晚裡，鐵軌內的小孩肯定比我更熟悉這些陰暗的孤魂面孔。

沒想到，只有低年級的孩子發出尖叫聲，高年級的大哥反倒自顧自地笑了起來。

我的女鬼策略沒有奏效。相反的，還因為這樣暴露了位置，過沒多久後就被抓起來了。天色逐漸暗了下來。這個時候被圍毆的話，大概也不會有人看到了。剛剛被我推倒的小孩，現在正惡狠狠壓著我的肩膀，把我推向迷宮的入口。吳順發不知道什麼時候才會帶救兵來，到時候該不會要幫我收屍了吧？我抱著絕望的心情，被鐵軌內的小孩圍住。

看起來是帶頭的高年級大哥，拿著球棍，惡狠狠地敲了一下地板。他用低沉的嗓音問我，剛剛為什麼要發出女人的聲音。

我老實回答。我覺得女鬼的聲音可以嚇跑大家。而且，我們家是專門賣女鬼的，說不定還可以吸引到真的女鬼。

「女鬼？怎麼賣女鬼？」

「就把女鬼塞到光碟片裡，她們就會藉著光碟機，從螢幕入侵每個人家裡。」

高年級大哥先是露出疑惑的表情。過了幾秒鐘以後，他才露出淫猥的笑容。他把幾個鐵軌內的小孩找到一旁，像是在商討什麼事一般。然後，他拍了拍我的肩膀，把我從地上拉起來。

「以後，你不是鐵軌外的，也不是鐵軌內的。你是迷宮內的。這片迷宮就歸你管了。」

高年級大哥說完後，便跳上田邊的馬路，獨自騎著機車離去。原本還相當囂張的小弟們，則一臉無趣地原地解散。

我身為女鬼幫老大的兒子，正式接管了這片甘蔗園，成為迷宮內的小孩。

吳順發並不相信我的故事。

他說，高年級大哥哪有可能就這樣放過我，還封我成為迷宮的守門人。他覺得，我們之間一定有做什麼交易。我沒有回答他，反而質問他那天是不是根本沒去搬救兵，自己一個人偷偷落跑了。

我知道，吳順發一定是忌妒我成為迷宮內的小孩。我才不會告訴他，我之後每個月要拿一片女鬼的光碟給高年級大哥。

雖然每個月要多一件麻煩的事，但多虧這被鐵軌內小孩圍攻的經驗，我想到了迷宮鬼抓人的新玩法。原本就很好玩的鬼抓人，換到了複雜的迷宮內，刺激程度肯定可加分。我和吳順發立刻把這個提案告訴稻草人阿伯。他想了想，點頭表示認同，在告示牌上寫上：「鬼抓人，一局三十分鐘，五十元。沒抓到就免錢！」

我和吳順發順理成章地當鬼。依據我們對迷宮的熟悉度，要在十五分鐘內抓到人不是問題。稻草人阿伯特地把迷宮的支線修得更為整齊，方便我們從主幹道進去後，能更快速地搜索周圍的死路。

稻草人阿伯還說，只要我們整天下來都能抓到人，他還會再多請我們吃一支冰。生意好的話，說不定能分我們一人五十塊。

在試營運的階段裡，我們成功抓到了所有來挑戰的小孩。無論鐵軌內或鐵軌外，都不敵我這個迷宮內的小孩。也因為這樣，每天拿來買冰棒的錢，通通被我存進了小豬撲滿。

然後，大學生們終於把宿舍還給我們了。

以前充滿灰塵和破木頭的日式房子，通通煥然一新，像極了電視上會看到的日本旅館。原本用來關偷吃甘蔗的禁閉室，則立起了簡介說明牌。還有很多奇奇怪怪的銅製雕像，或坐或躺，呈現一片樂融融的樣子。大學生興奮地向我們表示，他們已經順利引起政府的關注，未來這裡將會被指定為古蹟，原本停工的糖廠也會變成博物館，開放讓我們這些沒見證過這段歷史的小孩參觀。稻草人阿伯在一旁大聲叫好，這樣就會有很多的觀光客。

原本用來載甘蔗的五分仔火車，也特別在假日時開放，讓人們可以去專門賣紀念品的花卉中心。

糖廠藝術村的消息被記者大篇幅報導後，假日時段便湧入了大量的外地人。外地人總是很好辨認，總是把各種水果的顏色穿在身上，外加太陽眼鏡與滿身的防曬乳，大老遠的就能看見他們。稻草人阿伯特別要我們四處招攬，希望能吸引到外地的孩子進來迷宮。我對此沒有特別的意見。雖然外地的孩子來來去去，都是陌生的臉孔，沒有什麼機會記住對方的名子。但也因為他們都是第一次來，還記不住迷宮的模樣，我和吳順發在當鬼的工作上特別容易，存下了不少零用錢。

不過，我爸爸並沒有像我們一樣，受惠於這些週末出現的外地人。相反的，鄉公所在聽聞龐大的觀光商機後，下令要警察在火車站附近取締非法活動，希望能讓觀光客對小鎮抱有良好的印象。爸爸在藝術村開幕一個月後，就被抓去警察局泡茶，希望他不要在明目張膽地散播光碟，不然下次就準備吃牢飯。警察伯伯語重心長地跟爸爸說，我們這裡夾在岡山跟楠梓的中間，沒有空軍也沒有工業區。如果你的小孩要翻身，只能藉此一搏了。

我很認同警察伯伯的看法。事實上，我存下的零用錢，已經夠我坐車到市區一趟。只要累積的錢夠多，以後就能像卡通裡的高中生一樣，天天搭車去上學。外地人帶給我們很多的好處，外面的世界也一定有更多新奇的事物。不然老師也不會每次都一臉嚴肅地跟吳順發說，希望他能轉學到市區念書，那裡才有更多的書可以讓他讀。

面對警察伯伯的強力執法，爸爸只好摸摸鼻子，打算暫時不當女鬼幫的老大了。媽媽聽到了他的退休宣言後，開始擔心起我們家未來的生計，嚷嚷著要回臺北娘家，那裡才有比較多的工作機會。聽我媽媽說，她原本以為我爸爸是田僑仔，殊不知是個騙人精，只會到處吹牛。我媽媽生氣地又唸了幾句，大喊著要離家出走，便自己一人跑了出去。我看了看阿嬤，又看了看爸爸，他們兩人都沒什麼表情，好像什麼事都沒發生。過了四點二十分的區間車的時間，爸爸站了起來，說要到家門口等媽媽回來。

爸爸說，如果媽媽等下沒回來，就真的不會再回來了。我們進出這個小鎮只有兩個選項，一個是貫穿村莊的省道，另一個是分隔糖廠與村莊的鐵軌。媽媽不會開車，只能坐區間車離開。我心裡有點擔心，害怕媽媽會就這樣棄我們而去，拚命地在心中禱告。我向上帝禱告，向媽祖娘娘禱告，向中山堂的石獅子禱告，甚至還向女鬼禱告。我對祂們發誓，只要媽媽等下回來，我願意以任何東西做交換，隨便祂們要拿走什麼。

不知道是不是我誠心的禱告發揮了作用，過沒多久，媽媽便帶著一盒點心回到了家門口。她說她已經在花卉中心找到銷售紀念品的工作，那裡最近因為觀光客很多，非常缺人，賺的錢可以暫時貼補家用。我開心地抱住媽媽，忘記了自己禱告的承諾，不知道我是不是有什麼東西已經跟祂們做交換。我那時只是默默地想著，雖然外地人替爸爸關了一扇門，但也幫媽媽開了一扇窗，或許是好事也說不定。

而那天晚上，我久違地從爸媽的臥房裡，再度聽見女鬼的叫聲。

週末的觀光人潮愈來愈多了。

每到假日，從省道到糖廠的車子總是塞得水洩不通。因為從火車站走路到藝術村要花上二十分鐘，大家覺得還是自己開車比較省事。有冷氣吹，又不用在區間車上跟人家擠來擠去。就算火車站加開接駁車，也會在狹窄的老街塞車。加上能跨過鐵道的平交道很少，接駁車和省道來的車會卡在鐵道的外側，擠不進去糖廠，讓交通情況變得更糟，所以鄉公所很快就取消了接駁車。過沒幾個禮拜，火車站的人逐漸變少了。爸爸便又扛著一袋袋光碟，重新當上了女鬼幫幫主。也因為大量的人潮，鐵道內的糖廠開始出現了以前沒看過的攤販。在藝術村剛開幕時，附近的攤販多半都只是賣冰，還有一些阿伯批了滿車的甘蔗來賣。過幾個月後，原本只會在禮拜一出來的夜市攤販，現在也轉移陣地到這裡了。開始出現一些跟糖廠比較無關的東西，烤香腸、臭豆腐、排骨酥、炸雞排、小籠湯包等夜市小吃，瓜分了大家的舌頭。再更後來，一些外地的攤販也紛紛進駐，從鳳山來的射氣球、旗津來的甜不辣、岡山來的撈金魚，甚至還有甲蟲標本的巡迴車。稻草人阿伯對此很生氣，認為這些攤販根本就不在地，還來這裡搶走他的生意。

也就在這時，我們升上了四年級，班上轉來了一個外地的女生。她的名字叫陳曉琪。

陳曉琪跟我媽媽一樣，都是臺北人。聽說臺北常常下雨，人都曬不到太陽，所以看起來都特別地白。她剛進來班上時，臉上還總是掛著口罩，說這是因為臺北最近的「大流行」。我們大家似懂非懂，覺得這就是都市人追求的時尚感，便紛紛追流行地掛起口罩。鄉公所的人還特別來班上拍照，稱讚我們很有防患未然的精神。

陳曉琪被老師分配坐在吳順發的旁邊，也是我的左前方。每天，我們都在她身上，尋找一些外地的線索。比方說，陳曉琪的鉛筆盒有很多沒看過的文具，香水筆、摩擦筆、搖搖筆……各種各樣的鉛筆都有。而且，陳曉琪每次跟我們借橡皮擦時，她都會說「擦布」。我們一開始以為是抹布，還特別跑到掃具間，找一個用來擦玻璃的給她。

陳曉琪知道很多我們不知道的事。她說，在臺北有一種比火車還要方便的交通工具，它不在地面上跑，軌道是蓋在天空或是地下的。要去到月臺之前，都會有很長的電扶梯，要記得靠右邊站，讓路給上班族通過才有禮貌。在裡面雖然不能吃東西，速度也不快，但每五分鐘就會有一班車。她偷偷告訴我們，以後這裡也會有那種叫捷運的東西，聽說會直接蓋在鐵軌上面，從很高的地方橫跨過整個小鎮。

我對此半信半疑，轉頭問了吳順發，他則露出不屑的表情。

自從陳曉琪轉來後，吳順發原本穩固的資優生地位，產生了劇烈的變化。陳曉琪不僅人緣好，作業也願意借大家抄，考試成績總是很高分。據說她以前在臺北的班排，不過才前十名而已，沒想到在我們這裡，程度竟然跟校排第一的吳順發有得比。這大概是為什麼老師要我們到外地念書的原因吧？只要在外面念一陣子，回來班上就能夠成為第一名，不是蠻不錯的事嗎？不過，被比下去的吳順發，一定覺得很不是滋味。每當陳曉琪開始講起臺北的生活時，吳順發就會默默地低頭寫作業，想把握時間念書，希望能藉此跟陳曉琪拉開距離。

也因為這樣，吳順發來我家的次數變少了。他說，放學後不能再跟我去甘蔗園迷宮，最多只能週末時去迷宮當鬼。以後他要更努力地念書才可以。我對此感到有點生氣，覺得自己再度被背叛。之前被鐵軌內小孩威脅時，吳順發沒去找人來幫我就算了，現在竟然還打算放棄我們一起打造的迷宮事業。

畢竟我們可是迷宮測試員啊。稻草人阿伯的迷宮還不斷地在擴張，一開始雖然跟教室差不多大小，但現在整片迷宮深不見底，可能比學校的操場還要大。我們會需要更多的時間來找到出口。

吳順發並沒有被我說服。有的時候，他雖然會來我家吃飯，但放學後都不再特別繞路去糖廠。他對我說，幫我跟稻草人阿伯問好，然後就先回到我的書房寫功課。

我想，吳順發應該還是忌妒我，是迷宮內唯一的小孩吧。我應該把這個頭銜分送給他，這樣他就會重拾以前對迷宮的興趣。

每個月的第一個禮拜二，都是我把女鬼光碟交給高年級的時間。在前一個晚上，我會趁半夜起床尿尿時，順便到樓下翻找光碟片。以前偷光碟時，總會聽見女鬼的叫聲，彷彿在警告我不要幹壞事。雖然很擔心遭到報復，不過偷了幾次以後，都沒有發生什麼不好的事，我也就當作是一種偷竊的儀式。反而是最近愈來愈少聽到女鬼的叫聲，讓我心裡不太踏實。

我們交貨的地點則是約在糖廠的禁閉室。那裡有一種祕密交易的感覺。

高年級大哥每次拿到貨時，都會稍微聊一下上批貨的狀況。有的時候，他很爽朗地拍拍我，說裡面都跟木瓜差不多大，看得很過癮。也有的時候，他不滿地抱怨著，說裡面有狗又有馬，畫面實在太可怕了。當然，我無法控制產品的內容，高年級大哥也沒辦法拿我怎樣。

某一天，當我交完新的一批貨後，陳曉琪突然從我背後冒了出來。

「在幹嘛？鬼鬼祟祟的。」她睜著大眼睛，想看看我的書包裡面藏了什麼。

「沒什麼啊。」我大方地把書包拿給她看。反正剛剛才交完貨，裡面只有回家功課而已。

陳曉琪翻了一下我的包包，又把課本拿出來檢查一遍，好像篤定我有什麼祕密似的。想不到，竟然還真的有一片光碟夾在課本中間，直接被陳曉琪翻了出來。我禁不住痛恨自己，一定是因為昨晚急著尿尿，所以才沒有把光碟好好地放進書包裡。

「這是什麼？」陳曉琪看了看光碟。由於爸爸用的都是燒錄光碟，封面清一色空白，從外觀沒辦法判斷是什麼。「我還以為你跟高年級的交換了什麼有趣的東西，結果只是光碟片而已嘛。」

「裡面可是鬼片喔。」我不服氣地反擊，「而且因為內容很恐怖，所以只有大人才可以看。」

「那你怎麼會有？」

「我有特殊的管道啊。」我差點要說出我爸爸是女鬼幫的老大，「這些東西我都看過了。沒有很可怕啦，但妳們女生可能會嚇得半死。」

陳曉琪皺了皺眉頭。這應該是她轉學以來，第一次被班上的同學挑釁。難得看到她生氣的樣子，莫名覺得有點可愛。

「誰會怕啊。要不然現在就到你家，我們一起看。如果誰先尿褲子的話，就要請對方吃冰。」陳曉琪站起身，向我發起了挑戰。

老實說，我真的怕得要死。自從在電影院裡，看到了會從電視螢幕爬出來的女鬼，我就常常擔心家裡的電視會不會自己打開。不過，我覺得陳曉琪一定也很害怕，在往我家的路上，她一反常態地沒有多說什麼話。能看到陳曉琪被嚇得哇哇大叫的樣子，賠掉一兩支冰棒也沒關係。

回到家後，我先確認了一下大人在不在家。通常，爸爸這個時候會在火車站，媽媽去工作，阿嬤則是在睡午覺。我四處看了看，果然只有阿嬤在樓上房間呼呼大睡。回到客廳時，我順便把還在書房念書的吳順發拉過來。鬼片還是要多人一點看才比較不可怕。

吳順發心不甘情不願地坐在沙發上。陳曉琪抱著書包，偷偷地湊了上去。

我迅速地把光碟片放入光碟機裡，急著回到他們兩人身旁。

畫面一開始，只出現了斗大的英文標語，吳順發說那是「未成年人請勿觀看」的意思。

故事主要是講述一名民俗學者，為了探究青木原森林的風俗民情，從東京搭著特快車，迢遙地來到了當地的小村莊。在離開家裡以前，民俗學者的女友特別叮嚀他，千萬要小心森林裡的妖精，它們會模仿人類的模樣，色誘從外地來的旅客，藉此讓他們定居下來。學者到了村落以後，當地的男人們都鼓舞著他進入森林，聲稱可以在裡頭找到宇宙的真相。學者半信半疑地踏入森林，過沒多久，他逐漸迷失在其中，不管怎麼樣都會繞回原點。這時，有一位長得很像他女友的女人出現了。葉子遮住她的身體，藤蔓捆著雙手，緩緩地從森林暗處走了出來。學者的身體被定在原位，腳底下被蔓生的雜草給纏緊，觸手一般的藤蔓伸向了他的軀幹，看起來就要發生什麼不好的事情。

就在最恐怖的時候，我聽見家門打開的聲音，嚇得我倒抽一口氣。吳順發趕緊暫停影片，和陳曉琪躲在沙發一旁，想看看是誰回來了。從上樓的腳步聲來判斷，應該是有點憂鬱的媽媽。通常她心情不好時，走路都踏得很重，好像提不起力來。我湊到樓梯口，想假裝沒事地跟她問個好。

但從樓梯走上來的，是留著一頭筆直長髮的女鬼。

我忍不住叫了出來。

女鬼露出困惑的表情，搖著我的肩膀，用媽媽的聲音問我怎麼了。我努力鎮定下來，發現原來我把媽媽看成女鬼。因為她早上去燙了一頭很直的長髮，剛下午工作完，滿臉都布滿了疲憊的黑眼圈，我才會不小心看錯。在聽完我的解釋後，媽媽露出了很悲傷的表情，摸了摸我的頭，沒有精神地回到她的房間。陳曉琪看了我一眼，問我要不要上去陪陪她。但我覺得她只是因為把髮型弄壞，所以才很難過，這沒什麼大不了的。眼看樓上沒什麼動靜，我又回到電視機前，把暫停的影片繼續播下去。

不過，在經歷了這番波折後，我們很難專注地再把鬼片繼續看下去。吳順發露出很不耐煩的臉，表示想要繼續寫作業。陳曉琪也說，她覺得這部片太悶了，沒有想像中的恐怖。我不死心地嘴硬著，告訴他們後面才是最精采的地方，往後快轉了三十分鐘左右。其中，只能模模糊糊地看到螢幕中的男女脫光衣服，看起來好像在打架似的。陳曉琪馬上臉紅，拿起一旁的抱枕，遮住自己的視線。

我重新按下了播放鍵。學者赤裸著身子，拍了拍倒在地上的女人，發現對方已經沒有呼吸了。學者嚇得再度往森林裡奔去，卻發現愈來愈多的女人，從黑暗中走了出來，並且開始發出了女鬼的叫聲……

正當我認為好戲準備開始時，阿嬤卻從樓上走了下來。大概是被我們剛剛的騷動聲給吵醒了。阿嬤一邊問我們晚餐要吃什麼，一邊戴起老花眼鏡，想看看我們到底在看什麼。沒想到，阿嬤突然大發脾氣，拚命問我是從哪裡拿到這個光碟的，怎麼會找女生看這種東西。她唸完以後，又跑上樓去找媽媽理論，認為她沒有管教好小孩，下班回家後也沒有多關心孩子的生活，才會發生這種亂七八糟的事。吳順發和陳曉琪眼看狀況不對，便收拾好書包，偷偷地溜走了，留下我一個人看著媽媽被罵。

我覺得媽媽很無辜。光碟是爸爸的，但為什麼阿嬤卻要責怪媽媽呢？我聽著樓上的吵罵聲，想要去幫媽媽說一些好話，卻想不到可以說些什麼。我想到還不那麼久以前，媽媽離家出走時，我也從來沒有好好關心她，只是默默地看著她回到以前的生活。

那是我第一次，覺得自己有種被困在迷宮的寂寞感。

後來，吳順發來我家的頻率更低了。

他說，是因為他爸爸失業，不用在外面四處出差，暫時可以在家照顧他。不過我猜，其實他是擔心上次的事件會重演，會干擾到他念書的時間。他來我家的時候，家裡雖然比較平靜，但總讓人覺得假假的。阿嬤照常煮飯，媽媽又把頭髮燙捲，每天都會問我學校發生的事。大人們好像都戴上了面具，要為我們演出相安無事的戲碼。

陳曉琪問我，那你爸呢？他那天有沒有幫你媽媽說話。

我搖搖頭。我爸爸當時在聽完阿嬤的告狀以後，沒有上去安慰媽媽，只是又回到樓下繼續整理光碟。

「壞透了。」

當陳曉琪這麼罵時，我感到相當羞愧。

鐵道內藝術村的觀光人潮，就好像我們家人間的感情，出現了雪崩式的衰退。據說是大環境不好，景氣差，影響外地人的消費意願。各種新奇的攤販，也隨著觀光客退出了糖廠，只留下零星的小吃攤。本來想拿存下來的零用錢，去巡迴車上面買獨角仙標本，現在完全沒有機會了。

當地原有的攤販，也受到不少影響。原本媽媽需要每天到公司清點紀念品庫存，現在只有週末時才會去上班了。稻草人阿伯則一反從前的敵視心態，反而希望這些外地攤販能夠回來，這樣才能固定吸引觀光客。他說，現在這個慘澹的模樣，讓他回想起糖廠停工的年代，宿舍的人撤走後，老街的生意便跟著變差。只要想進來的人變少，出去的人就會變多。現在的他，只能繼續將甘蔗園迷宮拓建，成為全臺第一大的迷宮後，這個小鎮就有新的噱頭了。

看著進來迷宮的人愈來愈少，我擔心以後免費的冰棒沒有著落，又要回到從前日光族的生活。

我和陳曉琪的賭局，因為我中途曾經大聲尖叫，所以算是我賭輸了。不過，陳曉琪很狡猾，她堅持在場有看影片的人都有分，我還要另外找吳順發過來，另外請他一支冰才行。我心底很不甘心，到底關吳順發什麼事，這樣我的零用錢會愈來愈少的。在兌現承諾的那一天，我編了個明天要小考的謊言，支開了吳順發。

陳曉琪看到吳順發沒有來，露出有點失望的表情。

她狠狠地捶了我一下。她說女孩子不開心時，男生應該想辦法才行。

我跟平常一樣，拿了花生冰棒。陳曉琪則是挑了紅豆冰棒跟巧克力冰棒，兩支都算我的。吃冰的時候，我站在中山堂前，跟她唬爛石獅子的身世。我說，這兩頭石獅子是日本人留下來的。日本人就像卡通上演得那麼厲害，他們在糖廠做了一個超大的結界，會讓遺留在這裡的東西帶有生命。之前有婦人臥軌自殺時，因為她的血濺在平交道上，所以常常有人看到她還跪在那裡，等著火車來喔。石獅子則是被棄養在這裡的寵物，以前專吃臺灣人種的甘蔗。我爸爸說，如果把枝仔冰的垃圾丟到它嘴巴裡，它會非常生氣，咬掉你的小雞雞。你看，這裡有很多觀光客留下的垃圾，他們的小雞雞一定都不見了。

我一邊這麼說，一邊把石獅子口中的塑膠袋、冰棒棍拿了出來。

陳曉琪忍不住笑了起來。她說我是個笨蛋，我爸爸是騙子，但我們應該都是好人。

陳曉琪說，她在臺北的時候，遇到過很多壞人。她很討厭去學校，因為老師會把她帶去廁所，對她做不好的事。不過，搬到這個小鎮後，她漸漸沒有那麼怕去上學了。旁邊有很愛鬧彆扭的吳順發，後面又有我這個吹牛精，她覺得很開心。雖然不知道陳曉琪為什麼這麼說，但莫名被稱讚後，我也開始感到有些得意忘形。

我、吳順發和陳曉琪三人，曾一起約定過，要在稻草人阿伯新蓋的迷宮完成後，才能一起進去玩。吳順發因為在課業上與陳曉琪較勁得相當激烈，他大概覺得唯一能有勝算贏過陳曉琪的，只有這座甘蔗園迷宮了。如果陳曉琪偷偷先探勘過的話，那到時鬼抓人的遊戲一定又會輸。他還特別跟陳曉琪約定三章，要在迷宮內決定誰是下學期的資優生。不過，我對此有些不滿。畢竟吳順發都沒有來幫忙，迷宮只剩下我在管理，每天都在幫忙記新闢的路線。

在陳曉琪稱讚我後，我決定要幫她贏得這局。

「要不要帶妳進去參觀？」我指著不遠處的甘蔗園，「身為迷宮內的小孩，今天破例讓妳進去熟悉地形，之後就能順利打敗吳順發了。」

陳曉琪愣了一下，她看起來很在乎跟吳順發的約定。但我不斷地慫恿她，要她想想吳順發被打敗後生氣的樣子。陳曉琪馬上點頭答應了。

稻草人阿伯最終極的目標，是將整片甘蔗園都變為他的迷宮。為了方便拓展迷宮，他在出口的設計上，一概定點在最初左側的位置。每當迷宮拓展至新的層級時，他會將原本的入口封起來，打通舊有迷宮的外牆，以新的入口來強制我們進入他新闢的路徑。這樣一層又一層疊加起來的迷宮，通常就是倒吃甘蔗，愈靠近出口的地方，我們就會愈熟悉。

不過，這也導致吳順發一開始教我的迷宮破解法則，愈來愈失去功用。在最初教室般大小的迷宮，只要確認了「外邊」的方向，貼著牆壁就能快速找到出口的位置。但在這個一層又一層的迷宮裡，我們首要的目標不再是辨別出口的方向。取而代之的是，必須要在這最外層的迷宮中，找到通往內層舊迷宮的突破口。

為此，我們必須更深入迷宮的核心才行。

進入核心是有風險的。在幾次轉彎後，我們開始失去了方向感，無從辨別哪個方位，才會有我們該前往的舊迷宮。我貼在由甘蔗組成的牆，側耳細聽，大概是因為很靠近中心，沒有任何外邊的聲音，能讓我們重新找到目標。我開始後悔起自己不該擅自帶陳曉琪進來新迷宮。我可是最慢的迷宮測試員啊，現在沒有吳順發的幫忙，我哪有可能走出這裡。

陳曉琪看起來卻沒有絲毫緊張的感覺。她低下身子，拔著甘蔗牆四周的雜草，說自己從來都沒有真正看過甘蔗。以前的人竟然都要啃這種硬東西，才能嘗到一丁點甜味，也太刻苦了。

她抬頭仰望，「甘蔗真的好高欸。我從來沒有想過，身處在一片甘蔗田裡，竟然有種在森林的感覺。」

「小心女鬼來抓妳喔，到時候還要光溜溜跟她打架，超級噁心的。」我轉頭扮起了鬼臉，想讓她回想起那天看的鬼片。

陳曉琪莫名笑了起來，好像我又說了什麼愚蠢的話。我露出了疑惑的表情，但她似乎也不打算跟我說明笑點，自顧自地往前走。

仔細想想，自從那天以後，陳曉琪就一直用很奇怪的眼光在看著我。她起先對我很生氣，反應跟阿嬤差不多。但是在聽到吳順發說明我們家是賣鬼片光碟以後，她好像理解了什麼，對著我和吳順發哈哈大笑。我們兩個男生一點頭緒也沒有。可惡的陳曉琪，這一定是什麼外地人才懂的東西，她心底大概是在嘲笑我們是土包子。

「欸欸，你覺得吳順發討厭我嗎？」陳曉琪突然問道。

「不會吧。」我想起吳順發曾偷偷問我，陳曉琪說的捷運到底是什麼，「他只是不想輸給妳而已。」

「那你討厭我嗎？」

「怎麼可能啊。」我看著陳曉琪走在前面的背影，不知道她為什麼突然這樣說。

陳曉琪突然停下來，用很認真的表情看著我。她認真的時候，雙眼總是圓滾滾的，給人很真誠又可愛的感覺。她說，「你們以後知道發生在我身上的事，就會討厭我的。」

我覺得很莫名其妙，為什麼要把這種事情講得這麼篤定呢。不過就是在以前的學校被老師欺負，也不是什麼太嚴重的事吧。而且，這種事也不是妳的問題吧。大不了，我們以後一起去臺北，把那個老師痛揍一頓就好了。我盡可能把心裡的想法說了出來。

陳曉琪笑了笑。她沒有回應我的提議，只是指著前方的路，說我們已經快要走到出口了。

從遠處傳來了五點四十二分的自強特快車。陳曉琪只花了半個小時，就把新蓋的迷宮給破關了。不貼著牆，沒有任何猶豫地向前走，在我們尚未迷失在迷宮的核心時，便已輕巧地進出其中。

陳曉琪告訴我，出口是被人們走出來的。人們並不見得會踩上每條岔路，但每個人必定都會走上前往出口的唯一道路。一條路踩久了，土會變扎實，野草會沒有辦法生根，迷宮的盡頭便自己這樣浮了出來。它就像這座迷宮的傷口，隨著時間過去，會變成難以掩飾的疤痕。

我似懂非懂地點點頭，覺得我們這場尚未開始的迷宮鬼抓人，早就已經結束了。陳曉琪知道太多我們不知道的事了。就算我當初遵守和吳順發的約定，沒有讓陳曉琪偷偷來探勘迷宮，她也一定能迅速走出迷宮。她太聰明了，我們永遠沒辦法在迷宮中追上她。

可惜，我們永遠沒辦法知道這場遊戲的最終贏家。

吳順發的爸爸在市區找到了新工作。他在失業的這段期間，似乎在思考未來的人生走向，最後悟出只有兒子出頭天才能安享生活。儘管他爸爸在市區的工作薪水比以前低，但還是決定舉家搬過去，要讓吳順發有好的升學環境。

聽說他的新學校裡，有很大的圖書館，有會說英語的外國人。那裡的學生，都把制服穿得很整齊，還有牧師會替他們禱告，讓他們遠離邪靈。

吳順發最後一天來上課時，陳曉琪哭得很傷心，好像這輩子都不會再見到他了。我們大家聯合起來寫了一張大卡片，祝吳順發將來的生活順利。我在卡片上寫著：「你在新學校上幾堂課後，一定要記得轉學回來。如果不回來打敗陳曉琪，那就沒有意義了啊。」

吳順發搬去了前鎮，他爸爸在附近的加工出口區上班。我對高雄市區的地理位置並不熟悉，只知道那裡離海比較近。如果要從橋頭到那裡，我們必須先在火車站坐半個小時的區間車，抵達高雄火車站時，下車再轉搭公車到前鎮。聽說從高雄到小港也還有一條鐵路，以前用來載貨，最近被拆掉一部分了。但是有一班由麥當勞營運的嘟嘟火車，供應的餐點是大麥克、爆米花和可口可樂，藍色的車廂裡面還有各種專屬玩具，外頭是美麗的海港風景。吳順發在離開橋頭以前，把他探聽到的情報告訴我們。我們三人約定好了，不要在糖廠，而是在海港那裡重聚。

為了達到這個目標，我必須更努力地工作，更努力地把零用錢省下來才行。要從我們這個城鎮出去，只有省道和鐵道兩條路而已。我還不夠高，不能像高年級大哥那樣騎機車，只能乖乖搭火車才行。區間車跟嘟嘟火車的票錢，大概是我工作半年可以存下來的零用錢。以我現在的存款，只夠付我自己的。因為陳曉琪的家裡管很嚴，不希望她離家裡太遠，她的費用還必須靠我來湊出來。

沒想到，稻草人阿伯卻忽然消失了。

還沒蓋好全臺最大迷宮的稻草人阿伯，不知從哪一天開始，突然不再現身於甘蔗園中。有人說，他其實是楠梓人，因為吸了太多有毒廢氣，得到癌症死掉了。那座迷宮的出入口，後來被警察用封條貼上，防止它成為像防空洞一樣的治安死角。

我想起那天晚上，為了祈求媽媽回家，發誓願意用任何東西交換的誓言。我不知道是哪個神，或哪個鬼，但祂們一定正在偷走我生命中重要的事物。

我一度把賺錢的念頭，轉向每個月要交給高年級大哥的鬼片上。如果一片收個五塊的話，那也能快速地達到目標。不過，高年級大哥在聽到要收費後，他卻說自己不再需要我這個中盤商了。他家裡新買了一臺電腦，有網路以後，那種東西隨便找都有。

我爸媽在工作上，也無疑地遭逢了與我相似的打擊。糖廠的觀光人潮愈來愈少，我媽媽失去了在紀念品店賣東西的職務；網路科技愈來愈發達，人們在網路上就能找到盜版的鬼片，我爸爸也失去了很多年輕的顧客。他們為了錢，經常吵得不可開交。媽媽要爸爸多向吳順發的爸爸看齊，到一個真正能賺錢的地方工作，為孩子的將來著想。爸爸則堅持要留在這裡，他說媽媽的眼界太過狹窄。臺糖有一整片沒賣掉的田地，將來一定會被政府拿去規劃成高科技園區。而且現在捷運準備要蓋起來，過沒多久就會成為鬧區了。

陳曉琪和爸爸都沒唬爛。在吳順發轉學不久後，五層樓的高架由南到北，沿著鐵道逐漸升起。每天都有很多的工人在那裡架鋼筋。施工聲不僅把原有的鐵軌聲都蓋過去，也嚇跑了剩餘的觀光客。我不知道稻草人阿伯會怎麼看待這次興建捷運的事。假如捷運通車的話，從那麼高的地方往下俯瞰，大概也能把迷宮的路徑看得一清二楚。聽說鄉公所也打算把糖廠到火車站中間的老街拓寬，確保能帶來充分的觀光效益，之前維護糖廠宿舍的大學生們則非常生氣，認為這樣會破壞掉地方的文化資產。稻草人阿伯如果還活著的話，應該只會繼續砍甘蔗，把他心中的迷宮給完成吧。

我常常會想起陳曉琪哭泣的臉，想到我依舊什麼也做不到，沒辦法說些什麼安慰人的話。每當我覺得沮喪時，還是會跑進被封起來的迷宮中，躲在裡頭，思考到底要怎麼湊到足夠的錢，讓我們三人能搭上有麥當勞叔叔的嘟嘟火車。跟市區相比，我們這裡的五分仔火車實在遜斃了，沒有冷氣可以吹，終點又只是賣紀念品的花卉中心。果然外地的東西還是好一點。希望我們這裡的捷運，不要輸給外地的捷運。丹丹漢堡是我們橋頭唯一的速食店，它到時應該在捷運站推出無限享用的甘蔗麵線羹，作為在地的特色才行。

不過，迷宮已經逐漸失去迷宮的樣子了。震耳欲聾的施工聲、聳立的捷運高架，都成為簡單辨認「外邊」的線索。我在迷宮內，已經懶得繼續尋找出口了，只想迷失於其中，做著胡思亂想的白日夢。

有一天半夜，我又聽到了女鬼的聲音。不過，這次不是以前那種奇怪的叫聲，而是些微的啜泣聲。

我貼上牆壁，試著找出聲音的來源。自從那次看過鬼片，我便不再那麼害怕鬼了。我躡手躡腳地走過阿嬤的房間，看見她還安穩地睡著。我再經過爸媽的房間，卻沒有太過明顯的聲音。不過若是貼上地板，卻能聽見樓下一陣陣的哭泣聲。

我下了樓梯，盡可能不要驚動到鬼。

然而在家門口那裡，卻是媽媽拉著行李廂，準備要離開。

她的眼睛哭得很腫，頭髮很亂，看起來是個傷心的鬼。我不知道該不該讓她看見我，但我卻想起陳曉琪說過的話，想起我應該安慰媽媽的。我慢慢地走上前，想要握住她的手。

媽媽緊緊地抱著我。她的臉埋進我小小的胸膛裡。雖然有很多眼淚和鼻水，但沒有關係，因為我也還是說不出安慰人的話。

「媽媽以前雖然常聽你說迷宮的事，但我好像一次都沒有進去過呢。明明是自己兒子最喜歡的地方，卻一點都不瞭解，真的是很糟糕啊。我們要不要趁現在還沒有人收費的時候，一起去那邊看看呢？」媽媽摸著我的頭說。

「那裡已經被封起來了喔。」我不忍告訴她稻草人阿伯的事情。

「啊……」

「但我還是可以帶媽媽進去看喔，我可是迷宮內的小孩。」

我們母子倆，就這樣潛入了深夜裡的甘蔗園迷宮。雖然我常常聽到關於糖廠的鬼故事，那些在宿舍上吊、在鐵道臥軌、在防空洞被殺害等各種故事，但我卻覺得，我們這次就是別人口中的鬼。

媽媽想知道我們平常都在這裡玩些什麼遊戲。我說我來當鬼，妳當人，妳要想辦法在我找到妳之前，走出這座迷宮。媽媽笑嘻嘻地說，這樣太可怕了，應該要身分對調才行，反正我們都有潛力當鬼。我點點頭，要她原地倒數三十秒，隨後衝進了迷宮內。

夜晚的甘蔗園迷宮，恢復到一種很純粹的狀態。沒有雜亂的工程聲，也難以看見外邊的捷運高架，好像從前的迷宮一樣，只能聞到清甜的野草味。而且，在黑暗中前往迷宮的核心時，吳順發和陳曉琪的方法也都不再管用了。這裡很深，聽不見外邊的聲音。光線不足，也難以辨認地上的雜草叢跡。加上久未管理，迷宮似乎長出了自己的生命，要把它通往出口的路徑給遮掩起來。

本來應該要努力前往出口的我，卻突然間停下了腳步，沒有再繼續往前走。過沒多久後，媽媽從後方追了上來，並且得意地向我炫耀走出迷宮的方式。她說，因為大部分的迷宮都只有一條正確的通道，只要決定了入口到出口的路線，剩下的就是如何來糊弄人的障眼法而已。不要輕易回頭，一直往前走，最終就能夠走到出口的。

但其實她不知道的是，我是故意讓她找到的。我害怕她不來找我，也害怕找不到她。當媽媽要我們對調身分，我其實鬆了一口氣，擔心她會就這樣消失在迷宮裡。但我想，媽媽一定也很害怕找不到我，所以才在迷宮裡大聲呼喊我的名字。

我想，媽媽大概跟我一樣怕孤獨。

所以我決定要和媽媽一起，搭上六點鐘北上的第一班區間車。

因為那是我唯一可以做的事。

那個時候的我覺得，如果那天早上沒有和媽媽一起走的話，她大概會哭喪著臉，躺在鐵軌上，成為離不開這裡的鬼。雖然阿嬤可能會很難過，拿著融化的冰棒要等我回家，但她起碼還有爸爸相陪。我想，如果和媽媽去臺北一陣子，或許可以說服她回到這裡的。到時，我們一家人又會再團聚的。

我把存錢筒埋在甘蔗園迷宮的深處，並把相關的線索寫在信紙裡，塞進了石獅子的嘴中。我知道，陳曉琪一定會定期清理那裡的垃圾，並靠著那筆錢，跟吳順發在火車上大吃漢堡。他們兩個資優生會面後，一定會想辦法來臺北找我的。到時可以一起搭地底下的捷運，去人擠人的西門町，可能還流行戴著口罩。對了，我們還要去揍陳曉琪的老師一頓。

我十歲以前，都住在那個以糖業為名的小鎮，有座只屬於我的迷宮。我一直堅信那些能讓我走出迷宮的方法。我想從那個時候我就隱隱約約知道，有著入口與出口的迷宮，其實是我生命中最單純不過的東西了。

陸續漂流

諸位發表人以及各界貴賓，感謝各位參與這次的「漂流者大會」。臺灣在一百年前，面對霸占各種利益資源的「有力者」，一批懷抱理想的知識分子舉辦了「全島無力者大會」。當時這批「有力者」，在以前的封建社會裡不僅享盡了各種好處，後來日本政府來臺，還配合總督府一起打壓民眾，以「法治不符合臺灣民情」的封建思想，在現代化的進程裡拒絕應有的民主人權。相對於這些有力的傳統仕紳階級，知識分子沒有任何財力，採用「無力者」的集體連線，自主展開了行動與反擊。

本次舉辦的「漂流者大會」，當然也有向「無力者大會」致敬的意味。所謂的「漂流」，一般意指被巨大的洋流所帶動，任由其走向，在汪洋的海面上無止盡地移動著。漂流的唯一事實，就是其沒有任何能力改變自身的處境。無論其試圖逆流而行、脫離洋流所牽引的範疇，或是乾脆什麼也不做，漂流者的意願都不會改變其持續流動的現況。作為被動的一方，漂流者無疑是無力的。

「漂流」，意味著一種不穩定的、無可預測的狀態。提到漂流，它內在負面的意涵往往先是表現在突發性上。一場突如其來的暴風雨，大浪不幸地擊碎了貨船，使得船員、貨物脫離了原先安穩的船艙，並同時被拋出預先規劃好的航道。它通常不是自主誘發的狀態。它來得迅速、倉促，是不可解釋的轉折，是蠻橫暴力下的產物，是隨時都可能降臨的天譴。即便做了再多的預防，也無可避免自身與之遭逢。它的隨機性，讓人們想起古老的恐懼，以及祭祀萬物神靈的禱詞。它的突發性，也讓善於規劃的現代人為之厭惡，因其破壞了原本穩固且持續的日常。但「漂流」它就是發生了，而你無能為力。

「漂流」預先伴隨著的是死亡的陰影。負責掌舵的船手，可以靠著堅固的船體，與大海進行微弱的搏鬥，透過狡猾的小伎倆避開陰暗的漩渦。然而，一旦船手被迫脫離賴以為生的船隻，關於他日常與生命的保證，瞬間都化為烏有。漂流者失去了庇護，他生存的空間突然成了一望無際的汪洋，四周潛伏著危機。他需要擔心火紅的太陽將自己烤熟，還有海面底下頂尖的獵食者。他要跟他自己的身體戰鬥，饑餓、脫水與失溫，為了抵抗形體的消亡，無可避免地要滿足肉身所需的最低需求。

「漂流」也暗示著孤獨。在突如其來的災難以後，穩固的群體被打散，一個個成為被孤立的個體。就算是在船難發生的當下，漂流者們散聚在船隻殘骸的四周，在沒有穩固實體的連接下，也注定彼此散失。在漂流的處境裡，人們很容易就發現彼此的關係如此脆弱，只消幾波浪潮，就能讓人們的距離拉得很遠。漂流者很快就會注意到，自己是以個體的形式在存活著，浸泡在水中而浮腫的手指，終究唯有自身才能感受得到。他的苦難與命運，他剩餘的旅途都與他人無關。這是漂流所附加的悲劇體驗。

當然，最讓人感到不安的，就是漂流的不確定性。沒有人知道「漂流」的終點將落在何方，也沒有人知道「漂流」會在什麼時間點停下，甚至連用什麼方式結束都難以肯定。作為意外後的產物，它本身即帶有這種未知的傾向。漂流不僅沒有特定的方向與目標，無盡的汪洋也讓計算時間失去意義。無論漂流者是否在這過程中失去生命，沒有什麼能終止漂流，直到漂流者最後轉變成生還者或罹難者，擱淺在某處的沙灘，漂流才正式結束。

而與漂流相關的各種相近詞，我想諸位肯定都不陌生：飄泊、浮沉、流浪、離散、失根……，任何與漂流狀態近似的詞彙，在這幾年的討論裡，也不斷地被重複使用與想像。在「漂流學」已成熱門顯學的當代，各論者無非嘗試演繹其中的概念，擴充原本的框架。此次會議拉回「漂流」的主題，或許讓人感到有些老調重彈，但無非希望能重新聚焦於臺灣的現況，而不被複雜的理論給限縮住。以百年前「無力者大會」作為本次會議的開場，不僅有向臺灣邁入現代社會時最初的知識分子致意的意思，亦是鼓舞與會的發表人與聽眾們，在這個艱難的時代裡，重新向現實靠攏。

既然本次會議有意要回到原點，那我們還是不免俗地，必須談論到這一切的源頭，「漂島事件」：臺灣島分裂為四大區塊，各自開始往東西南北漂移。

若以舊有的縣市區域規畫來看，分別是「基北桃竹苗宜」一塊，「中彰雲嘉」一塊，「南高屏」一塊，「南投花東」一塊。在二十三年後的今天，「北區」、「西區」、「南區」、「東區」替而代之，每年以十公尺的速度，慢慢在漂離開原本的位置。

最初發現本島正在分裂的，是位在南投的地質科學家。其於九二一大地震後，便開始投入相關的地層研究。原本是意在觀測周圍餘震的表現狀況，因為在大地震過後，全島發生餘震的頻率與次數實在高得驚人。實際投入研究後，卻發現歐亞板塊和菲律賓海板塊的活動異常，錯位的擠壓將導致中央山脈裂解。過幾個月後，臺灣各地都傳出房子、道路坍塌的狀況，證實了分裂的狀況正在持續中。科學家預估，臺灣將發生數起如九二一規模的大地震，徹底將臺灣分裂成數個群島。政府再度下達緊急命令，立刻撤離位在斷層帶的居民，並將人口疏散至各區的內陸中心。同時中斷全島的鐵路、公路運輸系統，希望在大地震來臨前，盡可能降低各種損傷。

當相關的研究與報導出來時，臺灣頓時從一座不受關注的小島，躍升成國際焦點。世界各國對這個正在發生的現象感到相當好奇，這大概是人類史上，第一次觀測到陸地分裂的奇景。外國媒體記者特別喜歡站在已經龜裂的道路，用誇張的口吻宣稱這個小鎮即將分裂開來，並錄製地表下傳來的轟鳴聲，讓新聞看起來相當驚悚。亦有外國的人道團體表示，應立即展開救援行動，希望附近國家能提供難民庇護地，協助臺灣人暫時度過這段艱難的時期。

二〇〇一年，臺灣發生十五起芮氏規模六以上的地震，在島上劃下巨大的裂痕，成了漂流的起點。

多數人都不願意回想起那廢墟般的景象。倒塌的高樓大廈、損壞的招牌、殘破的屍體……雖然從都會區中撤出不少人，但地震仍帶來了巨大的傷亡。

所幸，地震的頻率有逐漸放緩的趨勢，也未再發生嚴重致災的大地震。在國際的援助下，災後的重建工作很快便重新開始。帶著重建往昔繁華街景的目標，全國各方面的內需大漲，帶動經濟蓬勃發展。人們很快便又回到往昔的生活，在各自工作崗位上繼續打拚，希望能過上安穩如常的日子。

不過，多數人都知道，要完全回到過去的日子，是不可能的了。

由於臺灣各區漂移的方向不同，居住在其中的人們也有完全不一樣的反應。西區逐漸往中國漂移，讓不少人急著脫手房地產，就怕哪一天和福建連接起來時，自己花上把鈔票買的地契成為廢紙。東區則是往太平洋的方向漂移，有人認為有機會成為美國的新一州，紛紛砸錢投資，想開發這片臺灣最後的淨土。北區則是往東海移動，預計會成為南韓、日本與中國三地重要的交通樞紐，可惜受全球暖化的海平面上升影響，未來會有不少地將被淹沒。而南區則會進入到南海中央，正式加入東南亞的群島體系，成為海外華僑貿易的重要一環。

基於各區人們的反應不同，政府重新制訂定戶政法規，在相關的配套措施完成前，暫時限制人們的居住遷徙。當時陰謀論者盛傳，政府將會重新調整區域人口，各族群將統一住在一區，好比外省族群居住在西區，原住民族群居住在東區，以此減少族群衝突。在野黨的立委在國會殿堂大肆質詢，引發政府官員的不滿，然後又老掉牙地上演鬥毆戲碼。

因為臺灣過去在各種資源分配上，有著極度不均衡的情況，當各區被迫分離時，能否獨立運作就成為首要克服的難題。電力、水資源、稻米糧食、工業園區、文化資源等，都需要進行重新分配，但一時間也難以完全處理好。最後，在確認各區的海運港口都可以使用，能夠暫時解決一些基礎需求後，政府才重新開放人民的遷徙自由。

時間一久，人們也慢慢開始習慣了這種非日常的日常。

此次「漂流者大會」中，我們收到來自各區文化知識分子的投稿，並在經過審慎地討論後，錄取幾篇稿件，作為本次發表的討論對象。這些討論的個案裡，不乏虛構之作，但依舊具有啟發性。不過，此次未能錄取原離島的相關案例，實為一憾，也請各界見諒。本次大會為了避免地域性的歧視與爭論，幾位發表人的身分已做基本的匿名，希望參與者不要陷入本質論的謬誤中。

首先，偽裝成遊記的個案裡，描繪被日本殖民統治初期，在逐漸邁入現代國家的臺灣社會中，仍帶著前現代的封建風俗。「番膏」一事，讓人聯想到魯迅的「吃人」，對漢人傳統封建提出嚴厲的批評。然而，在視角上以一種外國人的身分，似乎永遠無法貼近真實的聲音。仔細想想，就連最具同情心的人類學家，他背後仍是由帝國與科學所支撐的。這幾年，因為眾人對東區的前景一片看好，紛紛投入大量的開發建設，也引來不少環團的抗議。但對住在東區的原住民而言，他們確實希望自己的生活過得更好，希望打破以觀光為主的區域發展，吸引更多有競爭力的人才進駐。底層人民真的說話了嗎？底層人民可以說話嗎？我想這是在這項個案裡，必須注意的事。

在近代的發展裡，西方帶著槍炮與彈藥遠道而來，尋求新鮮的香料，迫使東亞各國解除鎖國的貿易政策。受到這波衝擊，而致力改革自身國體的日本，最後也搖身一變，成了穿著西裝的統治者。沒想到他們以對抗歐美、解放亞州的亞細亞主義，四處幹下蠻橫的暴行。作為強權交戰下的一員，殖民地的人只能苟且偷生，在戰時動員的處境下成為不得不的共犯。在軍官與戰俘的兩難選擇中，市村香誰也沒選，獨自一人離開礦坑，又將往何處去呢？臺灣群島一方漂向中國，一方漂向美國，在「東西對決」成為這幾年新興的課題下，我們如何不再陷入相同的歷史處境，或許是知識分子必須不斷思索的事。

東亞地區的知識分子，其心靈圖景總呈現複雜而痛苦的樣貌。自詡有著古老傳統的中華帝國，也在這一波浪潮下被瓜分得一乾二淨。從前，有著一定資產的讀書人，靠著苦讀經典考上狀元，並進入龐大的官僚體系，為帝國繁雜的行政事務效命。然而，在意識到封建社會腐敗的一面後，到海外接受西式教育的學生受到了啟蒙，致力於將人們從舊時代的愚昧中解放出來。一場現代性的工程，除魅原本加諸在人們身上的血緣、性別、階級等等的外在因素。被啟蒙所寵幸的知識分子們，忽然間看到捆綁在自身、家人、社會乃至整個國家的封建枷鎖，便致力於透過教育，來完成這項集體的啟蒙工程。

除魅後的知識分子又能如何行動呢？我們不難從晴子與劉君的故事中看出。即便受到東亞最早現代化的日本所殖民，但依舊難逃血統論的束縛。人們意識到了自由，面對婚姻，可以不用再為傳宗接代、擴展家業，而是依從著自己的心，選擇終生一起度過的伴侶。只不過，在尋找真愛的同時，他們必然也會發現那道隱形的天花板，始終壓在自己的頭頂上，成為一道跨不過的檻。最終只能轉向內在的自我世界，在心靈與書寫中尋求解放。

二次世界大戰結束後，殖民地開始尋求獨立，但屬於意識形態的全新戰爭開始了。此前臺灣是美軍戰俘的噩夢之地，沒想到政權更迭後，反成了蘇聯水手的牢房。在這座島上，受到國家暴力對待的，除了內部的國民，還有因國際政治局勢衝突而被迫受困的異鄉人。他們都是歷史裡的漂流者。

綜觀歐美各國，在冷戰結構體系與高壓的麥卡錫主義下，新世代的年輕族群開始一連串反文化運動，作為對傳統權威的反抗。地理上不僅為歐美口中的「遠東」，同時又作為反共復國的基地，臺灣一直沒有屬於自己的「六八運動」，吸收的多半是文學藝術的表層理念。再過幾年的「保釣運動」倒有幾分可類比之處，不過那是擺在中國民族主義的框架，似乎也與眾人的想像有些落差。

意外的是，我們竟然看到了兩起假想中的「六八運動」，在不同社會處境下，所發生的抗爭運動。不管是被美國規劃為一州，或是由日本以租借地形式繼續治理，臺灣總有一群人對此僵硬的社會體制感到不滿，企圖用各種方式打破牢籠，解開加諸在身分上的束縛。在這兩項個案裡，文化、語言、種族等，都還是區隔我族與他族的重要機制。我想，這兩項個案也可看作在本島瓦解成群島後，面對北區與東區向日本與美國漂流的狀況，所產生的另類回應。

另外，也有一起以冷戰為背景的假想個案——中國沒有陷入內戰的危機，臺灣依舊是其中一省，而致力革命的共產黨分子卻流竄到島上。看來臺灣總會成為叛黨殘軍的反攻基地，從數百年前被鄭成功占領後，就一直如此。訝異的是，在這樣假想的歷史中，我們卻依舊看見不少似曾相識的細節，例如典型的省籍情結，以及國家機器的暴力，似乎暗示在偶然以外，還有某些避不開的必然。

體制形塑社會及其文化。臺灣過去被稱為警察王國，來自兩個不同政權的威權治理，導致人們普遍對公民權利較無認識。改變體制需要時間，但改變文化，也許可以從微小的思考開始。大概很少人會知道，臺灣推理小說的發展，竟然會與本土政治有所關聯。藉著殺人事件，反思人性的墮落，進而批判現代社會的問題之處，無疑是非常有企圖心的另類啟蒙工作。左翼的大眾，與通俗的大眾，竟然在這裡找到意外的交會點，大概也會讓法蘭克福學派大吃一驚吧。

最後，則有描繪童年記憶的個案，以個人經驗為主的成長史，沒有什麼過多的政治意涵，而是素樸的想像那段不存在的時光。我們並不訝異看到，一個沒有經過漂流之災的臺灣，大概會是長成什麼樣子。各地分配的資源依舊不均，鄉下地區只能轉型成觀光業，導致年輕勞動力人口大量流向臺北。臺灣分裂成群島後，因為交通不便的關係，各區傾向獨立發展，讓不少外移人口回流，也算是意料之外的好事。南區現在已成為南海一帶重要的貿易中心，連接著香港與馬尼拉兩地城市，小港也將變大港了。

在聽過這麼多漂流者的故事，我想，也該來說說屬於我的漂流之事。

漂島事件發生的那年，我正好在德國念書，避開了那幾場災難性的地震。當時處在國外的我，對自己家鄉的事非常焦急，想知道大家是否都平安無事。但另外一方面，又對自己的不在場與缺席感到羞恥。我長年靠著父母的資助，在這遙遠的他方，念著一無用處的人文學科。之所以能避開那些流離失所的場面，也是因為我出生在比較優渥的家庭，才能遠渡重洋，坐在這裡看著電視新聞。然而，我不僅沒有辦法返鄉幫助重建，畢業之後，學院中艱深的學問也無法回饋給社會。我常常在想，或許我應該以幫助同胞救災的藉口，買張單程機票回去臺灣。運氣好一點的話，乾脆就死在那裡。

不過，到頭來我什麼也沒做。並不是因為這樣子的想法過於褻瀆，而純粹是因為我太過懦弱了。

回臺後，整個臺灣社會的氛圍都變得不太一樣，人們的價值觀逐漸從「一島」轉換為「群島」。過去臺灣習慣訴諸全島一體，從南到北，從東到西，通通收束在共同的框架下。現在，各地獨立成島後，紛紛開始尋找自身的另一重身世。好比東區就特別強調，在大清帝國的版圖裡，東部從未被劃清楚，化外之地的事實讓它們與其他地區的歷史有所不同。金馬地區則相當樂見這樣的狀況，總算不用跟著臺灣本島的殖民地史觀，可以在眾聲喧譁裡發出自己的聲音。

此外，不少文化人開始提倡「海島文化」的概念。自大航海時代開始，臺灣在地理方面作為海島，便不斷被捲進國際的戰爭與貿易裡。居住在島嶼上，自然發展出剽悍又巧詐的海島民族性格。因遠離帝國的王朝文明，島嶼常年有著傳統的抵禦外族的部落意識。在成為海盜藏身之處、罪犯的避世棲所後，人們更熱愛逞凶鬥狠。另一方面，島嶼也多是流離者的放逐之地，這些被流放之人多帶著自怨自艾的特質。在自卑的陰影下，為了求生存，也不知不覺地長出猥瑣狡猾的性格。「海島文化」不是一種定居的、安穩的農業文明，要來到島上之前，會先經過無數浪潮的襲擊，以倖存者的身分與其他男性競爭，最後才能籌組家庭在島上繁衍下去。海島人民總是流動的，面對無常的風浪，面對詭譎的情勢，他們早已習慣漂流。

在整個社會氛圍的轉變下，我也開始學習游泳。我出生於海邊的小鎮，卻完全不會游泳。每當身邊的外國朋友知道這件事時，他們總露出驚訝的表情。我只好向他們解釋，臺灣的海並不如表面看上去得溫馴。愈平靜的海，其實是愈危險的。我小時候便因錯估了漲潮的速度，而有一次溺水的經驗。

那種吸不到空氣的感覺，讓我相當排斥下水。

漂島事件以後，社會愈來愈強調熟悉水性這件事，希望人們可以有基礎的自保能力。當時我的人生處在渾渾噩噩的狀態，希望藉著學習一些新的事物，找到可以抓住的東西。我鼓起勇氣，抱著死命的決心，選了一位特別嚴厲的游泳教練，並學了最廣泛使用的自由式。

然而，對曾經有溺水經驗的我，那根本就是災難的開始。

自由式一向仰賴身體的平衡。剛開始的時候，我因為害怕的關係，四肢總是非常僵硬，踢水不僅掀起巨大的水花，轉身換氣時也容易吃到水。一節課才開始十分鐘，我就已經嗆到好幾次，鼻腔滿是消毒水的味道。教練說，我應該先去學學仰式，或是蛙式，等水性比較好的時候，再回來學自由式。但我難得對某件事下定決心，如果就這樣放棄的話，可能又會馬上失去生活的重心。不論教練怎麼勸退，我都還是潛入水裡，繼續往水道的盡頭游去。

我漸漸找到自己游泳的姿態。我把閉氣的時間拉長，減少換氣的次數，避免被水嗆到。教練要求一划一換氣，我則延長到六划一換氣。這在專業選手的眼中，大概是不合格的游泳方式。但我就是害怕吃到水，害怕自己換不到氣。因此不換氣這件事情，變成了必要之惡。就算知道身體會因為缺乏氧氣，而讓控制肌肉的能力變差，但為了持續前進，我只能持續閉氣，將每口氣憋得像是永恆。

不吸氣，不吐氣。把頭埋在水面下，維持現狀。

我並不知道，下一次的抬頭換氣，會不會讓自己比較好一些。孱弱的身體與不純熟的技巧，都讓不穩定的風險提高。或許僥倖，這次換氣一切無事。或許不幸，嗆到幾口水，努力忍住衝入鼻腔的不適感。若更長遠地看，或許這次換氣換得不夠，使下次抬頭時要更用力吸氣，加速體力的不支。

但這樣蹩腳地繼續下去，還能游得多遠呢？

我沒有答案。

百年前的「無力者大會」中，這些知識分子面對的世界很複雜。殖民者帶來現代的科技與體制，卻與封建社會的仕紳階級聯手，一同欺壓殖民地的百姓們。他們回擊的方式也相對單純，透過各種教育的啟蒙，將人民從自身加諸的束縛給解放出來。

賴和曾經如此感嘆：「時代的進步，與人民的幸福，竟然是兩回事啊！」

百年後，我們似乎卻也得到相同的結論。漂島事件發生後，美中之爭在東、西區熱烈上演著；群島的股票、房價飛漲，腳踏實地地工作還不如把錢投入虛擬市場中，人們被迫學會玩弄數字遊戲；現代教育雖然解放了封建體制，但人民的智識並沒有實踐在日常生活裡。這時，我們禁不住訝異到，原來我們的幸福，其實和我們自身是無關的。

我想，這終究是身為漂流者的宿命吧。我們總是突然就被捲入漂流的狀態，無力改變自身漂流的去向，也不知道最終將漂向何方，以沒有根的方式在生活著。

至今，世界上的地質學家，都還無法肯定漂島事件將會何時結束。也許再過幾年，各區的漂流將會停下來，將可以蓋一座貫穿各區的跨海大橋。也許漂島事件只是全球板塊移動的前兆，接下來將會有災難性的地震在世界各地發生，導致各大陸分崩離析。我們不知道的事太多了，這是沒有辦法的。

在這樣的現實裡，我們能抵抗的究竟是什麼呢？能夠終止我們無法終止的漂流，勢必又是另一個我們無能抗拒的事物罷了。那麼，身為海島民族的我們，或許還是應該就這樣陸續漂流下去吧？

這是漂流者的無力，也是漂流者的有力。

以上就是我對「漂流者大會」的開場致詞。

後記

這本書的寫作始於二〇一九年末，我獲得了文化部青年創作補助，在原初的計畫構想中僅僅只是撰寫十篇關於臺灣史的短篇小說。由於性格龜毛又懶散，結案後我又重修了數遍，消磨怠惰時光。在這期間，慢慢地卻感受到各篇出現了可以對話的空間，決定順勢而行，讓它們彼此產生某種有機的連結，最終長成了如今的樣態。本書收錄過去得獎的兩篇小說〈夜流〉、〈迷宮的模樣〉，也有些微的修訂，希望能更加符合本書的調性。

我向來習慣讓作品說話，也覺得理應只讓作品說話。但一篇小說，究竟能說什麼，又能說到什麼樣的程度，有時我也感到困惑與遲疑。加上在本書撰寫過程中，參考了大量的史料，讓習慣附上參考資料的我，對於小說中難用加注形式呈現，感到很是彆扭。想了想，最終還是決定寫下此篇後記，向閱讀到這邊的讀者，簡單介紹各篇的幕後花絮。

〈福爾摩沙之旅〉最初有另一個版本，是採第三人稱的傳統小說敘事手法，但後來考量到整部小說集的概念，最後改成此版的偽散文遊記。這篇主要參考歐文・魯特（Edward Owen

Rutter）《一九二一穿越福爾摩沙》（*Through Formosa:An Account of Japan's Island Colony*）、愛麗絲・柯潔索夫與哈利・法蘭克（Alice Josephine Ballantine Kirjassoff, Harry Alverson Franck）《福爾摩沙・美麗之島》（*Formosa the Beautiful; Glimpses of Japan and Formosa*），兩書皆為一九一〇、一九二〇年代西方人來臺的遊記，與本篇預設的年代較為接近，小說當中有些細節，即是取材自這兩本書。大力推薦讀者另行找來閱讀，直接看這些珍貴的一手史料，應該比我這種「偽遊記」更有趣。

〈夜流〉是從龍瑛宗戰後的兩篇自傳性小說〈夜流〉、〈斷雲〉開始發想，標題雖取「夜流」，但內容上實多與〈斷雲〉相關，夜裡兩人腳趾不經意交碰的場景，即取自〈斷雲〉。陳龍廷《書寫臺灣人・臺灣人書寫：臺灣文學的跨界對話》一書中，也曾有專章對龍瑛宗早年這段南投時光進行研究，建議讀者在閱讀完龍瑛宗的經典作品後，還可再翻看參閱。此外，王惠珍《戰鼓聲中的殖民地書寫：作家龍瑛宗的文學軌跡》也是龍瑛宗研究的重要專書。

〈在那名為自由的時間裡〉是以真實的陶普斯號事件為藍本。小說中敘事者在尋訪真相時，所提及的相關資料如新聞、檔案、電影、論文、回憶錄等，一切皆有所本。另外還有未在文本中述及的俄文、烏克蘭文資料如〈陶普斯號的致命航行〉、〈漂浮半生〉、〈臺灣監獄的漫漫長路——等待三十九年的妻子〉等，這些資料多可從陶普斯號事件的英文維基頁面中的注解找到，有興趣的讀者還可再自行翻查。本篇完稿於二〇二三年五月，不過在進入修稿階段後期時，突然發現檔案局又公布了新的檔案。出版在即，調閱與閱讀檔案皆需要一段時間，因此無法將這份新出土的史料納入本篇中。我相信這篇故事只是起頭，有更多的資料需要學者深入解讀，在此先為本篇可能疏誤以及未能完善之處致歉。我們還有一段路要繼續走。

〈逃〉以金瓜石戰俘營為背景，雖不是以戰俘為主角，但也閱讀了倖存者杰克・艾華士（Jack Edwards）所撰寫的《無言的吶喊：「萬歲，你混蛋！」》（*Banzai, You Bastards!*）。另外，還有唐羽在《臺灣風物》上的〈太平洋戰爭中英俘在金瓜石之生死歲月〉，則是以臺灣人視角側看戰俘營，對這段歷史有興趣的讀者可以再參閱。這篇故事是受松本清張《絢爛的流離》（絢爛たる流離）中的〈逃亡〉（走路）所啟發，該篇描繪在日本終戰投降時，感受到殖民地朝鮮的躁動，而打算逃跑的軍官。同為殖民地的臺灣，未嘗不會出現這樣的故事，遂有了這篇小說的初步構想。

〈第一份任務〉雖是架空世界，不過其中提到的「警察新作風運動」，實則來自臺灣省警務處在一九五三年發行的《警察手冊》，而其餘情節人物則純屬虛構。〈最後一案〉在書寫過程中，有盡可能對錨史實，其中主角調侃《推理雜誌》的專欄「三分鐘探案」，即是來自該雜誌第三期。不過，也有一些細節是任性加上去的，比方主角閱讀的江戶川亂步〈人間椅子〉，是我個人本就鍾愛的一篇小說，不過一九八〇年代應無推理選收錄此篇。對《推理雜誌》有興趣者，可參考劉迦陵〈島嶼謀殺史：臺灣《推理》雜誌研究（一九八四—二〇〇八）〉。另外〈最後一案〉最初的構想是寫成推理小說，無奈我個人功力不足，變成了半吊子的模樣。

〈請閉上眼〉、〈想我移民村的兄弟們〉、〈陸續漂流〉算是放得比較開一點，都是架空世界，在細節上比較少去參酌真實的史料，單純依賴個人的天馬行空織就而成。當然，刺激我以架空世界與現實對話的，來自黃崇凱描繪臺灣島東移、與金馬愈來愈遠的〈無人稱〉。至於〈迷宮的模樣〉，在調性上跟其他篇小說較為不同。故事主角看起來跟作者我有一些重疊的想像空間，同樣都是高雄人，年紀上算一算似乎也相仿。這篇確實是基於我親愛的故鄉高雄橋頭而寫，不過在故事的時間點中，我已跟著父母舉家搬離到臺北。小說的一切純屬虛構，只不過是我對我自己生命的架空。

最後聊聊書名「福島漂流記」。「福島」一詞，第一直覺讓人聯想到的是日本的福島，但實際是「福爾摩沙之島」的縮寫。我在閱讀大航海時代的相關研究時，注意到了這個用詞，相應的還有福島語、福島人等說法。我覺得這種「混淆」，以及詞彙本身的背景脈絡，都很符合本書的調性，便與編輯一同定下此書名。題外話，在和編輯討論書名時，當我們翻閱原文典籍、刺激想法時，我誤把古書中的「Formoſa」，當成「Formofa」。前者「ſ」是所謂變體的「長s」，差點讓「福爾摩沙」變成「福爾摩發」。看來，我現在也是被福爾摩沙所迷惑的人。

這本書的誕生，我要感謝編輯莊瑞琳與林月先，對於書稿細心的建議與校正，完整了這本書的概念。感謝設計黃嘉宏與版畫創作者周子齊，擴展延伸並具體形構出本書的意象。他們都是本書最重大的幕後功臣，萬分感謝。

另外，我要謝謝家人，一直作我寫作上結實的後盾。謝謝我的友人們，協助我蒐集資料、討論情節的合理性。謝謝東華華文系與臺大臺文所，啟蒙我對臺灣文學與文化的熱愛，並時刻提醒我史料與研究的重要性。謝謝琬融，永遠當我的第一讀者。

也謝謝閱讀到這邊的讀者你。

我們依舊信任著故事的力量。

漂流編年記

蔡易澄、林月先製

年分	歷史事件	漂流事件
一八四二	鴉片戰爭結束，簽訂《南京條約》，清朝開放五口通商、割讓香港給英國。	
一八五三	黑船事件，隔年簽訂《神奈川條約》，日本鬆綁鎖國政策。	
一八五八	英法聯軍之役結束，簽訂《天津條約》，臺灣開港通商。	
一八六三	清朝實施樟腦官辦	
一八六八	樟腦戰爭結束，清朝廢除樟腦官辦。	
一八七四	牡丹社事件，日本出兵臺灣。	
一八八五	臺灣設巡撫，兩年後建省。	
一八八六	清朝第二次實施樟腦官辦，於四年後廢除。	
一八八七	諾貝爾發明以樟腦為原料的無煙火藥	
一八九五	甲午戰爭結束，簽訂《馬關條約》，清朝割讓臺灣給日本。	
一八九九	臺灣總督府實施樟腦專賣制度	英商羅爾商會失去在臺製樟權（〈福爾摩沙之旅〉）
一九〇〇	臺灣樟腦局樟腦製造工場完工啟用，後改名為專賣局南門工場。	
	英商三美路（賽謬爾）商會取得臺灣樟腦的獨家海外經銷權	
	總督府公布臺北市區改正計畫，為全臺第一個都市計畫，並陸續拆除舊有城牆。	
一九〇一	臺北車站完工啟用	

	橋頭糖廠完工，隔年正式啟用。	
一九〇二	南庄事件，總督府出兵鎮壓原住民。	
	隘勇改制為官方指派，並於隔年開始設置隘勇線，將原住民隔離於山區。	
一九〇三	大阪勸業博覽會，展場包括「臺灣館」，以及展示臺灣原住民族的「學術人類館」。	
一九〇四	拆除臺北城西門，為唯一一座被拆除的城門。	
一九〇五	新店龜山發電廠啟用，為臺灣第一座水力發電廠。	
一九〇六	專賣局南門工場內新增鴉片工廠	
一九〇七	基隆市區改正計畫	
	第一次五年理蕃計畫	
	總督府終止英商三美路（賽謬爾）商會的樟腦海外經銷特權，改由日商三井物產株式會社代理。	
一九〇八	國際樟腦價格暴跌	英商羅爾商會再度來臺評估樟腦製作與銷售代理（〈福爾摩沙之旅〉）
	臺北新公園開園	
	基隆火車站完工	
	縱貫鐵路完工通車，鐵道旅館落成，閑院宮載仁親王來臺主持臺灣鐵道通車典禮。	
	新起街市場完工啟用，後改名為西門町市場。	
一九〇九	臺北自來水開始供給使用	
一九一〇	在花蓮設立臺灣第一個官營日本移民村，並於隔年命名為吉野村。	

一九二〇	毛澤東主張建立湖南共和國，呼應聯省自治運動。	
一九二四	臺灣文化協會召開「全島無力者大會」，抵制仕紳維護殖民政權的「全島有力者大會」。	
一九二五	龍瑛宗報考臺北師範學校落榜，於兩年後錄取臺灣商工學校。	
一九三〇	龍瑛宗調派臺灣銀行南投支店	
一九三二	滿洲國成立	
一九三三	內臺共婚法頒布	日籍女醫移居南投，接手齒科珍所。（〈夜流〉）
一九三四	龍瑛宗轉調臺灣銀行臺北總行	
一九三七	中日戰爭開打，總督府展開皇民化運動，包括改姓名等。	
	龍瑛宗發表短篇小說〈植有木瓜樹的小鎮〉	
一九四〇	實施配給制，禁止奢持品的販售。	
一九四一	日軍攻擊珍珠港，太平洋戰爭開打。	
	皇民奉公會成立	
	日軍攻占荷屬東印度群島、菲律賓、馬來亞等南洋島嶼。	
一九四二	日軍俘獲同盟國戰俘，並送往金瓜石戰俘營，強迫戰俘採礦勞動。	
一九四四	美軍宣布占領塞班島	金瓜石捕虜監視所副所長死於本山六坑鬥毆命案（〈逃〉）
一九四五	臺北大空襲	
	二次世界大戰結束	中華民國臺灣省政府成立（〈第一份任務〉）
	國共內戰爆發	美國暫時託管臺灣（〈請閉上眼〉）

一九四六	國共談判，共產黨提出聯邦制構想，但遭到國民黨否定。	
一九四七	二二八事件	臺灣成為日本租借地，租期五十年。（〈想我移民村的兄弟們〉）
		國共和談，中國民國改採聯邦制，共產黨選舉失利後轉往地下活動。（〈第一份任務〉）
		五月事件引發臺灣獨立運動，被官方認定受共產黨煽動。（〈第一份任務〉）
一九四九	《臺灣省戒嚴令》頒布	
	國民政府來臺	
	實施關閉政策，禁止各國進入中國大陸港口。	
一九五〇	韓戰爆發	韓戰爆發，「抗蘇援韓」成主要外交政策。（〈第一份任務〉）
一九五二	鹿窟事件	《聯邦法》修正，聯邦警察進駐臺灣偵查叛亂分子。（〈第一份任務〉）
		臺灣省警察協助聯邦警察破獲臺北武裝基地案（〈第一份任務〉）
一九五四	中華民國海軍攔捕蘇聯油輪陶普斯號，四十九位船員滯留在臺。	
一九五五	江山島戰役與大陳島撤退，第一次臺海危機。	
	遣返二十九位陶普斯號船員回到蘇聯，隨後安排四位「投奔自由」的船員參加反共大會，展開宣傳戰反擊。同年遣送九位「投奔自由」的船員至美國，其中五位於隔年回到蘇聯。	
一九五八	蘇聯電影《緊急事件》上映	

	遣送四位「投奔自由」的船員至巴西，他們偷渡回蘇聯，卻被蘇聯判處叛國罪。	
一九六〇	反布爾什維克民族集團向臺灣政府遞交船員宣誓書	
	日本安保鬥爭	
一九六一	美國派兵參與越戰	
一九六二	古巴飛彈危機	
一九六三	美國總統甘迺迪遇刺	
	金恩博士發表演說〈我有一個夢想〉	
一九六四	美國國會通過一九六四年《民權法案》，宣布種族隔離制度和歧視政策為非法。	美國徵招臺灣兵上越南戰場（〈請閉上眼〉）
一九六五		美國臺灣州政府成立（〈請閉上眼〉）
一九六七		臺灣州政府發行越戰債券（〈請閉上眼〉）
一九六八	美國反越戰運動	華人種族平權運動，媒體亦稱臺灣版「五月風暴」。（〈請閉上眼〉）
	日本全共鬥運動	六八運動，全島大罷工，爭取課綱納入臺灣語、中國語等。（〈想我移民村的兄弟們〉）
		團地住宅灣生殺人案（〈想我移民村的兄弟們〉）
一九六九	珍寶島事件，中蘇矛盾浮上檯面。	
一九七〇	蘇聯特務路易斯向新聞局長魏景蒙提議，藉由釋放陶普斯號船員，使其訪臺商討臺蘇合作。	
一九七一	中華民國退出聯合國	蘇聯特務路易斯訪問陶普斯號船員洛巴秋克（〈在那名為自由的時間裡〉）

	季辛吉祕密造訪北京	
	保釣運動	
一九七二	《中日聯合聲明》發表，中華人民共和國與日本建交。	《中日聯合聲明》發表，臺灣將提前兩年於一九九五年交還中華人民共和國。（〈想我移民村的兄弟們〉）
	中華民國與日本斷交，全面禁止日本電影進口。	
一九七五	蔣介石過世	
一九七八	中華民國與美國斷交	
一九七九	高雄事件，又稱美麗島事件。	
	龍瑛宗發表自傳性小說〈夜流〉，並於隔年接續發表〈斷雲〉。	
一九八一	日本電影《砂之器》（一九七四）於金馬影展上映	
一九八二	索忍尼辛來臺發表演說〈給自由中國〉	
一九八四	大學聯合招生考試新制上路	
	《推理雜誌》創刊	
	《中英聯合聲明》發表，香港將於一九九七年交還中華人民共和國。	
一九八五	日本電影《砂之器》於臺灣正式上映，女星島田陽子來臺宣傳。	T大女學生情殺案（〈最後一案〉）
一九八六	車諾比核災	
一九八七	臺灣解除戒嚴，但金馬地區直到一九九二年才解除戰地任務。	
一九八八	蔣經國過世	
	立委蔡中涵質詢陶普斯號船員下落，五個月後，三名滯臺船員返抵蘇聯。	

一九九一	蘇聯解體	
一九九三	最後一位滯臺船員洛巴秋克歸國	
一九九五		臺灣回歸中國（〈想我移民村的兄弟們〉）
一九九六	臺北捷運木柵線通車	
	臺海飛彈危機	
	臺灣首次總統直選	
一九九七	香港回歸中國	
一九九九	橋頭糖廠停止製糖	
	九二一大地震	
二〇〇〇	臺灣首次政黨輪替	
二〇〇一	橋頭糖廠藝術村開幕	漂島事件（〈陸續漂流〉）
二〇〇二		橋頭甘蔗園迷宮小學生械鬥事件（〈迷宮的模樣〉）
二〇〇三	SARS疫情爆發	
	嘟嘟火車首航	
二〇〇八	高雄捷運橋頭糖廠站通車	
	臺灣第二次政黨輪替	
二〇一四	太陽花學運	
二〇二〇	COVID-19疫情爆發	
二〇二四		漂流者大會（〈陸續漂流〉）

從「漂流」到「游牧」：《福島漂流記》中的地緣政治困境與反事實國族書寫

林運鴻／文字工作者

歷史研究的一個重要方法是所謂「反事實推論」，當我們對照一段現存歷史事實，然後設想如果在另一個平行宇宙，此事實中的特定條件發生某些改變，那麼歷史的發展將會產生何種不一樣的後果。如此，便透過思想實驗的方式，找出有何種「因素」對於原本的歷史過程曾經發揮一定作用。透過所謂「反事實」思考，我們可以去思考威權統合主義能否促成一個經歷多重殖民小島奇蹟般的經濟發展，或者去論斷為什麼工業革命是發生在十八世紀的英格蘭，而非同時期的中國或印度。

在當代臺灣，也因為我們的認同和主權深陷於歷史性糾纏，如果小說文類渴望探討盤根錯節的國族問題，特別是未來的新生臺灣共同體要如何可能，那麼上面這種「反事實」的社會科學方法，就很容易被挪用作為國族寓言的敘事裝置。近年來較有代表性的是黃崇凱在

《文藝春秋》、《新寶島》的努力，或許朱宥勳《以上證言將被全面否認》也有一些這種味道。但其實這種「在平行時空中設想走上歷史歧路的臺灣民族」還可以上溯到平路〈臺灣奇蹟〉、賀景濱〈一位人類學家的田野觀察報告〉、張大春〈如果林秀雄〉等等更早的書寫實驗。

而年輕作者蔡易澄這本短篇小說集《福島漂流記》，在表面上看來，同樣也是高度後設的國族敘事，不過，本書所收的各篇相對上更集中於臺灣社會在東亞地緣政治中的碰撞或裂解——白種人記者來到日本殖民地評估樟腦全球貿易的利潤、「東亞共榮」幻滅時分勾心鬥角互相利用的露水伴侶、太平洋戰爭敗亡後仍然成功「續租」臺灣的日本政府、臺灣因受美國託管順勢歸化為「五十一州」……本書透過文學給予真實歷史某些擾動，但又有意識地集中於「反事實」的對照位置。這應該也算「臺灣作為民族主義方法」的文學性嘗試，與此同時，更回應了臺灣文學史中超克國族辯論的底層欲望（但該超越是否可行，後面我們再來討論）。

從這樣的角度切入，我們就可以對照本書中的兩個短篇〈請閉上眼〉與〈在那名為自由的時間裡〉。兩個故事的時間線中臺灣選擇了不同的意識形態歧路，十字路口的右側，臺灣終於被美國資本主義吞併，而十字路口左邊，臺灣則悄悄私通曾為死敵的蘇聯共產主義。

在〈請閉上眼〉的假想時空中，美國暫時託管臺灣，然後臺灣水到渠成遞補成合眾國第五十一州。於是白皮膚的「美利堅新移民」在這塊土地上就難免心情矛盾：遠東小島既是等待開荒的現代西部，但同時又能夠寬容沒有事業野心且無法適應大都會的鄉下人。因此這樣的短篇展開了諷刺的對比，一方面，精明的臺灣裔美國人將把自己的島嶼當成前往全球資本中心的地位跳板，可是忠厚老實的美國裔臺灣人則在跨國經濟邊緣甘於當一根小小螺絲釘。

而〈在那名為自由的時間裡〉則展開與此背道而馳的歷史路線。這一次，臺灣在戰後時光可能沒有那麼靠近自由民主陣營，反而因為中共與蘇聯的邊境摩擦，蔣政權跟俄國毛子試著締造後來並未實現的「反攻大陸」聯盟。這篇故事包容了兩個聲音，一個是揭露「臺蘇」祕辛的歷史小說家，另一個是被中華民國監禁的烏克蘭船員。小說家弄不清楚「投奔自由」是不是出於島國強人體制對於冷戰俘虜的法外施恩，同時那個無法回家的倒楣烏克蘭船員則發現，任何官方記載都不可能完整收錄一位漂流者同時被社會主義蘇聯與資本主義臺灣強制入籍的複雜心緒。

書中這兩個短篇，顯然折射了美蘇冷戰體制在東亞前線的拉鋸——資本主義體系能否完全占有臺灣，或者，這個小島具有某種能動性去接觸社會主義陣營——可以說，無論在歷史或文學中，臺灣到底該往哪種意識形態靠近，或許是我們國族身分的關鍵張力。

但是除了在地緣上可能有的左右搖擺，這兩個以臺灣為載體的故事，還通向全球政經結構的某些側面。哲學家柄谷行人認為，二十世紀晚期所謂「歷史的終結」（蘇聯倒臺後，社會主義政治實驗的失敗與資本經濟在全球範圍的勝利），其實是當代人類社會的最大困境。因為國族主義與資本主義已然形成複合性的閉環，所謂「資本－民族－國家」構成體，封閉了烏托邦想像的可能。在這本馳騁想像讓臺灣民族不斷變形的《福島漂流記》，命運多舛的小島似乎仍是閉環結構的必然產物。

讓我們重新詮釋一次〈請閉上眼〉吧。如果臺灣真的在戰後成為美國屬地，那就意味著我們的小島完全被全球市場所吸納。所以對小說主角，自父輩就移居臺灣的強森來說，他曾經「回到」美國大城市就學的人生經驗，並未產生班納迪克．安德森（Benedict Anderson）所言「朝聖之旅」的心理效果，在對比中發展出強烈的殖民地自覺。相反的，對於所有膚色無論白黃的「美國臺灣人」來說，作為二等公民的臺灣殖民地何必多愁善感，就算這個平行時空中臺灣發生了「六八革命」、「自由之夏」，那也只能算「農業州」美國人的年少輕狂。真相很簡單，多數成熟臺灣人難掩最高等級的羨妒，努力讓自己離開貧困邊陲小島然後打入富裕的美國大陸。

與此同時，〈在那名為自由的時間裡〉的關鍵問題則並非資本主義帶來的社會位階，反而是「個體」能不能被「國家」徹底整合。故事中那位被國民黨俘虜的烏克蘭籍船員，他確實身不由己，國民黨跟共產黨都希望他去扮演某種冷戰英雄，如果他希望獲得安身立命的權利並成為可以安居的國家公民，至少就得在稍縱即逝的歷史機遇中，對於蘇聯或中華民國這兩個巨大暴力組織奉上微不足道的個人忠誠。

不是資本，就是國家。《福島漂流記》的每個故事都在兩種強大的「交換」原理中進退不得——柄谷認為「交換模式」決定了現代社會之獨特型態，在國族主義的「交換模式B」，人類向國家支付忠誠與服從，然後受到官僚與軍隊的保護，而在資本主義的「交換模式C」，人類之間的關係成為貨幣之間的關係，唯有金錢能夠購買幸福的生活。兩種交換結構都存在強迫與壓制，啟蒙運動「永久和平」的理想正是受困於此。

柄谷其實繼承馬克思主義的「唯物史觀」，不過他認為社會底層的經濟邏輯應該是「交換」關係而非「生產」關係。故而對柄谷來說，晚期世界史中「資本—民族—國家」三位一體的主宰性構成，必定導致「身分」與「階級」的難題。國家權力將會掠奪沒有同質國族身分的他者，而市場交換只允許資產階級不公正且壓倒性地擴張私人財富。若在這個意義上對比《福島漂流記》，可以看見我們臺灣島所渴望超克的事物，恰好吻合當前世界史階段還未能超克的東西，也就是排除性的國家主義（非我族類沒有法律資格來進行交換）和壟斷性的資本主義（無恆產者沒有足夠籌碼投入交換）——國家與市場的特性，讓慷慨無私的、以他人而非自利為目的「交換」一事，在精神與物質層面同樣窒礙難行。

先說象徵層面的交換或交流，屢屢因語言或政治的隔閡而失能。例如顯然呼應小說家龍瑛宗生平的〈夜流〉。響應國策南下的齒科女醫師認識了在銀行任職的瘦弱島民，說起來他們因為藝文愛好幾乎心靈相通，然而殖民體制的無形牢籠卻實質上中止了日本女人與臺灣男子的曖昧，甚至在酒後的夜晚，孤男寡女同床共枕，生物本能也不能戰勝種族隔閡。而〈第一份任務〉則描寫可能的友誼被意識形態所阻礙，新上任的本省警察和潛伏的臺共特務，明明從對方照顧老人的態度辨認出溫暖品格而惺惺相惜，但他們的默契卻被國共戰爭的背景給硬生生中斷。

而在物質面向上，交換或移動也頻頻失靈。〈逃〉的構想頗有新意。在太平洋戰爭末期，臺灣酒女委身日本軍官，這一對自私、現實的臺日伴侶，合意共謀要在軍國主義潰敗以前，竊取足以在市場領域中安居的財富。然而最後自私變成衝突，到底是什麼阻礙他們的「同盟」？顯然是資本經濟賴以有效運行的最大利益動機。而〈迷宮的模樣〉亦然，南方糖業小鎮是熱血知識分子「社區營造」的美好標的，也是北部資優生躲避人生創傷的出口。但是資本經濟下的城鄉關係永遠不可動搖，鄉土並非文化風景而是階級迷宮，在故事最後世居於此同時沒有體面工作的藍領階層承認，唯一離開悲慘貧困的方式就是離開土地。

至此可以說，柄谷所提示的兩種「交換危機」，也就是國家主義的排除效果、資本主義的壟斷效果，共同構成「臺灣群像劇」的最大敘事動機。書中角色多半有追求更好生命的熱切願望——「自由」當然需要「開放的交換」才能真正達成。然而對生活在架空歷史敘事的小說人物來說，只要臺灣繼續在國際關係與市場結構中屈居從屬位置，那麼所有追求自由的人都會頭破血流。

若再從文類功能來說，文學藝術創作應該要跟社會科學面對不同的問題意識。但是如果我們關注臺灣文學中的「反事實書寫」，會發現兩者居然給出相似的視野：思考臺灣的未來，就意味著挑戰現存的「交換模式」。如何馴服國家？如何馴服市場？

本書的關鍵詞顯然是「漂流」。最後一篇〈陸續漂流〉更把前面所有宇宙都收束在同一次元。原來這些關於臺灣歷史的幻想，是為了應對將臺灣共同體劇烈撕扯的板塊運動。於是在世界史結構、在地緣政治現實之中原本「統一的臺灣」，便在論述的層面被設想為鬆散、漂流、多宇宙甚至家族相似的「臺灣」圖鑑。

從某種層面，本書隱隱回應柄谷行人的哲學計畫——某種理想的「普遍宗教」被相信足以解放固著的市場交換與國家交換，於是柄谷數次提及一個與「漂流」相似的概念「游牧」。在人類早期文明，由於尚未定居，財富不能積累，各種社會關係也還未僵化，那時存在著以互惠互酬、禮物贈與為主導的「交換模式A」。雖然返古主義不可能是世界史的解答，但是未來的交換模式必須從最初的交換模式中尋找靈感。換句話說，游居性如何復歸、人類思考從疆界或私產中解放的可能性，就直接連繫「自由」的人類社會如何可能。

是不是出於文學史與思想史之間的神祕感應？我們看到《福島漂流記》透過「反事實國族敘事」，虛構出與「游牧」在概念上互相呼應的「漂流」，內容不變，但隱喻從土地修辭轉移到海洋修辭。但是讀者還是會有點失落，文學的想像力似乎不能超越現存的這個真實世界，如果多重宇宙那邊真的有走上不同歷史歧路的諸般臺灣民族，起碼就本書而言，看來他們也無力擺脫被「資本—民族—國家」囚禁的惆悵。

外邊的徑路

李時雍／臺灣大學臺灣文學研究所博士，文學評論者

臺灣近代歷史的波盪轉折，盡與「漂流」緊密相關；或者說，小島福爾摩沙之進入世界的輿圖上，本身即能勾勒為一段「漂流記」。

一八七一年，一艘進貢後歸返宮古島的船隻，遭逢暴風，遇難漂流至八瑤灣，因文化慣習等差異，引致海難的琉球漂民與原住民的衝突悲劇，史稱「八瑤灣事件」；導致三年後一八七四年，日本藉故出兵臺灣的「牡丹社事件」，並埋下日後殖民的伏筆。一九〇三年，另一起美船班傑明休厄爾號遇颱風漂流蘭嶼灘頭，延伸的族群衝突、外交糾紛，使軍警駐在所等殖民象徵體制始進駐原初的人之島。

又或是揭開這部小說序章〈福爾摩沙之旅〉呈顯的另一種漂流。上世紀初啟，一名英國記者為探查、記錄樟腦等殖民經濟物產，入秋時分，由香港航抵基隆港，踏上殖民地臺灣，除見識現代科學與理性所刻劃的城市風景線外，也隨舊識的人類學家，深入傳說有獵頭族的

高山中。藉由旅行者之眼，與其異國的書寫，帶領讀者遭遇混雜有各式漂洋移民而拓成的街區、依海的廟宇祭儀、乃至市集獵奇的飲食景致，更經驗藏有豐厚資源、曾經「化外之地」的山林，親見殖民者眼中「非人的野獸」般的「生番」部落土著。

小說家蔡易澄第一部作品《福島漂流記》以十篇故事，講述「福島」二十世紀以降綿長的一百年歷史。而「漂流」是關聯的事件、也是心靈史的隱喻，亦是他選擇以「架空歷史小說」此一迷人形式所想像的「漂島事件」背景：位處西太平洋板塊傾軋交界的福島，自原住民古老的神話，即有「海平面下居住著一頭巨大的鹿」的地動傳說，卻在世紀末歷經九二一後愈趨頻繁的大規模地震後，產生傷口般的裂痕。

如若，臺灣分裂為數塊竟而更形似「臺灣群島」，各朝東西南北，開始緩速漂離？曾承載先後來到的「漂民」，南島語族的海洋原住民、西班牙或荷蘭的航海船手、鄭氏政權與沿海移民、來自日本屯墾的農民與日後被忘卻的灣生、因中國內戰導致的離散人們，而如今，島自身成了「漂島」？小說由此貫穿上世紀初始外來帝國的拓殖、理蕃與山林資源如樟樹、檜木、獸皮等掠奪，日治中期至戰中體現於愛欲情感深處的國族複雜情結，戰後延伸不盡的白色年代，省籍關係、左右對峙、冷戰到解嚴後、觀光資本化，更涉足描繪島嶼豐饒寫實之物景，新店屈尺腦寮、南投植有木瓜樹的小鎮、金瓜石作為俘虜監視所的礦坑道、吉野村、舊日的橋仔頭糖廠等。

空間銜接起時間，「漂流」同時更可視為易澄調度小說框架類型之喻，無處不游離於虛構與非虛構之間，進出漂流者分散的歷史觀點，切換於旅遊紀行、檔案文書、自白體、科幻、推理小說以至近未來想像。如若，歷史曾在其中一事件如迷宮或節點，選擇走上與原來歧出之路徑？虛構，轉變為真實？如若，在各式檔案文類交織中，突然浮現一敘事的間隙，年代的空白？如若，能否讓視點隨小說家重回漂流？

日本作家島尾敏雄一九六一年曾寫有一篇重要文章〈日本尼西亞的根部〉，借用拉丁文「日本」的字首「Japonia」，加上「群島」字尾「nesia」，自創了日本尼西亞（Japonesia）新詞。相較有史以來被視之為大陸末端的日本，相對陸地式的想像，他將視點重新置放於來自根部深處的海洋的呼喚，轉回曾經背向的大海，將日本尼西亞重新銜接為太平洋南方島群的一點。

新世紀以降，臺灣也歷經著來自海之深處、尤其歸屬於南島海洋的呼喚。近年更隨著「全球南方」成為地緣政治學、歷史學、藝術、文學、公共論述以至大眾記憶的關鍵詞，始有創作者以改寫或位移大陸想像式的地圖，重新銜接島嶼和世界的連帶。易澄於臺大臺文所個人研究長期關注於千禧年後新一波文學動態，新場域、新媒介、新類型、新的行動實踐型態，《福島漂流記》似回應著臺灣文學歷史知識嶄新的觀視點，尤其虛構以地動後的漂島事件，作為小說家提出的群島式思考。

小說至末，一再調度著引人的類型敘事，並將揭示彷如迷航記的最末與最初之謎，而關於「漂流」亦帶入小說家複雜的思辨：「所謂的『漂流』，一般意指被巨大的洋流所帶動，任由其走向，在汪洋的海面上無止盡地移動著。漂流的唯一事實，就是其沒有任何能力改變自身的處境。」如暴雨船難，被動的，被拋擲襲捲的，覆上死亡陰翳的，懸浮，孤獨，致血緣、性別、階級、歷史，全然的不確定性。敘事者說，這已然是當代最為重要的「漂流學」。

對我而言，這也是易澄以架空歷史形式得以描繪極迷人之處，也許在歷史另外的時空型中，灣生曾指的日本人，也可能指向美國人，但那一句「想想這座島將在太平洋中漂向何處」，會否將有不同的回答？也許在戰爭延長的翳影將死亡覆蓋之後，主角可以將自己虛構進一部犯罪小說？或者聽循降靈召喚，回到依然的皇土？

巨大的湧流，被動，而孤獨，小說家也打造了「迷宮」的隱喻，描述一個舊日橋仔頭糖廠的故事。男孩與少年玩伴鍾愛流連於一座稻草人阿伯逐日闢築的甘蔗園迷宮，在遊戲間，有些模糊的成長情事，發生，又過去了，但令男孩著迷的，始終是那座迷宮折疊的線索，更細緻地展開：「貼上了牆壁，我的視野就不用再對著曲折的前方，可以更加專注在迷宮『外邊』的事。我想像，在這座牆壁的外面，以及更外面，都還有一道又一道的徑路。……但最終，我將會穿過這些陌生的蔗林，回到最起點的入口。」我想起學生時很喜歡的一部以「露西雅」（*Sex and Lucia*）為名的電影，片尾的最後，在小島邊緣，有一個深深的洞，跌墜入洞中，將會從海潮湧流底浮起，故事便從中間重新開始。而迷藏的男孩說：「我感覺那外頭的事物正在呼喚我。」

傅柯（Michel Foucault）曾經以布朗修（Maurice Blanchot）作品勾勒一種越渡的思考經驗。他形容其作品，糾纏著一種形象，彷如賽倫海妖誘惑船手的魅人歌聲，詠嘆著真實的過去、閃爍的未來，然受吸引航向礁岸者將換取死亡。如何能聆聽來自消亡之界限的敘事聲音？唯綁縛腕足、堅守桅桿，臨界著深淵，終致「在歌的更遠處找回自己，彷彿人們已經活著穿過死亡」。傅柯說，這是「外邊思維」，或也如同布朗修《黑暗托馬》（*Thomas l'obscur*）最終所進入廣袤暗黑之海。

漂浮於海。我感覺那外邊的事物正在呼喚。我憶及，曾經在探訪島嶼接觸史的旅途中，來到一處礁岸地帶，於空無的崖上，見到唯一座等身的石像，紀念的碑文上注記，這曾是原住民與琉球人聚居之處，然而在歷史的暴力中，遭致驅離、罹難或漂離。那海人的形象，不知為何卻直凝看著福島的方向，而背向著他所來自的群島之洋。彷彿另一幅背向飛行的歷史天使……。隨《福島漂流記》走過，令人想起這些裸裎的生命，所有漂流者、無力者們。而易澄的敘事，摹劃了另種歷史的圖像，重新活著，以穿過歷史，終將越渡於外，而「力總是來自於外邊，比所有外在形式更為遙遠的外邊」。（Gilles Deleuze, *Foucault* [1986]）

Literati
春山文藝 029

福島漂流記

The Strange Surprising Adventures in Formosa,
an Island Beside Formosa Strait and Her One Hundred Years in History

作　　者　蔡易澄
總 編 輯　莊瑞琳
責任編輯　莊瑞琳、林月先
行銷企畫　甘彩蓉
業　　務　尹子麟
裝幀、封面構成　黃嘉宏
封面版畫　周子齊
內頁排版　張瑜卿
法律顧問　鵬耀法律事務所戴智權律師

出　　版　春山出版有限公司
地　　址　116臺北市文山區羅斯福路六段297號10樓
電　　話　(02) 2931-8171
傳　　真　(02) 8663-8233

總 經 銷　時報文化出版企業股份有限公司
地　　址　桃園市龜山區萬壽路二段351號
電　　話　(02) 2306-6842
製　　版　瑞豐電腦製版印刷股份有限公司
印　　刷　搖籃本文化事業有限公司

初版一刷　2023年11月
定　　價　420元
I S B N　978-626-7236-72-7（紙本）
978-626-7236-69-7（PDF）
978-626-7236-70-3（EPUB）

本書獲文化部青年創作獎勵

國家圖書館出版品預行編目（CIP）資料

福島漂流記 The strange surprising adventures in Formosa, an island beside Formosa Strait and her one hundred years in history／蔡易澄著
__初版．__臺北市：春山出版有限公司，2023.11
__面；14.8×21公分．__（春山文藝；29）
ISBN 978-626-7236-72-7（平裝）

863.57　　112017312

春山出版　填寫本書線上回函

EMAIL SpringHillPublishing@gmail.com
FACEBOOK www.facebook.com/springhillpublishing/